「う、ウォノク、さん――？」
ルースは震える手を押さえて、腕を伸ばし、
液体の先へランプの光を届かせた。
そこには――
「あ……ああ、あああ……っ！　そんな……っ」
ルースが光で照らした先には、
一人の男が倒れていた。

旅の勇者は宿屋の息子を逃がさない2

ジツヤイト
zitsuyaito
Illust：円陣闇丸
Yamimaru Enjin

目次

第三章

亜人の国の王子様は後宮とか持っている……はず

アレク・ガラ

世界を救う「勇者」として村を旅立ったルースの幼馴染、二十歳。魔術にも武芸にも秀でたハイスペックイケメンだが、村に置いてきたルースのことが気がかりで仕方ないらしい。

Profile

ルース・ブラウ

ハシ村の宿屋の次男、十九歳。前世の記憶がある。異世界でせっかく綺麗な顔に転生したのに全く女にモテない。「勇者」となった幼馴染に懇願されてイケナイ初体験をしてしまった。

ウォノク

つい先日、ルースの隣家に住み着いた男性。長い銀髪に金色の瞳の人間離れした美貌を持つ。

怪しげで艶やかな雰囲気で自分を「我」と呼称するどこか王様のような謎の人物。

ロッサ・ブラウ

ルースの父。熊のような大男だが温和な宿屋の主人。昔は腕の立つ冒険者だったらしい。

セリーヌ・ブラウ

ルースの母。昔は村一番の美人でルースは母似。動物の解体が趣味らしい。

クラーク・ブラウ

ルースの兄。父そっくりの熊系男子だが、とにかくモテるので婚約者サラの嫉妬が怖い。

白いオオカル

山でルースの掛けた罠に掛かって弱っていたところを助けた、前世の狼のような動物。奴隷紋がある。

ニコラ

【断絶の五日間】中、宿屋に泊まることになった四人のうちの一人。目つきの悪い戦士風の中年男。

セジュ

【断絶の五日間】中、宿屋に泊まることになった四人のうちの一人。亜人に偏見を持ち、魔族主義らしい青年。

ジュリア

【断絶の五日間】中、宿屋に泊まることになった四人のうちの一人。
ラピ族というウサギ耳に似た耳を持つ亜人の女性。

ヘラルド

【断絶の五日間】中、宿屋に泊まることになった四人のうちの一人。
爬虫類系の亜人の男性でジュリアと二人組の冒険者。

第三章　亜人の国の王子様は後宮とか持っている……はず

ようやく光が見えた。古《いにしえ》の罪により、暗い世界へ落とされた種族の一人である私が、神託《しんたく》を賜《たまわ》ったのだ。あの偽者《にせもの》たちではなく、本物の神から。

神は私にあることを命じ、力を与えてくださった――古の力を。

【1】始まりは白いオオカル

ルース・ブラウは、人口百人未満の山間部の村に住む宿屋の息子で、異世界転生者だ。

「うわー……けっこう積もっているな。今日にはアレがくるかな」

窓の外は一面の雪景色だった。膝《ひざ》の高さまで雪が積もり、村中の屋根も真っ白だ。雪で覆《おお》われた村は、良い天気も相まって幻想的に見え、ずっと眺めていたくなってしまう。

（アレクが旅立ってから、もう二ヵ月以上か……）

勇者の使命を受けた、幼馴染《おさななじみ》で親友のアレク・ガラが、村を旅立ってしばらく経《た》つ。

その間に、実りの時季ファンスが終わり、シツティアディスという名を持つ、寒い季節が来ていた。紅葉に彩られて様々な実りをみせた山々も、今では葉を落とし、静かで冷たい空気を放っている。動物たちも次々と山から姿を消していた。みな次の季節まで静かに眠るのだ。

白で統一された景色を見ながら、ルースは今朝の夢に出てきた〝彼女〟を思い出した。

（夢に出てきたあの人、綺麗《きれい》な人だったなぁ。髪の色もアレクに似てキラキラしていたし……）

ルースが、自身を転生者だと確信を得ることになった前世の記憶。最近は夢で見ることも多くなっている。今日見たのは、前世の命が終わる場面だった。

全くモテない熊男だった、前世のルース。その側《そば》には珍しく、とても綺麗な女性がいた。彼女は涙を流しながら自分の元から走り出し、大通りに出たところで轢《ひ》かれそうになった。

ルースは記憶の通り、大型車から彼女を庇《かば》い、撥《は》ねられた。身体《からだ》は宙を舞い、地面に叩《たた》きつけられたが、しばらくして腕の中にいた彼女は無事に起き上がった。それに安堵《あんど》し意識が暗くなり――終わる夢だ。

（でもあの女性、なぜ最初から泣いていたんだっけ……）

夢が終わる前、彼女はルースを見ながら泣き叫び「あなたにウソを」という言葉を口にしていた。けれど、ルースは彼女が言う〝ウソ〟に関する記憶がない。

（それに〝ウソを〟ってどういう意味だ？）

「ルース、外の雪かきに行ける？」

母セリーヌの声が階下から聞こえて、二階の廊下を掃除していたルースは、窓を閉める。

前世で最後に見た彼女が、どうか幸せであってほしいと願いながら、階段を下りていった。

父ロッサ、兄クラークと共に、ルースが宿の前の雪かきを終えると、そのまま母セリーヌを加えて、家族四人で朝食を取ることになった。

ブラウ家の宿屋に、現在客はいない。皆すでに朝食を終え、宿から発《た》っているので静かだ。

「バルトロの予想だと、今日の夕方には【断絶の五日間】が始まるそうだ。クラーク、ルース、全部の窓に板張りをして、最終準備だ。クラークはサラちゃんの家も手伝うんだろ？」

「ああ。だからこっちは午前だけの作業にさせてもらうよ」

「早めに戻ってきなさいよ。向こうでお世話にでもなったら、大変なんだから」

「今年もお客さん来ちゃうのかな？」

「【断絶の五日間】を知らない客は、毎年数人はいるからな」

【断絶の五日間】――それは、ハシ村でシツティアディスの時季に発生する、特殊な猛吹雪《もうふぶき》により、外と断絶される五日間のことをさす。手を伸ばした先が見えないほどの雪と風の嵐は、外に出たら直《ただ》ちに凍死《とうし》間違いなし、と言われるほどで、村の人間は絶対にこの五日間は家の中にいる。四季のある土地柄故《ゆえ》に、一つの季節が長く続くことはないが、ハシ村の寒い時季は特別短く、それでいて酷《ひど》い吹雪になってしまうのだ。

「今年は大人《おとな》しい客ばかりだと良いんだがな……」

ロッサが小さくため息をつく。ハシ村にとって【断絶の五日間】は毎年のことなのだが、まれにそれを知らずに来てしまう客がいる。ブラウ家では、そんな客に吹雪の説明をして、宿に泊まってもらう必要があるし、彼らの食糧《しょくりょう》も用意しなくてはならないから少し大変だった。

ルースは食事を終えると、外での作業の前に一度部屋に戻った。帽子をかぶり、耳当てをし、分厚い外套《がいとう》を纏《まと》う。動物の皮で出来た外套はちょっと重いが、かなり暖かいのでお気に入りだ。

準備を整えて、部屋を出ようとすると、壁に貼った絵が目に入り、ルースは微笑《ほほえ》んだ。

(アレクは暖かいところにいるのかな?)

勇者の旅から一度戻ってきたアレクが再び出ていき、おなじみの手紙がたくさん届くようになった。その中に、穏やかな港町の風景が描かれた絵が同封されていた。〝あの〟アレクが描いたのかと最初は驚いたが、手紙によるとプロの絵描きの物らしい。

村から出たことのないルースは、初めて見るこの世界の港町に感動し、絵を壁に貼っていた。アレクが見ている世界を、少しでも知ることができた気分になり、嬉《うれ》しかったからだ。

(いつか、一度くらいはこの世界の海を見てみたいな)

前世の知識があるので、海がどんなものかは知っている。けれど、やはりこの目で見てみたいと思う。いつかアレクが帰ってきたら、少しだけ一緒に旅に出るのもいいかもしれない。

(アレクはまた来るって言っていたけど、今度はいつ…だ……ぅ)

ルースはアレクが帰ってきた時のことを思い出して、緩んだ気分になったが、その延長で自身がやらかしたことも蘇《よみがえ》ってきてしまい、顔が熱くなる。頭のてっぺんから湯気《ゆげ》が出そうだ。

(や、やばい、せっかく忘れていたのに……っ、オレの馬鹿……)

アレクは幼馴染で親友だ。なのに、旅先から転送術で戻ってきたアレクと話しているうちに、何故《なぜ》か〝そういう〟状況になってしまい、気づけば擦《こす》りあいっこというレベルを超えた行為をしてしまった。しかも、ルースは欲に流され、積極的に動いてしまったのだ。

(あんなこと、もう絶対ダメ。アレクがどんな顔をしても、ダメって言えるようにしないと)

頭が痛いのは、これが初めてではないことだった。アレクが最初に旅立つ時も、ルースは彼に懇願され、受け入れてしまった。最初の時はまだ『アレクが勇者と言われて動揺《どうよう》していたから』と言い訳ができたが、二回目となると、自身の快楽に対する堪《こら》え性《しょう》の無さを恨《うら》みたくなる。

(ともかく前回のことは忘れる。次回会った時はいつも通り、友人として接する。よし)

ルースが気合を入れて立ち上がると、机の上にある本が、光っているのが目に入った。

「あ、ジオさん」

机の前に戻って光る本を手に取り開くと、真っ白だったページに徐々に文字が現れた。まるで、誰かが目の前でペンを走らせているかのように見える。

ルースが手にしている本は、成り行きでアレクの師匠《ししょう》となった高位魔術師のジオが、ハシ村を去る際に置いて行ったものだ。最初は本を置いて行った理由は不明だったが、後にジオがルースを心配してくれてのことだと分かった。

これは普通の本ではなく、ジオが作り上げた特別な書物だ。前世でいうとメール的な機能を持っていて、対《つい》となる本に書いた文面が、ルースの本へ現れるというものだ。ただ、文章を送るのに大量に魔力を消費する。そのせいでルースは、簡単に返事ができなかった。

書物には、まれにジオからルースあてに、村の様子を尋《たず》ねる文面が届く。魔物狩りで予想外のことが起きたので、その後を心配してくれているのだろう。

「……なになに？　『その村で問題が起きても解決できるよう、ワシの知り合いに声をかけておいた。何かあったら頼るといい。そうかからず顔を見せに行くはずだ。少々気難しいが、お前さんなら大丈夫だろう』ってジオさん心配性だな……」

ルースは、白い眉と髭《ひげ》で覆われた老人の顔を思い出して微笑んだ。そんなジオの知り合いというのだから、きっと優しい雰囲気の人に違いない。話をするのが楽しみだった。

ルースは魔力を使い切って良い、一日の終わりに返事をすることにし、部屋を後にした。


「ルース。あとはお父さんに任せて、お向かいさんと、教会に荷物を持って行ってくれる？」

「わかった。……母さん、その後は少し出かけても平気かな？　約束があって」

「大体は終わったし、かまわないわよ。吹雪が強くなる前に帰ってきなさいね」

「うん。ありがとう」

昼頃セリーヌに許可を貰《もら》ったルースは、狩りの道具と荷物を持って、隣の家に向かった。

(起きているかな……ウォノクさん)

ブラウ家の右隣はパン屋だが、左側は通りを挟んで、数軒家がある。そこは昔、老婆《ろうば》や若い家族が住んでいたのだが、少し前から空き家になっていた。そこへ最近村の外から、男が移住してきた。滅多《めった》に移住者を受け入れない、気難しい村長の説得に成功した者がいるのだ。

(だけどアレじゃな……母さんがこれ持っていけって言うのも、わかるよ)

ブラウ家では、村長を説《と》き伏せた隣人を歓迎していたが――その家主には少々問題があった。

ルースがため息をついていると、普段は人のいない通りに、村の女性陣――メイメイにパリア、それにシューラがいるのに気づいた。彼女たちは人の気配を感じたらしく一斉に振り向く。

「おはよう三人とも、どうしたの？」

ルースがヘラリと笑いながら手を振ると――彼女たちも「おはよう」と返事をしてくれた。

（女の子に挨拶《あいさつ》を返してもらえるって嬉しいな！）

ルースは、他人から見れば程度の低い喜びに、小さく震える。

以前なら、女性陣のルースに対する反応は冷たいものだったが、魔物狩りの一件から、極僅《わず》かだが柔らかくなった。結果はどうであれ、命の危険があると知りながら、バルがいる場所へ向かったことが良かったのだろう。特にパリアは、手を振り返してくれるほどだ。

（このままいけば、目を合わせて話してくれて、それどころか向こうから声をかけてくれるかも、そしたら……いつかは、いつかは、いつかはお嫁さんをもらえるかもしれない！）

ルースが気の長い未来の妄想《もうそう》に心を躍らせていると、彼女たちが手に持っていた荷物を抱えなおすのが目に入った。

「あれ？　……もしかして皆も、ウォノクさんに用事？」

「〝も〟って、あなたも……？」

パリアが眉をひそめた瞬間、四人の近くにあった家のドアが開いた。

「おお、揃《そろ》いもそろって、我《われ》の家の前でどうかしたか？」

家から出てきたのは、シルクのような艶《つや》をみせる銀髪を腰まで伸ばし、金色の瞳に迫力があるものの、作り物めいた美しさを感じる顔立ちをした、威厳《いげん》のある声を響かせる美丈夫《びじょうふ》――ブラウ家の隣に住みだしたウォノクだった。ウォノクは真っ黒でゆったりとした衣服に全身を包んでいるが、本人の華やかさで妙に輝いて見えた。ハシ村にはいないタイプの美形だ。

(また、どうしてこんな人がハシ村に来たんだか……)

アレクは爽《さわ》やかなイケメンで、マクシムも色気漂《ただよ》う男前。彼らは健康的で健全な雰囲気だったが、ウォノクの色気はそれと真逆だ。ウォノクは陰といったところだ。

アレクやマクシムを陽とするなら、ウォノクは陰といったところだ。どこか妖《あや》しげで艶めいた雰囲気がある。

「「ウォノクさん、今日のお食事にどうぞ」」

「ほう、我のために食糧を持ってきたのか。まあ、褒《ほ》めてやらんでもない」

『王様か！』とツッコミを入れたくなる、上から目線のウォノクの言葉に、三人は嬉しそうに返事をする。ルースは彼女たちが『誘惑の呪《のろ》いでも掛けられているのでは？』と心配になった。

ウォノクの外見は、軟弱とは言わないがクラークやマクシムに比べると細い。つまり村ではモテないタイプだ。なのに、今では村の若い女性を中心に話題となり、一部を夢中にしている。

(……あれ、もしかしてオレが全くモテないのって筋肉のせいじゃ……ない？)

ルースが、たどり着いてはいけない真実の扉を開こうとしたとき、目の前で三人からのプレゼントに手を伸ばしていたウォノクと視線が合った。

「あ……ウォノクさん、うちからも御裾《おすそ》分けを……」

「おお、ルース。お前も来てくれたのか。我は嬉しいぞ！」

笑みを浮かべたウォノクは、女性陣三人を掻《か》き分け腕を広げて――ルースへ抱き着いてきた。

「「ギイヤァアアア！」」

パリアとシューラの悲鳴があたりに響く。メイメイだけが興奮したような顔をしていた。

一瞬何が起きたのか理解できなかったルースだが、その三人を見て頭が現実に戻ってきた。

「ちょ、ちょっと、ウォノクさん！　近い、やめてください！」

ウォノクから逃れようともがくが、細身に見えてかなり力が強く、逃げるのが難しかった。

「ちょっと！　あなたも、そうやってウォノクさんにアピールしていたの!?」

「ルースって、いっつもそう！　最悪！」

「え、あ、二人とも!?　二人とも、ちょっと待って！」

さすがのルースでも、二人の形相《ぎょうそう》によろしくない状況だというのは理解できた。しかし、パリアとシューラは、ルースの声も聞かず、その場を去って行ってしまった。

「ルース、今まで誤解していてごめんね。わたし二人を応援しているから！　頑張って！」

「ん？　ちょっと待って、誤解ってどういうこと？　メイメイ教えて！　メイメーイ！」

ただ一人残っていたメイメイも、すべてを悟《さと》ったような顔をして去って行ってしまった。

その場に残ったのは、再び女性陣からの風当たりが強くなるのではないかと心配するルースと、いまだに「愛《う》い奴《やつ》め」と言いながら抱き着いているウォノクだけだった。

女性陣全員に去られたルースは、原因であろう男をジロッと睨《にら》みつけた。

「ウォノクさん、いい加減にしてくださいよ！　何故か皆怒って行っちゃったじゃないですか！」

「そう、硬いことを言うな。二日間も会えなかったんだぞ、我が恋焦《こいこ》がれるのも分かってくれ」

「──男に抱き着かれて、『仕方ないですね』なんて言うわけがないでしょう！」

「んぶっ」

ルースが頭突きをしたことで、ようやくウォノクは手を放してくれた。しかしあまり効いていないようで、ケロッとした顔をして首を傾《かし》げ、再び手を伸ばそうとしてくる。

ルースは二度も抱き着かれてはたまらない、と急いで抱えていた〝鍋〟を差し出した。

「おお！　我の愛《いと》しきボローアシチュー！」

まだ温かな寸胴鍋《ずんどうなべ》を抱きしめたウォノクは、持ってきたルースに背を向けると、さっさと家へ戻っていった。そして「忘れていた」と再び扉を開け、ルースを手招きする。

（ウォノクさん、本当に好きなんだな……母さんのボローアシチュー……）

ウォノクが待っていたのはルースではなく、母セリーヌ特製のボローアシチューだ。前世のビーフシチューに酷似《こくじ》した家庭の味に、どうやら一目惚《ひとめぼ》れ、もとい一口惚れしたらしい。

「うん、そなたはいい匂《にお》いだ」

ウォノクは部屋の中にあるテーブルに鍋を置くと、側に置いてあったスプーンを手に取る。

優雅にシチューへ口をつける姿は、妙に品があった。たとえスプーンが朽《く》ち果てる寸前であろうとも、右手でしっかりと鍋を抱きしめていても、だ。顔のせいだろうか。

（それにしても、この間からこの家は変わっていないよな）

成り行きでウォノクの家へ入ったルースだが、数年使っていなかった空き家の荒れた様子が、相変わらずそのままになっていることにため息をつく。

「ウォノクさん、昨日も言いましたけど、吹雪がくるので家を補修しないと大変ですよ？」

「ただの猛吹雪だろう？　そんなもの我には関係ない。お前たちからのボローアシチューの提供があれば、我は吹雪《ふぶ》いていようが生きていける」

「だから……。断絶の五日間はみんな家の中に閉じこもるんです。もちろんうちも例外じゃありません。つまり……その五日間はあなたに御裾分けを持ってくることもしませんよ？」

「なに!?　五日間も我にボローアシチューを持ってこないだと!?」

ウォノクはようやく事の重大さに気づいたらしい。鍋をかきこみ食べ終えると、「どういうことだ」と真面目《まじめ》な顔をしてルースに詰め寄った。

「……だから何度も言ったじゃないですか、猛吹雪で村中の人間が動けなくなるって」

「では我はどうやって、五日間も腹の虫を抑えればいいのだ。苦しいではないか！」

「いや、だから、五日分の食料を貯《た》めて、自分で料理をして……」

「食糧を貯めるとはどうすればいい？　料理は魔術でできるものなのか？　肉に火を当てればボローアシチューになるのか？」

「……なりませんね」

ブラウ家がウォノクへ食事を運んでいるのは、この究極的な生活能力のなさが原因だった。

(元々は執事《しつじ》やメイドさんに傅《かしず》かれていた、どっかのお坊ちゃんだったのかな……)

引っ越してきたばかりのウォノクの過去は不明だが、口調や見た目からして浮世離《うきよばな》れしているのは確かだ。彫刻《ちょうこく》のように整った顔のこの男が、あくせくと動く様子が思い浮かばない。なにせ引っ越ししてきた次の日にルースが様子を窺《うかが》いに訪れたら、ウォノクが「食事はいつ出てくるのだ？」と真顔で尋ねてきたのだ。作るとか、買い物に行くという発想がなかったらしい。

（こんな辺境の村に来たのも、家が没落《ぼつらく》したとか深い事情があるのかも……）

前世ならそこまで常識知らずの人間など滅多にいなかっただろうが、この貴族制度がある今世なら『フォークより重い物を持ったことがない』を地でいく人がいてもおかしくはない。

（……この人、このままだと本当に吹雪で死ぬかも…………それはな……）

ルースは小さくため息をつく。

ブラウ家にウォノクの面倒をみなければならない理由もないが、放置もできない。

「分かりましたウォノクさん。荷物を纏めたら、うちの宿屋に来てください」

「ほう、招待か？」

「ええ。両親にも言っておくので、五日間はうちで過ごしてください」

「それなら我の腹も安泰《あんたい》だな。ルース、お前は機転がきくやつだな、褒めてつかわそう」

ご満悦《まんえつ》、といった表情でウォノクが頷《うなず》く。当然だとでも思っていそうだった。

ルースはこれ以上ため息をつくと幸せが逃げそうなので、さっさとウォノクの家を後にした。

ルースは宿屋に戻ってウォノクの件を伝えると、今度はまっすぐ教会へ向かう。

教会は有志の大人たちが、窓に木板を打ち付けていて、すでに吹雪の準備は整っていた。

教会前に神父様をみつけると、ルースは声をかけた。

「神父様、こんにちは。あの、こちらを断絶の五日間の間にお食べください」

「こんにちはルース。ありがとう」

セリーヌから渡された保存食などをルースが差し出すと、神父様は目を細める。

教会も断絶の五日間は閉じたままになる。子供たちが多くいるので、この時季は神父様も常に気を張っている状態だ。前にロッサが『宿屋の方に身を寄せては』と提案したが、快適な暮らしは子供たちのためにならないという理由から、断られてしまったという。その話を聞いたルースは、神父様は本当に真面目で、子供たちの将来を考えてくれる人だと感動した。

(アレクもこの時季になると寂《さび》しそうな顔をしていたな)

断絶の五日間がいつ来るかわかると、前日のアレクはどんよりとした雲を背負っていた。

『ルース、やっぱ五日間オレのところに来ねえ？　寝床は作るから』

『神父様に迷惑はかけられないって。それに、そんなことしたら父さんたちに怒られる』

『………けどよ、五日間も会えないじゃねえか』

『ははは、アレクは相変わらず寂しがり屋だな。五日間なんてあっという間だって』

『そんなことはない！』と力強く言うアレクを、毎年ルースは宥《なだ》めていた気がする。さすがのアレクも、断絶の五日間は不安なのだろう。そういう姿はちょっと可愛《かわい》かった。

「ブラウ家には助けられてばかりですね」

「いえ。それより、困ったことはないですか、アレクの代わりにやりますよ？」

「ああでもルースでは……あ、いえやってもらいましょう。中へよろしいですか？」

神父様に頼まれて、荷物の移動や隙間風《すきまかぜ》が気になるところを塞《ふさ》ぐ作業を手伝った。作業が終わって応接室へ戻ると、神父様が温かいお茶を出してくれた。

「おかげで気になっていた部分を補修できました、ありがとうございます。ルース」

「これくらいならいつでも」

魔物狩りの一件以降、神父様から信頼を得たらしく、以前ならアレクがやっていた雑事をルースは任されるようになった。アレクの代わりを完璧にはできなくとも、誇らしい気分だ。

「神父様ー……あ、ルースだ！　久しぶり！」

「バード、こんにちは」

教科書を持ちながら応接室にやってきたのは、教会で世話になっているバードだった。バードは今朝から落ち着きがなかったので、神父様に勉強するよう言われてしまったという。

（懐《なつ》かしいなぁ、この教科書、オレも勉強したな）

人の歴史を記した教科書は教会所有のもので、一般家庭には普及していない。基本勉強するときは貸し出しをお願いすることになる。この世界は、各家庭で本が買えないほど貴重なわけではないが、簡単に捨ててしまえるほど安い存在でもない。

幼い頃は、泊まりに来たアレクと共にルースも一冊を何度も読み返した。

『やっぱりすごいな今世の歴史は。海底王国なんて、どういう風に建材を運んだんだ？』

『ルース。なんどそこ読んでるの？』

『ゴメン、もう少し。アレク、眠かったら先に寝て良いよ』

『……やだ。いっしょに起きてる……』

必死に目を擦るアレクを思い出して、ルースが笑みを浮かべていると、バードが声を上げた。

「ねえ、神父様。この教科書よりもっと昔はどんな様子だったの？　どんな国が強かったの？」

「千年より前ですか……」

神父様はバードの質問に、少し面食《めんく》らった顔をする。珍《めずら》しい反応だ。

「そういえばこの教科書、いきなり人間の村ができたところから始まりますし、オレもちょっと気になっていたんですよね。その前ってどんな感じだったのですか？」

教科書には、王都の土台となった村の誕生から続く、千年の歴史しか書かれていない。でも、この世界は長寿種という人間の何倍も生きる種族も存在するというし、また現在の人間では作れないような遺跡《いせき》や遺物《いぶつ》の存在も確認されていた。千年以上前の歴史があって当然だろう。

だがルースたちの質問に、神父様は少しだけ苦笑いした。

「千年以上前なんて、ありませんよ。この星はただの荒野でした。そこに四神様によって、人間は他の種族と同時に産み落とされました。人の歴史は、村ができたところからです」

ルースはその言葉に違和感を覚えたが、神父様はいたって真面目で、何も間違ったことを言っているとは思っていない表情だった。むしろそんな質問をするルースを不思議に思っている。

（うーんつまり、〝この星〟はそういうものなのかな？）

この世界の成り立ちが、前世と同じであるとはかぎらない。神父様が言うように、この世界は四神が人の形を作り置いて、そのまま繁栄した世界なのかもしれない。

(歴史調査が進んでないだけってこともあるだろうけど……〝現状は〟そうなんだろうな)

もっと未来になれば、新たな事実が分かる可能性は高いが、ルースは〝今はそういうものなんだ〟と納得することにした。歴史学者になりたいわけでもない。騒ぐ必要はないだろう。

「へーそうなんだ。四神様が直接作ったなんて、人ってすごいんだな」

「ええ、ですから歴史を絶《た》やさぬよう、厄災《やくさい》が各地で現れると、同時に勇者が誕生するのです」

「勇者!? なにそれ!? 教えて!」

「バードは興味津々《しんしん》ですね。……そういえばルースにも勇者の話はしていませんでしたね」

「え、あ、はい。教えてください」

その後神父様は、アレクにも伝えたであろう、歴代勇者の話をしてくれた。過去の勇者は一人目が男、二人目が女で、どちらとも大いなる力を授かり、無事に役目を終えたそうだ。

(よかった、誰も死んでないんだ。じゃあ、アレクも大丈夫だよな)

歴代勇者の無事を聞いて、アレクのことを思い出していたルースは安堵した。

しばらく勇者の話で盛り上がっていると、応接室にノックの音が響いた。

「ルース君、外でダニエル君が待っていますよ?」

「あ、忘れてた……!」

心配そうに覗《のぞ》き込んでくる教会のお手伝いさんの言葉で、ようやくルースは午後の予定を思い出した。あの肉屋の息子ダニエルと約束をしていたのだ。

「神父様、すみません。オレここで失礼します。五日間お気をつけください」

「ブラウ家も、気をつけて」

「また、遊んでくれよ！　ルース！」

「バードも気をつけて。神父様を頼んだよ。じゃあね」

お手伝いさんにお礼を言って、ルースは足早に教会の外へ出た。

教会の出口のすぐ側にいたのは、仏頂面《ぶっちょうづら》をしたダニエルだった。

「おせえよ、ノロマ」

「ごめん」

少し前までは、ルースを揶揄《からか》うことしかしなかったダニエルだが、魔物狩りの後からだいぶ態度が変わった。相変わらず一言多いが、なんとなく丸くなったとルースは思っている。

近頃ではルースの弓の腕も認めているのか、一緒に狩りに出かけることも多くなった。

(こういうの、友達になれたって感じがするよな)

今回もルースが山の仕掛けを取りに行くと伝えたら、ついて行くと言い出したのだ。「雪に埋まらないか見てる」とか「自分で仕掛けにかかるかもしれないからな」などと言っていたが、要約するとルースが心配らしい。素直ではないだけで、優しい男だと最近分かった。

「今日仕掛け取りに行かねえとまずいってお前が言ってたんだろ。夕方になると雪に変わるぞ」

「分かっているよ。本当にごめんって！」

ダニエルは眉間《みけん》に皺《しわ》を寄せたままだったが、ルースが必死に謝ると、ブスッとしつつも歩き出した。怒っているくせに行く気ではいるダニエルに感謝しつつ、ルースは後を追った。

山を登り目的の場所の近くまで来ると、ダニエルが振り向いた。

「仕掛けは何個だ？」

「大きいのが一つと、小さいのが二つかな？　赤い紐《ひも》が付いている木の根元にあるよ」

「三つとか面倒臭《めんどうくせ》えな……」

「はいはい、ごめんって。ありがとう」

一面が白く染まっている山は、ルースが仕掛けをした時とは、様子が全く違っている。人通りの無さそうな場所ということもあり、紐が無かったら雪解《ゆきど》けまで発見できなかっただろう。

「あ、あそこだ！　……って外《はず》れか」

一つ目の仕掛けは外れだった。餌《えさ》だけが取られて、動物も魔物も掛かっていなかった。

「外れだな。……まあ雪が降っちまったし、タイミングが悪かったんだよ」

「…………もしかしてそれって慰《なぐさ》めてる？」

「んなわけねえだろ！　さっさと次探すぞ！」

ルースの頭をはたいたダニエルだったが、顔は照れくさそうに真っ赤だった。

しばらくすると、二本目の赤紐が括《くく》ってある木を見つけた。あれは大きい方の罠《わな》の印だ。

「結構大きな仕掛けだから、作動しているなら問題ないけど、気をつけて歩いて……え……」

「なんだ？　これ……」

大きな罠を張った場所へ近づいてみると、奇妙なことになっていた。

「円形に削《けず》れてる……？」

二つ目の仕掛けは、大型の獣を捕えられるように、大きめの落とし穴を作っていた。しかし、仕掛けが作動し、くぼみが出来ているのに、中に獲物はいない。そのうえ、奇妙な形に地面が削れていた。円柱状の落とし穴を、より大きな円で無理やり拡張したような感じだ。

「普通じゃできねえ形状だな。魔物が掛かって、逃げ出すために技でも使ったとかか？」

「この辺の魔物って、円形になる技なんて使ってたかな？」

結局、考えても理由は分からず、ルースたちは穴を埋めて忘れることにした。

「雲が出てきたな……」

山の向こうに、分厚い雲が見えてきた。その空の下はただの雪にしては薄暗い。村長の話によると、きっとアレが断絶の五日間の吹雪なのだろう。

「あと一つだ。急ごう。この下の方にあるんだ」

ルースたちは、そこからすぐの斜面を下りていく。しばらくすると紐が見えた。

「あ、掛かっているよ！」

最後の目印を見つけて駆け寄ると、そこには思ってもいなかった大型の生物が、罠に脚をぐっさりとやられて、横たわっていた。しかもその姿は――。

「……これ、オオカルかな？」

前世の狼《おおかみ》や大型犬に似た動物・オオカル。ボローアほど柔らかくはないが、引き締まった肉は燻製《くんせい》にすると非常にいい味になる動物——のはずだが、ルースは獲物の姿に違和感を覚えた。

「……オオカルは灰色だろ。こいつ真っ白だぞ。身体も大きいし」

ダニエルは肉屋ということもあり動物に詳しい。ルースも同様に何か違うと感じる。

白いオオカルが目を閉じているのを確認してから、ルースは直接触れてみた。

「……まだ、あたたかい。心臓も動いている……このオオカル、生きているみたいだ」

「掛かってから時間が経ってねえんだろ。どうする？　オオカルじゃあ、なさそうだが……」

オオカルなら問答無用《もんどうむよう》で息の根を止めて持って帰るが、ルースも姿の違いが気になった。

「ん？　ダニエル、このオオカル、ここに変な印があるみたいだ。分かる？」

「変な印……ってうわ！」

「ど、どうしたんだよ」

ルースがオオカルの首に見つけたのは、掌《てのひら》よりも小さな円に描かれた人工的な印だ。

それを見たダニエルはとても驚いたが、すぐに「殺さないでよかった」とため息をついた。

「なんだよ、この印に何か意味があるのか？」

「そうか、ハシ村じゃ関係ねえから、お前知らねえのか。奴隷紋《どれいもん》だよ、それ」

「ドレイモン？」

ルースが呟くと、あれだけ明るかった空は、いつの間にか分厚い雲に覆われていた。そこから冷えた空気と共に白い粒が舞い降りてくる。

背筋にゾクリとした寒さがこみ上げてきた。

【2】宿に集まった者たち――断絶の五日間　一日目

ブラウ家は広場に面して二階建ての客室があり、左横の細い通り沿いに平屋造りの食堂と母《おも》屋《や》がある。宿屋と母屋を合わせると、L字型を上下反転させた形の建物だ。

広場を正面に据えた食堂から厨房《ちゆうぼう》につながり、その先に家族のリビング、両親の部屋、兄クラークの部屋、倉庫部屋、ルースの部屋が一本の廊下で続いている。ルースの部屋は増築の関係で、他の部屋から離されているため〝離れ〟といわれていた。

ルースはその自室に近い、外へと続く裏の扉を開けた。誰もいないことにホッとして、そっと入ろうとすると、ルースの部屋の隣にある倉庫部屋から、兄クラークが出てくる。

「ルース、遅いぞ！」

「つ、兄さん!?」

「みんな心配して……って、その背中のは、獲物《えもの》か？」

クラークが背中の白いオオカルに気づいてしまったので、ルースは少し顔を引き攣《つ》らせた。

ブラウ家で獲物となると、たどり着くのは解体部屋だ。そうなってしまうと、母セリーヌによって綺麗《きれい》に捌《さば》かれてしまうので、なんとかして誤魔化《ごまか》さなくてはいけない。

「いや、そのこれは……獲物じゃなくて……その拾ったというか、助けたというか……」

「獲物じゃないって、しかも助けた？　この断絶の五日間に？　どういうことなんだ？」

言い淀《よど》むルースに、クラークは渋い顔をしながら近寄ってくる。弟の話をちゃんと聞こう、という姿勢はありがたいが、適当に誤魔化されてくれないのは困りものだ。

結局、良い言い訳が見つからなかったルースは、厳しい顔をしているクラークに、ダニエルから聞いた話を伝えることになった。

「なるほど、奴隷紋《どれいもん》か。俺も王都へ行くとその話題は聞くな。王都では奴隷の売買が禁止されているとはいえ、そういった商売人を裏通りで見かけることもある」

クラークはそう言いながら、白いオオカルの首元にある奴隷紋を見つめた。

奴隷紋は奴隷として購入された所有の印であるという。しかもこの印は、奴隷が死んでいても、大まかであるが所有者に居場所が分かるようだ。

奴隷紋を持つ者を殺すと、当然所有者が犯人捜しをはじめ、見つかるとお金の請求《せいきゅう》をしてきたり、代わりに無理やり奴隷にされたり、と結構大変なことになるとダニエルに教えられた。

「オレの罠《わな》に掛かってたし、ただの動物じゃないならほっとくわけにもいかなくて……」

オオカルをあのままにしては凍死《とうし》してしまうため、ルースは仕方なく連れ帰ってきたのだ。

ルースが気まずそうに説明を終えると、クラークのため息が聞こえた。

「……仕方ない。母さんには見つからないようにな」

「いいの、兄さん!? ありがとう!」

ルースが中へ転がり込むと、クラークは表を確認し、鍵を閉めて内側から板を打ち付けた。

「もしかして、オレが最後？」

「たぶんな。毎年恒例の予定外のお客は食堂へ集まっているよ。ひとまずお前はそいつな」

クラークがルースの背中にいるオオカルを指差す。

「このオオカル、オレの部屋に連れていってもいいかな？」

「やめとけ。母さんが入ってきたらすぐに解体部屋行きだぞ」

結局セリーヌにばれない場所ということで、ルースの隣にある、さきほどクラークが出てきた倉庫へオオカルを隠すことにした。倉庫はシーツや枕の予備に、季節ごとの着替えが置いてあり、滅多《めった》なことでは人が入らない。

(最近は荷物を置きにしか来ないけど……アレクと昔はこの部屋で、よく遊んだな)

暗くて物が多い、親の目が届きにくい室内は、悪さをするには格好《かっこう》の場所だった。

「ちょっと冷えるね」

「普段は使ってないからな、ほらこれ下に敷け」

部屋のランプを点《つ》けると、奥から使っていない絨毯《じゅうたん》をクラークが持ってきてくれた。その上にオオカルを降ろす。ルースの古い外套《がいとう》が残っていたので、念のため上からかけておいた。

「目を覚まさないな。生きているのか？」

「弱ってはいるけど、触れるとまだ温かいから……」

白いオオカルはルースたちにされるがまま横たわっていた。ルースがダニエルにもらった薬を、罠で傷ついた脚につけてやるが、痛みに起きる様子もない。

「大丈夫かな？」

「様子見だな。あとで湯たんぽと飯を持ってきてやるくらいしか、俺《おれ》たちにはできないよ」

クラークに背を叩《たた》かれ、ルースは後ろ髪をひかれる思いをしつつ、倉庫を出た。

ルースはそのまま隣の部屋で着替えを済ませると、すぐに皆が集まる食堂へ向かった。いつまでも宿屋の方へ顔を出さないと、セリーヌやロッサが心配するから少し速足になってしまう。

「ルース、遅かったじゃない。探しに行こうかと思っていたのよ」

「ごめん、母さん」

「本当に、もう……！」

食堂へ入ると、セリーヌが厨房から顔を出した。かなり心配をかけたようだ。

「あんまり気にするな。母さんちょっと別のことで機嫌が悪いんだよ」

「別のこと？」

「すぐにわかるさ。それよりお客だ。やっぱり今年もいたぞ」

クラークに顎《あご》で示され食堂の方へ視線を向けると、そこには初めて見る客が四人ほど椅子に座って食事をしていた。夕方になり天候が怪しくなってきたころ、慌《あわ》てて入ってきたらしい。

「ようやく帰ってきたようだな。ルース」

背後から声をかけられて振り向くと、人形染みた美貌《びぼう》を輝かせる男ウォノクが、クラークの隣に立っていた。クラークとの身長差がそれほどないので、隣にいると顔の違いがよくわかる。

「ウォノクさん、来てくれたんですね」

「喜べ、来てやったぞ。寝室はそこそこの作りだが、寝心地は悪くなさそうだな。五日間とは言わず、もう少しいてやってもいい」

「はは……ありがとうございます」

言い方は微妙だが、要するにウォノクはブラウ家の宿屋を、お気に召してくれたようだ。

「あら、ウォノクさん。もう夕飯出来ていますよ。お座りください」

「本当か!?」

再び厨房から顔を出したセリーヌの言葉で喜んでいるウォノクを、ルースが席へ案内する。

その間にクラークは、逃げるように風呂の準備に向かっていってしまう。

「ウォノクさん、ごゆっくりどうぞ。おかわりもたっぷりありますからね」

「おお、出来立てのボローアシチュー！　香りが違う」

「え……？」

ルースはセリーヌの出した食事に少しだけ眉を顰《ひそ》めた。何故《なぜ》ならウォノクの食事は、皿いっぱいのボローアシチューに、パンと少量の副菜だったからだ。

(今日のメニューってステーキだったよね？)

厨房に向かいながら周りの客を見てみると、テーブルの上にあるのはボローアのステーキだった。シチューの気配は微塵《みじん》もない。ウォノクへの特別対応だろうか。

「母さん、確かにウォノクさんはあれが好きだけど。他のお客さんと差をつけるのは……」

「値段的には大差ないわ。むしろ、原価はボローアシチューの方が安いのよ。それにね……」

「…………え、……なにこれ？」

厨房の中でセリーヌが、客から隠れるようにしてルースに見せてきたのは、親指ほどの大きさがある真っ赤な宝石だった。周囲には細かな金細工で縁取りがされており、ルースがあまり物の価値に詳しくなくても、高そうだと一発で分かる代物《しろもの》だ。

「今までの食費と、今回の宿代にって、ウォノクさんが渡してきたのよ。クラークに鑑定《かんてい》してもらったけれど、この宝石本物らしいわ。しかも一級品」

「一級品って……食費と宿代にこれじゃ高すぎるでしょ！」

「ええそうよ……この宝石ひとつで、うちの家がお買い上げ出来てしまうんじゃないか、って。それを聞いてさすがに私も断ったのだけど、これが嫌なら、ほかの宝石を持ってくるって……」

「はは……」

金銭感覚が狂っているウォノクに、ルースは呆《あき》れたが、同時に疑問も湧いてきた。これだけ高価なものを持っているのに、なぜウォノクはこんな小さな村に来たのだろうか。王都の方が物価は高いが、彼が必要とする使用人だって簡単に雇《やと》えるし、快適に過ごせるだろう。

(ああ、でもウォノクさんの話し方が独特な理由は分かったな……)

自分を『我《われ》』という、王様のような話し方や言葉遣《づか》いも、きっと宝石をポンと出せる環境の名残《なごり》なのだろう。もしかしたら王都では名の知れた貴族だったのかもしれない。

「差をつけるのは良くないのだけど……全くってわけにもいかないでしょ？」

「……まあ、仕方ないか」

きっとウォノクは、特別扱いを望んで宝石を出したわけではないだろう。とはいえ、ブラウ家からすれば他の一般客と同等に扱うのも気が引けるため、致し方なくの対応らしい。

話に納得したルースは、気持ちを切り替えて、水差しを手にテーブルを回ることにした。

(ウォノクさんはおいといて、今はお客さんの雰囲気を把握しないと……)

お客の名前は、先ほどクラークに聞いているので完璧だ。だが、この五日間は、嫌でも宿の中で閉じこもりっきりになるため、ストレスが溜《た》まりやすい。気が合わなそうなタイプ同士は、なるべく側の席にさせないなど配慮が必要だった。

「お水をお注《つ》ぎしますか、ニコラさん？」

「……ん」

ルースが最初に向かったのは、手前の席に座っていた茶色の短髪で目つきの悪い戦士風の中年男・ニコラの下だった。ニコラは体格が良いわりにあまり肉は好きではないのか、小さく細切れにして食べている。その代わりスープは気に入っているようで、すでに空になっていた。

ルースが続いてスープのお代わりをするかと尋《たず》ねると、「ん」と小さく返事をする。

(ニコラさんは、かなり無口だな……でも気難しそうではないかな？)

大剣を背負っていそうな戦士風の顔なのに、その瞳は知性的な光を放っているので、揉《も》め事を起こすようなタイプには見えない。安心できるお客だ、という認識でいいだろう。

「なあ……」

「はい？」

「……………いや、いい」

ルースに何か言いたそうにしたが、結局ニコラは首を振って食事を再開してしまった。

「あの、ワインの追加を貰《もら》えますか？」

「はーい。では、ニコラさん、ごゆっくり」

「ん」

ニコラの短い返事を聞きながら、ルースは厨房に戻った。

「すみません。遅くなりまして」

ルースにワインの追加を頼んだのは、ニコラの二つ隣のテーブルに座っていた紫がかった黒髪に黒い瞳の青年セジュだった。彼は肉だけを食べていた。

ルースがワインを注ぐと、細い眼《め》をなおさら細くする。

「こんな小さな村で、良いワインが飲めるとは思わなかったよ。選んでいる人は通《つう》だね」

「兄が行商をやっていて、王都で人気があるワインを積極的に宿へ仕入れているんです」

「なるほど。肉も新鮮で質もいいし、辺境の村にしては食材豊かで住みやすそうだね」

「山の恵みが豊富ですから」

ルースは村が褒《ほ》められて嬉しくなったが、次に続いたセジュの言葉に表情を固まらせた。

「やはり人族《じんぞく》の村はいいね。少し前仕事で隣の国ジルタニアに行ってきたんだが、あそこは持て囃《はや》されているがやはり獣《けもの》の国だ。街中が獣臭くて仕事でいるのも嫌になった。酒も酔えればいいような安酒ばかりで、味わいなんてなかった」

そう言いながらセジュはワインをあおった。

ハシ村から山を三つ越えた先にある、ジルタニア王国のことは、ルースも神父様の授業で教えてもらったことがある。その国は、亜人《あじん》の中でも数の多い、オオカル系の亜人が王となり治めている国家で、一族の結束が非常に強いという。また他の亜人種族も好意的に受け入れているため商業も盛んで、ルースの住むハシ村が属しているデオダート王国とも交流が深い。

（まあ人間全員が亜人を受け入れているとは思っていないけど、この場で言わなくても……）

セジュの言い方は、亜人ではないルースとしても、聞いていて気分のいいものではない。多少種族によって違うことはあるけれど、亜人も人間も中身は変わらないと思っているからだ。

とはいえ、ルースも客であるセジュを真っ向から否定し、考えを改めるべきだと言うほどの正義感は持っていない。そういう考えを否定するつもりもない。どう思うかは人の自由だ。

ただし、この場には相応《ふさわ》しくないと思ったので、話を無理やりそらすことにした。

「セジュさんはお仕事でいろんな国へ行くのですね。居心地のよかった国はどこでした？」

「居心地のいい国？　……そうだな、人族もよかったが。やはり魔族の国が最高だろう。圧倒的な財力に力、そして魔力……この世界を統治する種族がいるなら、魔族であるべきだな。他の種族は従うべきだ。そうは思わないか？」

ルースは余計なことを聞いてしまったと思った。セジュは王都で仕事についているのに、魔族主義のようだ。その後も、聞いてもいないのにベラベラと魔族の良い点を挙げていく。

魔族――前世の知識があるため、ルースは最初人間に敵対する種族かと思ったが、神父様曰《いわ》く、彼らはあくまでも『魔族という種族』で、人族の一種であるらしい。〝魔〟と付いているが、単なる種族名で、悪いことをしているとか、そういうことではないようだ。

(アレクが旅に出たのも『魔王を倒す』じゃなくて、『世界中で起きている問題ごとを解決する』っていうだけで、目的に魔族は全く関係ないからな)

アレクの手紙によると、問題の原因は同じく〝魔〟である魔物だけではなく、動物の大繁《だいはん》殖《しょく》による騒ぎもあるらしく、ひとつの種族が悪いとは、一概《いちがい》に言えないらしい。

「魔族が世界を統治するべき、か……考えが浅いな。そんなことをしたら、世界はあっという間に荒廃してしまうぞ」

「なんだと？」

セジュの偏《かたよ》った思想を聞いて、ルースが返答に困っていると、思わぬ方から声が掛かった。

(ウォノクさん？)

ウォノクは優雅に座りながら薄く笑う。美貌も相まって、馬鹿にしているようにも見えた。

「魔族は親和性や協調性が全くない種族だ。世界がこれだけ豊かになったのは、他の人族や亜人のおかげで、魔族は全く関係がない。金と力だけは他より秀《ひい》でているかもしれないが、魔族が世界を先導したところで、こんな豊かにはできないぞ。お前は馬鹿か？」

「なっ……」

ウォノクが己の銀髪を掻《か》き上げ、小馬鹿にしたように笑うと、セジュは顔を真っ赤にし、何か言い返そうとした。——しかし、次の瞬間、セジュは身を怯《ひる》ませ、ウォノクから顔を背《そむ》けた。

ワイングラスを置くと、何も言わずにさっさと食堂を後にしてしまう。

（なんだかわからないけど、喧嘩《けんか》にならないで良かった……）

セジュがいなくなったことで、嫌な空気を放っていた食堂内が少し緩んだ様子になった。

「ウォノクさん……あの」

「我はあいつと同じように言いたいことを言っただけだ。お前に感謝される筋合いはないが、礼を言いたいというなら、聞いてやってもいいぞ。ほら言え」

「ははは……ありがとうございます」

ルースが小さい声で話しかけると、ウォノクはいつも通りの反応だった。

その後すぐウォノクは、後で部屋に飲み物を届けてくれと言って、食堂を出ていった。

（変な人だけど、悪い人ではないよな。助かる）

ルースは、良き隣人と知り合えて嬉しい気分になりながら席を片付ける。

続いて、先ほどの嫌な空気など忘れたように盛り上がる男女二名の冒険者のもとへ行った。

（この二人は亜人さんなんだよな）

先ほどセジュの発言に、ルースが胃を痛めたのもそのせいだ。亜人がいるのに、亜人の悪口を平気で口にするセジュの無神経さには驚かされた。

女性の頭についている、前世のウサギ耳に酷似《こくじ》した耳は、ラピ族特有のものらしい。その可愛《かわい》らしい姿に、ルースの表情も緩くなる。ただ顔立ちからして女性は少し年上だろう。

ルースに気づいた女性の、ジュリアが――長い耳を動かしながら話しかけてきた。

「ねえ、さっきのあのむかつく奴《やつ》に一杯喰《く》わせた超美形、誰あれ？」

「ああ、ウォノクさんですね。村の人なんですよ。わけあって今宿屋に泊まっているんです」

「へえ、こんな小さな村には似合わない超美形よね。あとで挨拶《あいさつ》しておこうかしら」

「おい、ジュリア」

「なによ。あたしたちを正当に評価してくれたのよ、お礼ぐらい言ってもいいじゃない」

ジュリアの言葉に正面に座っていた男――ヘラルドが眉を顰める。

遠目では気づかなかったが、彼の瞳は少し爬虫類《はちゅうるい》っぽかった。見た目では分からないが、その系統の亜人なのだろう。

「そうそう。それより、もしかしてあなたはロッサの娘さん？」

父親の名前を呼び捨てにされて、一瞬ルースは驚いたが、それよりも問題は早めに訂正《ていせい》しておくべきだと、いつも通り苦笑いを浮かべる。

「父がロッサであるのは確かなんですが。オレは娘じゃなくて、息子です」

「え、息子!?　でももう一人は、ロッサにそっくりだったわよ」

「兄は父似で、オレは母似なんです」

「ほら、言っただろう。奥さんに似たんだって」

「そういうこと？　……あーあ、女の子だったらモテたのに～残念ね」

「あはは～」

ルースはジュリアに明るく返しながら、話の内容から彼女たちの事情を察した。

「もしかして、以前から父を知っているのですか？」

「ええ、そうよ。昔パーティーを組んでいたの、あと三人くらいいたけど」

「……父って元冒険者なんですか？」

「あら、知らなかったの？　ロッサはね、結構ギルドでも有名だったのよ」

ジュリアたちとパーティーを組んでいた時は、ギルドに歓迎されるほど実力があったという。

セリーヌと共にロッサもこの村の住人だとルースは思っていたが、元は遠くの街の出身らしい。

「だけどある日突然辞めるって宣言して、こんな山奥の村で宿屋経営するって言いだしたのよ」

「貯めた金を全額使って、老夫婦から宿の権利を買ったって言ったときは、驚いたよな」

「あのロッサが宿屋経営よ。最初は信じられなかったものね」

「――このタイミングを逃すべきじゃないって思ったんだよ」

「あ、父さん」

明日の仕込みを終えたらしいロッサが、厨房から秘蔵の酒瓶《さかびん》を持って出てきた。そのままヘラルドの隣の椅子を引き、持っていたコップを二人の前に置くと酒を注ぎ始める。

「あの時は迷惑をかけたって思ってるよ。……それから、息子が二人、って手紙で書いただろ」

「そうだよ、ジュリア、そっくりなのが二人かって一緒に笑っただろ？」

ヘラルドは父が注いだ酒を飲み始めるが、ジュリアは唇を尖《とが》らせた。

「あら、そうだっけ？　それよりあの後大変だったのよ」

「悪かったって言ってるだろ？」

「でもさ～」

そのままロッサは二人の話に加わりはじめる。どうやら冒険者として頼りにされていたのは本当のようで、ジュリアは酒の勢いもあってか、グチグチと文句を言い始めた。だが、その様子は怒っているというわけではなく、寂《さび》しさをぶつけているように見えた。

逆にジュリアを見つめるヘラルドの表情は複雑だ。少し嫉妬《しっと》が混じっている気がする。

（ん？）

急に悪寒《おかん》を感じルースが背後を振り向くと、三人をじっと見つめるセリーヌの姿に気づいた。

（そういうことか……さっさと食堂を出よう）

セリーヌの機嫌が悪い理由は、このジュリアなのだろう。

ルースはニコラの後片付けをすると、兄と同じくそっと食堂を離れた。

「様子はどうかな……って、まだ変わりはないか」

ルースは厨房に寄ってから、白いオオカルが寝ている倉庫部屋に再び顔をだした。

オオカルは目を覚ましてはいなかったが、白い息が鼻から出ているので、生きてはいるのだとわかる。

「……目が覚めたら食べなよ？」

絨毯の上に、家族の夕食の残りである肉入りのスープを置いた。身体《からだ》を温められるように魔術がかかった長時間用湯たんぽも、オオカルの身体と上着の間に二つ挟んでおく。

（このオオカル、毛並み良いよな……）

狩りで獲《と》るオオカルの毛は、もっとゴワゴワしていて汚れがたっぷりこびり付いている。毛皮として使う際は、何度も洗濯《せんたく》が必要なほどだ。それに対して、この白いオオカルはまるで毎日ブラッシングをしているかのようにフワフワの艶々《つやつや》だった。

(奴隷紋っていうと悪いイメージだけど、ペット扱いされていたのかな?)

奴隷と聞くと、本来ならば意思疎通《そつう》が可能な相手、人型の者を手足のように働かせるのではないかとルースは勝手に思っていた。だが、今世の常識では、違うのかもしれない。

「あ……そうだ。ウォノクさんにお茶を頼まれていたんだった」

しばらく無心でフワフワとした白いオオカルの毛を撫《な》でていたが、遠くから父と母がリビングに戻る足音を聞いて、ルースは我に返る。この部屋にあまり長居は良くないだろう。

最後にもう一度オオカルを軽く撫で、十分に癒《いや》されてから部屋を出ることにした。

「ウォノクさん、お茶を持ってきましたよ」

ルースが客室へ入ると、ウォノクはセリーヌが持って来たであろう白い寝間着を着て、ご機嫌な様子だった。一番風呂が良かったらしい。

寛《くつろ》ぎの時間を邪魔してはまずいなと思い、明日コップを回収することを告げてからさっさと部屋を出ようとすると、その前にウォノクの方から声をかけてきた。

「お前は、他の客の元を回りながら亜人をチラチラと見ていたが、珍しいか?」

「いえ、亜人の方も宿にはたまにいらっしゃるので、そこまででは……。ただあの耳の形は初めて見たので……すごく可愛いなって」

ルースの言葉にウォノクはニヤニヤと笑う。

「可愛いか。母親と同じくらいの女性相手に使う言葉ではないな」

「え……ジュリアさんってそんな年齢なんですか？」

「なんだ、知らなかったのか？」

ウォノク曰《いわ》く、亜人は寿命の長い種族が多く（短い者もいる）、また見た目がそれほど老《ふ》けないため、人間からみると年齢が分かりづらいという。彼女も、二十代後半に見えて、かなり年上らしい。セリーヌと同じだとすると、四十代だろうか。

「ときに、お前は、魔族の話にも驚いていなかったな。田舎村に住んでいる大抵の人間は驚くが……奴らも見たことがあるのか？」

「あ、いえ、見たことはないんですが、教会の神父様から聞いていて……」

前世の記憶が蘇《よみがえ》り、好奇心旺盛《おうせい》になったルースは、戸惑う神父様にたくさんの質問をして困惑させたことを思い出した。そして一緒にいたアレクは、何故か不機嫌そうだったことも。

『ルース、どうしてそんなにマゾクを気にするの？』

『き、気になるじゃないか、魔物と同じ『魔』がついてるし』

『……ぼくがマゾクになったら、ルースはいっぱい気にしてくれる？』

『え、なんでアレクが魔族になるの？』

可愛く首を傾《かし》げたアレクが、何故そんなことを言い出したのかは今でも疑問だ。

魔族について語り初めたウォノクによると、世界中に蔓延《はびこ》っている魔物は、魔族の配下というわけではないらしい。人間からみる動物と同じような存在だという。

「魔物は動物……」

「そうだ。魔物と魔族はな、全く別種の生き物だ。同列に扱うなよ。お前たちだって動物と同列にされたら、あまりいい気分はしないだろう？」

「まあ……たしかに」

「そもそも魔族はな、人間や亜人より寿命が長く、たいていは長生きしているが、その反面、繁殖率が非常に低いので数が増えにくい。生命力は強いが、不死というわけではない。だから己を守るために力に固執《こしつ》し、他者との関りを極力減らす者が多い。つまり交流盛んな他の人族や亜人たちより臆病者なんだ」

「魔族が臆病者……それは全然知りませんでした。ウォノクさんって意外と物知りなんですね」

「意外、とはなんだ。我は元から物知りだぞ」

先ほどまでは学者のように冷静だったのに、突然ふんぞり返るウォノクに苦笑いする。けれど、ウォノクがただの貴族のお坊ちゃんだと思っていたルースは、博識な一面を見て内心驚いていた。それとも貴族としては、この程度の知識は当たり前のことなのだろうか。

「そうなると、魔族も人間もあまり変わらないんですね」

「……そうだ。魔族もただの人だ」

そう呟《つぶや》いたウォノクの表情は、なぜか少し寂しげに見えた。

ウォノクの部屋を出て、各部屋の客に入浴を済ませたか確認を終えると、ルースは最後に風呂に入る。風呂からあがると、宿屋の方はすでに明かりを落としていた。

「お客さんは、ウォノクさんを入れて五人か」

宿屋は、予備の部屋を入れて一階が三部屋、二階も三部屋、全部で六部屋ある。基本二人部屋だが、しばらくの間は新規客がいないと分かっているので、全員一人で部屋を使ってもらっていた。

戦士風の無口な人族の男性ニコラ。部屋は一階の廊下から見て左。

ボローアシチュー好きで、妙に博識な人族の男性ウォノク。一階の中央の部屋。

差別的発言が多く、思想が偏っている人族の男性セジュ。二階の階段よりの部屋。

父ロッサの昔の仲間で、現役冒険者でもある亜人の男性ヘラルド。二階の真ん中の部屋。

ヘラルドと旅をしている、ウサギ耳を持ったラピ系亜人の女性ジュリア。二階奥の部屋。

（それに、オレたち家族四人と、オオカル一匹。合計十人か……食料はなんとかなるかな？）

この人数なら、五日間で食べつくす、ということはないだろう。

（あのオオカル、いつかは風呂に入れてあげたいな。でも、まず目を覚ましてから……あれ？）

ルースが宿屋の食堂を通って母屋へ戻ろうとすると、奥のテーブルの一つに、ランプが置かれているのに気づく。

そこではロッサと、客であるヘラルドが、深刻な様子で向き合っていた。

「……なあ、頼むよ」

「悪いが、力になれない……」

話している内容はよくわからなかったが、ヘラルドが酷《ひど》く困ったような顔をしていて、ロッサが首を振っていた。真面目《まじめ》な様子からするに、偶然とはいえ勝手に聞いていいものではないだろう。

ルースはそっと足音を忍ばせて、部屋へ戻ることにした。

「さてと、ジオさんに返事を書かなきゃな……」

ベッドに横になったルースは、湯たんぽを布団へ入れつつジオへの返事を考える。魔力を使うので書き損じは問題だ。長く書くこともできないので、言葉をまとめる必要がある。

（断絶の五日間がきたことを教えようかな。それとも、あの白いオオカルのこと……）

その時ガタガタッと、風がルースの部屋の窓に強く打ち付ける音がした。

（……今日かなり寒いけど、あのオオカル、本当に大丈夫かな……？）

ジオへの返事を考えているうちに、隣で寝ているオオカルのことが気になりだした。動物は人間より体温が高いので、それほど寒さを感じないというが、あのオオカルは弱っている。

「……倉庫で寝ようかな？　部屋も少しはあったまるし、起きたときに暴れられても困るし」

幸い隣の倉庫には、破棄《はき》予定の大きなソファがある。穴がいくつか空いているとはいえ、大柄なロッサがゆったり座れるくらいの代物なので、ルースが寝るのには困らない。

ルースはランプに布団、湯たんぽとジオの本をもって廊下に出た。

「……ん？」

廊下に出た瞬間、視線を感じたが、薄暗い廊下には誰かがいるようには見えなかった。

(気のせいかな？　風の音が煩《うるさ》いからな)

ルースは首を傾げながら、隣の部屋へ入った。

白いオオカルは、スープを食べていなかった。

ルースは念のため撫でて温かいことを確認してから、ソファーに布団を敷く。横になり布団をかけてから、ランプをわきに置いた。ジオの本を広げ、持ってきたペンにインクをつける。

(ええと……『村は酷い吹雪です。これから五日間このままの状態です。山でオオカル』)

そこまで書いて、急いでペンを放す。魔力をごっそり持っていかれて、疲労感が襲ってきた。

やはりルースの魔力量ではこの程度がせいぜいだ。オオカルのことなど、少しも書けない。

『疲れた。もう少し文章を考えるべきだった』とルースが反省していると、段々と意識がふわふわしてくるのを感じ――不意に頬《ほお》を撫でられた。

『ルース、こっち向けよ』

他人の声に気づいて振り向くと、そこには金髪に緑の瞳をした、王子様風のイケメンがいた。

『え!?　あ、アレク!?』

超至近距離に現れたイケメン――親友アレクの整った顔立ちに、ルースは飛び上がりそうなほど驚く。彼は勇者の旅に出て、まだ戻ってきていないはずだ。

しかし、動かそうとした身体は微動《びどう》だにせず、逆に胸からゾクリとした感覚がこみ上げた。

『ん、あっ……え、え!?　なんで』

何故かルースは裸だった。しかも背後からアレクの手が伸びてきて、ルースの胸元を弄《いじ》っている。指先が先っぽを弄るたびに、中心に熱が溜まり、上がっていくのが見えてしまう。

『なんでって、俺の方が聞きたい。俺といるときよそ見をするとか』

『いや、だって。ジオさんに返信を』

ルースが説明しようと手元を見ると、持っているのは枕だったことに気づく。しかも、倉庫にいたはずなのに、いつの間にか自分の部屋にいて、振り返ったアレクも裸だった。

『ど、どういうこと？』

『ちょっと落ち着けルース』

『んんっ』

アレクはルースの口を塞《ふさ》ぎ、中に舌を入れてくる。騒がなくなったのをチャンスと見たのか、止まっていた手も動きを再開して、頭を起こしていた身体の中心にも触れてきた。

優しく、擦《こす》り上げるように触られて、あっという間に高められていく。

『あ……ぁあっ……』

(アレクの手……き、気持ちいい……っ)

快楽に弱い身体と頭は、すぐ周囲のことがどうでも良くなり、アレクの手で感じることに集中しだす。亀頭《きとう》を指先で刺激され、乳首を摘《つま》まれると、腰に力が入らなくなっていく。

『ルース、俺も一緒に気持ちよくなりたい』

潤《うる》んだアレクの瞳が、ルースを見つめながら後ろに手を伸ばす。入り口をなぞられ、そこに熱いものを押し付けられ、アレクの要求が分かった。ルースは自然と腰を上げ――。

「――いたっ……!?　って……あ、あれ？　アレク？」

ルースが頬の痛みに飛び起きると、そこにアレクはいなかった。薄暗い部屋には物が積まれていて、風の音とオオカルの寝息が聞こえるだけだ。腹に抱えた湯たんぽが温かい。

（そうだよ。オレ、部屋じゃなくて、倉庫にいて……）

手元を確認すると、記憶の通りジオの魔法書が開かれたままで、手にしていたペンは近くに転がっていた。起きた時の痛みは、ペン先が頬に刺さったものに違いない。

（つまり、今の……夢!?）

魔力を大量消費したせいで疲労を感じて、気絶するように眠ってしまったのだろう。

（だ、だからって、なにもあんな夢を見なくても……しかも相手が、アレク！）

ルースも年頃なので、いやらしい夢を見てしまう理屈《りくつ》は分かる。けれどその相手が、可愛い女の子――ではなく、親友のアレクなのが痛い。しかも気持ちよくなってしまっていた。

熱くなる顔のまま、そっと中心を確認してみると、案の定少しばかり反応している。

（ううううう……今のはなし！　っ忘れろ、忘れろ！）

ルースはランプを消して、布団に潜《もぐ》る。浮かんでくるアレクの顔を追い払いつつ、必死に目を閉じた。

【3】一人目の犠牲者——断絶の五日間　二日目

「……っ、なに寒い……うわっ！」

急な寒さでルースが目覚めると、目の前に真っ白なものがあった。記憶のない白い物体に、驚いて飛び起きると、それが何なのかようやく理解できた。

「あれ？　オオカル、なんでオレのところに……」

ルースの前にあったのは、オオカルの毛だった。つまりオオカルがいつの間にかルースの側《そば》に寄ってきていたのだ。しかし彼は、ルースの声に反応することなく、目を瞑《つむ》ったままでいる。

「どうしたんだ……って、ううっ、それどころじゃない。すごく寒い……！」

起き上がると異様なくらい部屋が寒いことに、ルースは遅まきながら気づいた。外にいるのと変わらないほどの冷たい空気は、部屋の外から流れてきている。

（廊下か、オレの部屋の窓が、開いちゃったとか？）

板の打ち付けが甘かった可能性は、否定できない。オオカルが寄ってきたのも、この寒さに耐えきれなかったからだろう。湯たんぽよりも、ルースの方が温かいのは確かだ。

ルースは寒さの原因を確認しようと、オオカルをそのままに、ランプを手に部屋を出た。

（なんか、すごい音がしてる……）

廊下に出ると、隣のルースの部屋から、強い風の音が響いているのにすぐ気づいた。もしかしたら本当に窓が開いて、雪が入ってきてしまっているのかもしれない。

「ルース、どうした？」

「あ、兄さん」

声をかけてきたのは、寝間着に外套《がいとう》を纏《まと》いランプを持ったクラークだった。

ルースは隣の部屋で寝ていたこと、気がついたら自分の部屋の様子がおかしいことを告げた。

「窓が開いたとなると、そのままにしておくのはまずいな」

放っておくと冷気がどんどん入ってきて、母屋《おもや》だけではなく宿屋の方にも影響が出る。

「じゃあ、開けてみるよ」

ルースが慎重にドアを押して開こうとすると、簡単には動かなかった。そこで思いっきり力を込めてドアを押すと、今度は勢いよく動き、壁にたたきつけるようにして開いた。

「うわっ」

「くそっ、窓がやられているな……」

窓が割れて、部屋の中は嵐のようになっていた。雪が風と共に舞い込んでいる。視界が悪く、壁側にあるベッドや机の上は雪で凍《こお》っていた。壁に飾っていた地図やアレクからもらった港街の絵などは、破れて部屋中を舞っている。

（そんな……！）

ルースは慌《あわ》てて絵を回収しようと中へ入った。その腕をクラークが引き留める。

「待て、ルース……床に誰かいる」

「え……？」

クラークの視線を追い、ルースがベッドの横の床を見ると、そこには――。

「……もしかして、ヘラルドさん？」

――ロッサの昔の仲間で、ラピ系亜人の女性ジュリアと共にやってきたヘラルドが、全身に霜《しも》をつけて石像のように倒れていた。


クラークがロッサやセリーヌを連れてきて、一気に慌《あわ》ただしくなった。このままでは調べることもできないと、先に壊れた正面の窓を板で塞ぎ、部屋の嵐はひとまず収まった。

それからすぐにロッサはヘラルドの様子を確認したが、やがて静かに首をふった。

（やっぱり、ダメだったか……）

ヘラルドは心臓が止まっていた。ルースも確認したが、ロッサと同じ結論しか出せなかった。

その後、セリーヌがヘラルドの相方であるジュリアを連れてくることにしたが、他の客も騒ぎに気づいて一緒に来てしまい、結局その場で宿にいる全員に起きたことを話すことになった。

「そ、そんな……ヘラルドぉ……」

ジュリアはヘラルドの様子に泣き崩《くず》れ、ニコラは多少動揺《どうよう》していたものの何も語らず、ウォノクは布をかぶせられた死体を見つめ、セジュは壊れた窓をジロジロと見ていた。

「事故でしょうね」

「お客さんも、そう思いますか」

セジュの声に、同じように状況を確認していたロッサが返事をする。

「この部屋は建物の一番端《はし》にあって、小さな通りの反対側には人の住んでいない空き家が数軒あるという。なら、その正面の建物が吹雪《ふぶき》で崩壊して、その一部が窓に当たり割れ、中にいた彼は巻き添えになって倒れ、結果的に死亡した——という可能性は十分にあるかと」

ヘラルドの顔には大きな打撲《だぼく》の痕があった。室内へ飛んできた木材が当たり、失神してしまったのではないかという。そのまま外と同じ気温のこの部屋に居続ければ、凍死《とうし》は免《まぬが》れない。

(状況的にはそんな感じだよな……でも、なんかいろいろ引っかかるし、変だったんだよな)

クラークが両親を連れて来るまで、ルースは部屋でヘラルドに声をかけつつ、壊れた窓を確認していた。その時見つけたのが——円を描くように削《けず》れていた窓枠の一部だった。

(あれ、何か変だったよな?)

今は塞《ふさ》がれてしまったので確認できないが、偶然とは思えないほど綺麗《きれい》な円形をしていた。

「……ス。おい、ルース！」

「うわっ、と、父さん？　どうしたの？」

気がつけばロッサが心配そうな顔でルースを見下ろしていた。客の三人とセリーヌはすでに出ていったという。客で残っているのは、まだヘラルドを見ているウォノクだけだった。

「どうしたのはこっちのセリフだ。もしかして気持ちが悪くなったりしたのか？　きつかったら先に休めよ、後は父さんやクラークに任せていればいい」

そう言ってロッサは優しくルースの頭を撫《な》でてくれた。大きくて頼もしい手に撫でられて、少し落ち着いたルースは、ちょっとした問題をロッサに相談することにした。

「父さん、ヘラルドさんなんだけど、オレの部屋にいた、よね？」

「ああ、お前は寒いからクラークの部屋にいたんだってな」

ルースが横にいたクラークを窺《うかが》いみると、ロッサに見えないように親指を立てていた。どうやら白いオオカルのことを話せないので、そういうことにしてくれたらしい。

「うん。でねオレ、思わず隠しちゃったんだけど。ヘラルドさん、これを持っていたんだ」

ルースがヘラルドの手から取り上げたもの――それは、以前マクシムに貰《もら》ったナイフだった。

それを見たとたん、ロッサの顔色が変わった。

「それは、騎士団長のマクシム殿に貰ったっていうお前のナイフだったな……」

「うん。引き出しに隠してあったはずなんだけど、なぜかヘラルドさんが手にして……」

「ルース、それ、ミスリル製じゃないか……？」

クラークに貸すように言われて手渡すと、角度を変えながら刃先を確認し、顔をしかめる。

「やっぱり、これミスリル製だ」

「……マジか。ヘラルドの奴《やつ》……」

「え、どういうこと？」

二人の会話が理解できていないルースが戸惑いつつも尋ねると、クラークは困った子を見る目になった。

「ミスリルは、ものすごく高いんだ。王都でも貴族様しか持てない」

「え……ちなみに、どれくらい高いの？」

「あの宝石ほどではないけど……たぶんこの宿屋なら一本で買える」

「ええ!?」

ルースは、ナイフの値段を聞いて、少しだけ怖くなった。同時に、こんなものを軽く渡してくるなんて、マクシムは親しみやすさのある人だったが、やはり本質は貴族なのだなと思った。

(でも、それをヘラルドさんが持っていたってことは……盗み、とか……)

横にいるロッサをこっそり窺いみると、その顔はとても険《けわ》しかった。

「はぁ……二人とも、今の話はしばらくなかったことにしてくれ。ジュリアにも話を聴《き》く」

昔仲間だった人間が、息子の物を盗み挙句《あげく》に死んだ、なんて最悪な状況。ロッサの心境を思うと、ルースも胃が痛い気分になった。


その後、ヘラルドの死体を置く場所は、そのままルースの部屋になった。簡易的な鍵《かぎ》をかけて、吹雪が止《や》むまで封印されることになる。

ロッサとクラークがリビングに戻る背中を見ながら、ルースは持ち出した荷物を抱え歩き出す。だが、その途中でランプを持ったまま止まっているウォノクに気づいた。

「ウォノクさん？　どうかしました？」

「ルース、あのヘラルドとかいう男だがな」

「はい」

「あいつ、生きておるぞ」

「え!?」

ウォノクの言葉に驚いて、ルースは詰《つ》め寄った。

「ど、どういうことですか？　生きているって、でも呼吸も心音も脈も止まっていて……」

「あの男、亜人《あじん》だろ」

「は、はい。種族は分かりませんが」

「あの目と長い舌、衣類をめくって気づいた脛《すね》の鱗《うろこ》の皮膚《ひふ》、あれはスネク系の亜人の特徴だ」

「スネク系……」

スネクというのは前世の蛇《へび》に似た動物を指す単語だ。近くの山では見かけることはないが、温暖な地域に生息しているという。珍味《ちんみ》として稀《まれ》にダニエルの肉屋にも置いてあったりする。

「スネク系の性質として、急な体温低下に陥《おちい》ると、自らを仮死という外観からでは生活現象が見られない状態に置くという防衛本能がある。ずっと心音を聞いていたが、ひどくゆっくりだが動いているのが分かった。あいつはいま、その仮死状態になっているだけで死んではいない」

「で、でもジュリアさんも、父さんもひとことも……」

「亜人になると、仮死状態になるまで寒さに耐えることはないだろうからな。お前の父親や、あのラピ系の亜人は知らなかったのだろう、もしかしたら本人すら知らない可能性がある。それくらい人型になるとなりにくい状態だ」

「ウォノクさんは、なんでそんなことを知っているんですか……？」

「我《われ》は物知りだからな」

ウォノクは得意げな顔をして笑った。食堂や、お茶を持って行った時の話で、彼が学者並みに種族に対して知識が深いのはすでに知っている。今のも信頼できるに違いないと思った。

(やはり異世界は一筋縄ではいかないな)

ルースは心を浮き立たせながらロッサの元へ行こうとしたが、すぐウォノクに腕を摑《つか》まれた。

「どこへ行く気だ？」

「どこへって、父さんに鍵を開けてもらって、ヘラルドさんを起こさないと」

「やめておけ」

冷静に返されて、ルースは眉を顰《ひそ》める。何故《なぜ》だと疑問をぶつけると、ため息をつかれた。

「仮死状態の亜人は普通に起こすと死ぬ可能性がある。治癒術《ちゆじゅつ》を使える教会の神父などに術を掛けてもらった方が安全だ。それにな……」

「それに？」

どこか得意げに語っていたウォノクの顔から、スッと表情が消えた。

「我は思うのだよ。本当にあの亜人は事故であぁなったのか、とな」

「——どういう、ことですか？」

「いいか、ルース。この村は入り口から広場を通り、村長宅の方にある川に向かって風の流れがある。吹雪《ふぶ》いてきたときも、そのように風が流れていたのを見た。これは絶対だろう」

確かに村の風の向きは常に一定で、変わることはあまりない。ルースも宿屋へ帰るとき、村の入り口から宿に向けて風が吹いていたのを見ている。

「この宿屋は広場に面しながらも、山を背に縦長に建っているな。そして我が住んでいたボロ家は、どちらかといえば川や村長宅の方向だ……どういうことかわかるか？」

風の向きは入り口から村長宅へ。宿屋はウォノクの家より入り口側にある。

『――正面の建物が吹雪で崩壊して、その一部が窓に当たり――』

「あれ、風の向きが逆だ……ウォノクさんの家がある方から物が飛んでくるわけがない」

「そうだ。室内に風や雪は入っていたが、吹雪の直撃を受けているにしては綺麗だった」

ルースもヘラルドの様子を窺っていた時、風が吹いているとは思ったが、周りが見えないほどではなく、普通に状況を調べることができた。アレクからもらった絵も、室内をグルグルと回っていただけだ。もし物が飛んでくるほどの強い風を受けていたら、室内はあの程度では済まなかったはずだ。扉を開けることさえできなかったかもしれない。

「もちろん、風の向きが絶対変わらないとはいえない。偶然そうなった可能性も否定はしない。だが、普通に考えれば少しおかしいだろう？」

「確かに……でも、じゃあ、あの部屋は」

「そうだ。誰かが、意図的にあの部屋の状況を作り出した可能性があるということだ。あの男がこのままでは死ぬとわかっていながらな。……まあ、あの男は実際死んではいないわけだが」

ウォノクが薄《うっす》らと笑みを浮かべる。金色の瞳がわずかに赤くなったような気がした。

「あの男が生きていることは全員に伏《ふ》せておけ。お前の親にも言うなよ。でないと、どこからか話が漏《も》れて、口封じにあの男がもう一度殺されるかもしれないからな」——そんな嫌な言葉を残して、ウォノクは部屋へ帰っていった。

(事故じゃない……?)

ルースは、手に持ったランプが揺れるのを見ながら、いるかもしれない殺人鬼《さつじんき》の存在を想像して、冷たい汗が流れるのを感じた。

ウォノクと別れ、荷物を持って母屋《おもや》のリビングへ行くと、ソファーにはジュリアを正面にセリーヌ・ロッサが座り、部屋の端《はし》にクラークが立っていた。ルースはクラークの横に並んだ。

ロッサは落ち着きを取り戻したジュリアから、ヘラルドの行動について確認しているようだ。

「ジュリア……じゃあ、ヘラルドがそういう行動をとった可能性はあるんだな」

「ごめんなさい、ロッサ……」

「お前たちがうちの宿に来たのも、最初から盗みを働くためだったのか?」

「ち、ちがうわ……!」

ロッサが険しい顔をして聞くと、ジュリアは涙を流しながら首を振った。

話によるとジュリアとヘラルドは、長年の腐《くさ》れ縁《えん》を解消して近々結婚する予定だったらしい。ただ彼らは、隣のジルタニアで過ごしている際に借金を抱えてしまっていたらしく、少し生活に困っていたようだ。結婚するために借金を綺麗にしたい、そんな気持ちからお金稼《かせ》ぎのために冒険に出て、昔の仲間・ロッサのいるこの村に着いたらしい。

「正直言うと、お金を貸してくれないかなとは思っていた。けど、盗みを働く気なんてなかった！　ヘラルドもそんなことは一言も。何か別の理由があったと……思いたい」

「息子の部屋に入って物色した形跡がある……別の理由があるなら、俺だって聞かせてほしい」

「…………うう、そうよね。ごめんなさい」

ジュリアの耳が垂れて、深く沈み込んでいるのが分かった。彼女自身もヘラルドの行動には驚いているようだ。セリーヌがロッサを見つめると、彼は深いため息をついた。

「……悪いジュリア。あいつがあんなことになっちまったのに、お前を責めちまって。……俺も少し混乱していてな……」

ジュリアほどではないが、ロッサも昔の仲間を失い、傷ついているのだろう。

（……二人にヘラルドさんが無事って教えてあげられないのは、もどかしいな。でも、ウォノクさんの予想が当たっていたら、今度こそヘラルドさんが危ないし……）

生きていることを話したら、ジュリアが元気になって、何かあったのがすぐにバレてしまうだろう。だったら今は死んだことにして、下手に騒ぎ立てない方が、彼の身の安全を保てる。

（でも、もし本当にヘラルドさんのことが事故でなかったとしたら……そもそも、一体誰が？）

今宿屋に泊まっているメンバーはセジュ、ニコラ、ジュリア、そしてウォノクだ。家族三人は除外だが、客は全員容疑者ということになる。

（そうだよな、ウォノクさんだって信用していいかどうか……）

ウォノクの『事故ではない』という話も、あくまでも彼の推測だ。仮死の理由は筋が通っていて納得できたが、確かめる術《すべ》もない。それをルースだけに教えた理由も分かってはいない。ウォノクを完全に信じきるのはまだ早い気がした。

しばらくして、ジュリアがため息をつき顔を上げた。目が赤くはれて、痛々しく見える。

「ロッサ、私の方こそヘラルドを止められなくてごめんなさい」

「いい。わかった、お互いやめよう。どちらにせよ当事者のヘラルドはいないんだ。そんな気はなかったたってお前の言葉を信じる」

ロッサの言葉で落ち着いたらしいジュリアに、セリーヌは穏《おだ》やかな表情で声をかける。

「ヘラルドさんの今後のことは、吹雪が治まってからゆっくり考えましょう」

「今後？」

「あ、その……埋葬《まいそう》ね。こちらでしてもいいし、ジルタニアがよければ向こうに連れて……」

「いいえ、ジルタニアはちょっと……」

セリーヌの言葉にジュリアがすぐさま首を振る。セリーヌとしてはただ『ゆっくりしていい』という意味で言ったつもりだったので、その反応の早さに驚いた様子だった。

「え、どうして？　あちらに長く住んでいたのでしょう？」

「……いま、あの国少し慌《あわ》ただしいから、下手に連れて行かない方がいいかなって」

「ジルタニアが荒れているの？」

「そうなのか、クラーク？」

家族全員に視線を向けられて、クラークは首を傾《かし》げた。家の中では一番王都に行く機会が多く、最新情報を得やすい立場のクラークだが、そんなことは聞いたことがないらしい。

「……事が事だし。まだデオダートの市民までには広まっていないと思うわ」

「何があったんだ？」

「……ジルタニア王国の第二王子が行方不明なのよ」

「「「「王子が行方不明？」」」」

家族四人の声が重なった。

「王子様って、やっぱりいるんだ……）

しかしルースだけは、少し違った意味で驚いていた。

比喩として『王子様』という単語を使ったことがあっても、本物の存在を聞いたことはなかった。本物の王子様とはどんな感じなのだろうと、ルースは興味が湧いた。

「元々ちょっと自由な王子様だという話なのだけど、今から二ヵ月ほど前に突然姿を消してしまったらしくて……最初は家出も疑ったらしいけど、あまりにも足取りが摑めないから誘拐《ゆうかい》じゃないかって話も出ていて……」

「そんなことになっていたのか」

「実は私たちがこちらの国に来たのも、彼の捜索《そうさく》が目的でもあったのよ。上級冒険者だけにギルド内で捜索の話が出ていたの。見つけて連れ戻したら賞金十億ゴド」

『十億ゴド!?』

あまりにも大きな金額に悲鳴のような声が上がる。宿屋を買い上げられる宝石やナイフがあったとしても、金額そのものになると驚きは倍だった。ゴドは世界共通の通貨。大体一ゴドは前世の一円くらい。つまり十億ゴドは十億円。それでも王子様捜索となると安いだろう。

「私たちがわざわざこの村に来た理由がわかったでしょ？」

「確かに、ここの村を知っていれば、隠れていることをまず疑うかもな」

ジルタニアはハシ村の所属するデオダート王国とは別の国だ。しかしハシ村までは直線距離だと山三つほどだったりする。〝まっすぐ歩けば〟十日ほどで着ける距離だろう。

しかし、実際その山はとても険しい。常人では越えられないほどだ。そのため普通なら、王都の方面からの迂回《うかい》ルートをとり、一ヵ月以上かけてハシ村に行くしか方法がない。

「でも、キア王子はオオカル系の亜人だから、身体能力が高いし、山越えも難しくないはずだわ。だからこの村は穴場だと思ったのよ」

世界的に見てハシ村は無名に近く、知らない者が多いので、探しに来たとジュリアは言う。

「んー……でもな、ここ二ヵ月ぐらい、村にはオオカル系の亜人なんて来てなかったな」

「じゃあ、外れね……」

ジュリアが深くため息をついた。

（ん……オオカル？）

二人のそんな会話の端で、ルースの脳裏《のうり》に、家へ連れ帰った真っ白なオオカルが浮かんだ。

（ま、まさか……あれはどう見てもオオカルだったし、亜人じゃないよな？）

そんなことを考えつつ、横目でクラークを見ると、相手もこちらに視線を向けていた。

「……ルース……あのオオカル」

「アレ、どう見ても、亜人じゃなかったよね？　動物の形をしていたよね？」

「まあ……でもなぁ、昔亜人の商人仲間に聞いたことがあるんだけど、かなり高い魔力を持つ者は己の姿を変化《へんげ》させる術を持っているらしいぞ。亜人に限らないらしいが」

「で、でも奴隷紋《どれいもん》がついていたし」

「……王子様が家出の最中に、他の国で奴隷になってなければな」

クラークの嫌な呟《つぶや》きにルースが汗を流した瞬間だった。突然壁を殴《なぐ》るような音がルースの耳に入ってくる。音がした方向がすぐに分かり、さらに嫌な汗が流れた。

「なんの音かしら？」

「こっちの……ほう？」

「お、オレ！　倉庫部屋に自分の荷物置いてきたから、それが落ちたのかも!?」

ジュリアが疑問形ながらも倉庫を指さそうとしたので、ルースは慌ててそれを大声で遮《さえぎ》る。

『確認しよう』となって、倉庫――あのオオカルがいる部屋を開けられてはたまらない。

「ルース、片付けはちゃんとやっておきなさい」

「はーい。じゃオレちょっと片付けてきます！　って、ニコラさん!?」

ルースがリビングの扉を開けると、目の前には剣士風の無口な旅人・ニコラが立っていた。

「どうしたんですか？」

「…………いや、その、腹が空《す》いて……こんな時にあれだが、朝食はどうなったかと……」

「あら、やだ！　そんな時間！　ごめんなさい」

窓を塞《ふさ》いでしまっているので時間の感覚が分かりにくいが、確かに体感的には朝食があってもおかしくない時間だ。家の中で大事故があったとはいえ、朝食をなしにするわけにもいかず、全員が動き出した。

家族三人と分かれ、ルースは倉庫部屋に急ぐ。もちろんセリーヌから「早く手伝いに戻ってきてよ」という言葉はかけられたので長居はできない。

廊下を進み、倉庫部屋の前に立つと、そっと扉を開けた。

「やっぱり、起きていたんだ」

「グルルルル……」

部屋のランプを点《つ》けると、白いオオカルがソファーに四本の足で仁王立《におうだ》ちをしていた。低い唸《うな》り声を上げ、扉から顔を出したルースを睨《にら》みつけている。

(うわ……このオオカル、瞳が紫だ)

部屋に入ったルースを睨んでくるオオカルの瞳は、真っ白な外見に合った綺麗な薄紫色だった。その瞳は神秘的で、やはり普段見かけるオオカルとは違うと思った。

既に四本足で立ち上がっているので、罠《わな》で引っ掛けてしまった脚もだいぶ治ったらしい。回復が早い気がしたが、元気なら理由はどうでもいいだろう。

(まあ、起きたらどこだかわからない部屋の中で、扉が開かなかったらそうなるよな)

勝手にドアが開かないように、倉庫の扉の下に木の板を差し込んでいたので、体当たりしても開けることはできなかったはずだ。壁を殴るような音が一度だったことを踏まえると、まだ全力を出す前に『閉じ込められた』という事実を知って苛立《いらだ》っている、という場面なのだろう。室内はちょっと荒れていたが、吠《ほ》えられなかっただけマシだ。

「あ、あの君に何かするつもりはなくて、もちろん食べる気もなくて……」

「ウォンウォン！」

「吠えないで！　頼むから吠えないで！　バレるから！　肉に、肉にされちゃうから！」

ルースは両手をあげて、攻撃の意志がないアピールをした。もちろん動物相手に言葉やアピールが通じるとは思えないが、穏やかに言葉をかければ、敵意がないことは伝わるはずだ。

「君がね、オレの罠にかかって怪我《けが》をしていたから治療のために連れてきたんだ。外は吹雪であのままだと死んでしまうと思ったから」

「グルルル……」

「君、どこかの奴隷なんだろ？」

「ウォンウォンウォン！」

「あーごめん！　奴隷は言い方が良くなかったかな。だから吠えないで！　肉になっちゃう！」

どうやら奴隷という単語は大変不本意らしい。牙《きば》をむき出しにして吠えられてしまう。しかし、ルースが必死に謝ると、睨みつけながらも吠えるのをやめてくれた。

ルースはほっと胸をなでおろしつつ、あることに気づく。

（あれ？　……もしかして言葉が通じている？）

過去に山で何度もオオカルと遭遇《そうぐう》してきたが、意思疎通《そつう》ができたことなど一度もない。しかし今のオオカルの態度は、ルースの言葉に反応したように見える。

「もしかして君、人間の、人族《じんぞく》の言葉が通じる？　亜人だったりする？」

人族の言葉は人間・亜人を問わずに共通だ。独特の言語を持っている種族も稀にいるらしいが、王都に来ている人族で言葉の通じない者はいないとクラークは言っていた。

各地域で育ち、種族も様々なのに、言語が共通なんて不思議だな、とルースはその話を聞いたときに思ったのでよく覚えている。

ルースが『このオオカルが行方不明の亜人の王子かもしれない』という、あまり嬉《うれ》しくない第二の可能性を考えたとき、オオカルは外套《がいとう》を銜《くわ》えて振り回し始めた。

「ちょ、ちょっと落ち着いて！　なに!?」

「ウウウウ、ウウウウ！」

オオカルはルースの戸惑いも無視して、身体《からだ》を揺らすほど外套を振り回す。あの外套がよほど気に入らないのか、何か苛立つ原因があるのか分からないが、その様子はまるで駄々《だだ》っ子だ。

オオカルはルースを一睨みすると、床にあったものを蹴《け》り上げてきた。

「わっと、と！」

ルースの方へ飛んできたのは空のスープの皿だった。昨日オオカルにあげたものだ。

「食べたってこと？」

「ウウウ～」

よく見ると口の周りの毛は、スープの残り滓《かす》のせいで汚れていた。

（なんかちょっと嬉しいかも）

小さいころ前世のペットのようなものに憧《あこが》れて、オオカルを捕まえて懐《なつ》かせようとしたことがある。しかし、捕まえたオオカルに餌《えさ》をやっても絶対に食べてはくれず、何をやっても意識があるうちは触らせてくれなかった。最終的にはロッサによってそのオオカルは処分された。動物を懐かせるのはかなり難しいのだから、むやみに命を弄《もてあそ》ぶなと叱られたものだ。

オオカルはルースが手に皿を持ったのを確認すると、外套をその場に置いて側《そば》に寄ってきた。ルースが撫《な》でさせてくれるのか、と期待しながら身を屈《かが》めると――顎《あご》に頭突きをされる。

「ちょ、いたっ、何!?」

「ウウウウ」

白いオオカルは、ルースがしゃがむと顔の高さが同じくらいだ。犬でいうところの大型犬よりも少し大きいサイズで――頭突きがとてもしやすい位置関係となる。

ルースが持っていた皿を落とすと、ようやく頭突きはやめてくれたが――今度は落ちた皿を銜えて、手に押し付けてきた。ルースはようやくオオカルの行動に理由があることに気づいた。

「もしかして、おかわり？」

「ウォン！」

正解と言わんばかりに、タイミングよくオオカルは小さく吠えた。尻尾《しっぽ》をブンブンと大きく振る。まるで犬がご飯を待ち焦《こ》がれて、心が弾んでいる時の行動にそっくりだ。

「君……やっぱり人の言葉を理解しているだろ？」

「……」

オオカルはルースの質問を無視すると、再びソファーの上に戻り、外套を銜えて振り回し始める。どうやらあれは催促《さいそく》の行動らしい。

「わかった、わかった。ご飯を持ってきてやるから待ってな。少し時間がかかるけど、それまで大人《おとな》しくしていてくれよ？」

「ウウウウ」

返事なのか唸り声なのか分からない音を発しながら、オオカルは尻尾を振りまくった。本当に食事が欲しいだけらしく、逃げたいと思っていないらしい。

ルースは部屋を出ると、一応木の板を隙間《すきま》に挟み、そのまま厨房《ちゆうぼう》へ向かった。

（……あのオオカル、人の言葉は理解できているみたいなんだけどな……）

けれどクラークの言うように姿を変えられる亜人なら、自ら話すことも可能なはずだから、言葉でルースに『食事が欲しい』と言わないのは変だ。普通なら声に出して言うはずだろう。

（ってことはやっぱりただの動物かな？　奴隷紋のおかげで人語を理解するだけは可能とか？）

奴隷紋の性能がルースにはよくわからない。別の力があってもおかしくはないだろう。

（でも、どっちにしろ王子様じゃないよな。あんな行動する王子様なんていないよな）

ジュリアの言っていたジルタニアの王子様だったら、それこそ亜人の姿に戻って、口でルースに食事を頼むだろう。仮に喋《しやべ》れなかったとしても、一国の王子がルースの外套を振り回すなんて、子供染みた真似《まね》をするわけがない。もっと上品に行動するはずだ。

食堂に戻り家族と合流し、客に食事を提供し終えたルースは、ウォノク用に作られたボローアシチューの残りを鍋《なべ》ごと貰《もら》い、食事もそこそこに倉庫へ戻ってきた。

「持ってきたよ」

「ウウウ！」

風車のように回転するオオカルの尻尾に笑いそうになりながら、ルースは目の前にボローアシチューを置いた。ルースの外套を銜えていたオオカルは飛び上がるようにしてソファーから降りると、少し冷めているシチューにかぶりついた。尻尾を振り回し、鍋を揺らしながら豪快に食べる姿に、よほど腹が減っていたのだろうなと思った。

ルースはがっつくオオカルの側にしゃがんでその様子を眺《なが》めた。

（なんかちょっと癒《いや》されるな……）

オオカルが目の前で与えた食事を食べている様子を見ていると、やはり飼ってみたいという欲求が生まれてくる。犬を連れて狩猟に出かける——男のロマンだ。ものすごく憧れる。

「君に奴隷紋がなかったら、うちの子になってもらっても良かったよなー」

ルースの呟きにオオカルの耳は反応していたが、食べることは止めなかった。食事に忙しくて、それどころではないらしい。

ルースはポケットからパンと、乾燥させた果物をいくつか取り出して、鍋の側に置いた。オオカルが飛びつくように食べ始めるのを見ながら、ソファーへ向かう。

(よかった。ジオさんの本は無事だ)

オオカルの側にあるのには気づいていたが、ソファーからなかなか動いてくれないので確認するのが遅れてしまった。ページをめくってみるが特に何か被害を受けた様子はない。オオカルはこの本へ興味を示さなかったということなのだろう。

(そうだ。ジオさんに今回のことを伝えておいた方がいいかも)

ルースは鍋を舐《な》めるオオカルを横目で見つつ、ソファーに座ると本をめくった。ジオは常々ルースに村の様子を聞いてくる。今回の件を話しておけば、何か助言をくれるかもしれない。

「……ああ、こんなときにかぎって……」

ルースが昨日送った後にジオからの返事が来ていたのだが、そこには『お前さんのいう、村の吹雪に興味があるのでしばらく籠《こも》る。返事が遅くなるが気にしないように』と書かれていた。こうなると本当にジオから返事がこなくなる。いままで何度もあったことだ。

(タイミングが悪いな……でも、こっちからは書いておくか)

ルースが一日に書ける量は限られている。少しずつでも書いておけば情報量は増えるだろう。

「『閉ざされた宿屋で事件が起きました。亜人の方が』っと……うわっ……魔力持ってかれた」

ごっそり魔力が引き抜かれ、いっきに疲労が襲ってくる。身体から力を抜いてソファーに寄りかかり、軽い眩暈《めまい》すら感じる頭に手をおいて緩く目を閉じた。

「オレにもう少し魔力があれば、この本にもいろいろ書けたのに……」

生まれつき魔力が少ないので、何を言っても無駄だと分かっているが、たまには愚痴《ぐち》りたい。

ルースはぼんやりする頭を覚まそうと、懐《ふところ》に仕舞ってあった紙を取りだした。

（……はぁ……あとこれ、アレクになんて言おう……）

ルースの視線の先にあるのは、アレクからもらった港街の絵だった。嬉しさと綺麗な様子に感動して、壁に飾ったばかりに、今回の件でビリビリにやぶれてしまったものだ。

「……せっかくくれたのに……」

ルースは基本アレクからもらったものは大事にしまっている。預かっている銀の腕輪も身に着けて無くさないようにしているし、手紙も専用の木箱を用意して全部取ってある。それが事故とはいえこんな形で失ってしまい、気分が滅入《めい》ってくる。

破れた絵に落ち込んでいると、その視線の前に飛び出してくる物体があった。

「……っと、え、何？」

「ゲフッ……」

「……いや、ゲップで返事されても」

ルースは目の前の――膝《ひざ》の上に頭を乗せてきたオオカルに首を傾げる。このソファーはロッサがゆったり座れるサイズなので、十分に場所が余っている。ルースが邪魔なわけはない。

（あ……もしかしてこれって……甘えてきている!?）

そんな可能性に気づき、白く柔らかな毛並みに手を伸ばそうとした瞬間、オオカルは膝に擦《こす》り付けるように頭を揺らした。――そのせいで彼の目的がルースには分かってしまった。

「君……いやお前、オレの服で顔を拭《ふ》いているよね？」

「……ゲフ」

ゲップで返事をしたオオカルは、なおもボローアシチューで汚れた口周りを、ルースの膝丈まである紺色の上着にすりつける。ルースの上着は、茶色いシチューまみれになってしまった。

「こら！」

「ウォン！」

「あ、ちょ、吠えないでってって！　……って、そうやってオレを脅《おど》す気だな」

ルースの声にオオカルはツーンとそっぽを向くと、膝から顔を上げて、反対を向いてソファーに横になる。まるで顔を拭いたから用事は終わったし寝る、と言わんばかりの行動だ。

（ちょっとでも嬉しくなったオレって……）

いいように使われたのに、懐かれたと思った自分が虚《むな》しい。

（でも、かなり図々《ずうずう》しいというか、堂々としているオオカルだな……）

オオカルははじめこそ吠えてはいたが、ルースやこの場に対して警戒している様子はない。

部屋はそれなりに広いのに、隣で横になっているのもルースを嫌っていない証拠だろう。

危機感がなく妙にどっしりとして構えている。傅《かしず》かれて当然という雰囲気で、どこかウォノクに似ているような気さえした。

（まあ、普通のオオカルみたいに、敵意を持たれるよりはいいけどさ）

ルースはため息をつくと、絵を本と共に横へ置いてから、シチューを擦り付けられた上着のベルトを外した。裾《すそ》部分を普通の布のように大きく広げると、満足げに目を瞑《つむ》っているオオカ

ルの側に跪《ひざまず》き、口元へ押し付けた。

「ウウウウ！」

「ほらジッとして！　擦り付けたぐらいでボローアシチューが全部取れるわけがないだろ？」

白い毛並みに、茶色いシチューが付いたままの姿は、確かにカッコが悪い。だからルースも、いっそのことこのまま服で、オオカルの口周りを綺麗にしてやろうと思ったのだ。

ルースの言葉に、オオカルはすっかり大人しくなった。丁寧に口の周りを拭いてやっていると、不意にルースの手に付いた食べ滓を舐めとってきた。

「え？」

ルースが驚いてオオカルを見ると、彼も自分の行動に驚いたらしく、気まずそうな表情になって視線をそらした。自身でも思わぬ行動だったらしい。

「……お前、見た目は高貴そうなのに、本当に食い意地が張っているな」

「ウウウウ」

「はいはい、怒るなって。今度はもっといっぱいご飯を持ってきてやるからな」

「…………………ワン」

ルースが白い毛を撫でると、オオカルはそわそわしだした。尻尾が嬉しそうに揺れている。

プライドが高くて、撫でたら怒るかと思っていたが、嫌ではないらしい。

(こういうとこ、少しアレクに似ているよな……ちょっと、かわいい)

アレクは他人の前では冷静にしているくせに、ルースの前では基本自分の感情に正直だ。すぐに何を考えているか分かる。そこが成人男子でも、可愛《かわい》らしく思える部分だった。そんなアレクに似て、感情が表に出るオオカルは可愛く見えた。やっぱり犬はいいなと思う。

「ルース」

「っ……っと、兄さん。どうしたの？　入ってきてよ」

声に驚いてドアの方を振り向くと、そこにはクラークが少しだけ扉を開けて立っていた。熊のような巨体が、隙間から覗《のぞ》く姿はちょっと怖いので手招きする。

「ウウウ～」

しかし、クラークが入ってきた途端に、先ほどまで眠そうにしていたオオカルがソファーの上で立ち、牙をむき出しにして威嚇《いかく》を始める。クラークはその様子に後ずさりした。

「お、おい。暴れるなよ？」

「お前、落ち着けって。兄さんは怖い人じゃないから」

ルースが宥《なだ》めるように身体を撫でると、鼻を鳴らしながらも、オオカルは伏せの体勢に戻る。

クラークが怖くないと理解できたのかと思ったが、耳も尻尾も立ち上がったままだった。

「そのオオカル。大丈夫か？」

「大丈夫だよ、わりと大人しいし。逃げようとかはしないから。……兄さんの身体が大きいから、ちょっと警戒しちゃったんじゃないかな？」

「ならいいが……ってそうじゃない。ルース、早めにそのオオカルを連れて部屋を出ろ、そんで仕方ないから客室の方へ行け」

「どうして？」

「父さんと母さんが、他の部屋も被害がないか様子を見よう、ってさっき話していたんだよ」

既にロッサはクラークの部屋を調べているという。ルースのために急いで来てくれたようだ。

「ここにもそうかからず来るぞ。一階奥の予備客室の鍵を持ってきた。ほら」

「ありがとう、兄さん。急いで出るよ」

ルースはオオカルを歩かせて客室まで向かわせようとしたが、クラークから姿が見つかったら大変だから駄目だと言われてしまう。結局ルースが最初オオカルを連れてきたように背負い、布を被《かぶ》らせて見えないようにするしかないという話になった。

「落ち着いて、移動するだけだから。ちょっとだけだから」

「ウウ……」

「兄さん、今のうちに布を被せて」

「お、おう」

クラークにオオカルの上から布を纏《まと》わせてもらう。口の部分だけ息ができるようにして包めば、大きな荷物を運んでいるだけにしか見えなくなった。

「父さんを俺の部屋で引き留めておくから、急げよ」

「うん、ありがとう」

クラークに続いて、ルースもこっそり倉庫を出る。先ほどまで不満げだったオオカルも、部屋を出ると静かにしてくれた。

そのまま母屋の廊下を歩き、宿屋の食堂へつながる扉を開けると——。

「あら、ルース君？　……どうしたの、その荷物？」

開けた扉の前にジュリアがいて、ルースは飛び上がりそうになる。

「よ、汚れ物を、奥の部屋に移動させていまして……」

「あら、大変ね」

ルースが適当な嘘《うそ》をつくと、ジュリアは納得した様子でルースより先に客室へ繋《つな》がる扉を開けて、自室のある二階へ戻っていった。顔色があまりよくなさそうだが、ヘラルドのこともあるので、今はそっとしておいた方がいいだろう。

「あ、の……」

「あ、こんにちは、ニコラさん。どうしました？」

食堂に入ると、ニコラが近寄ってきた。ニコラは何か言いたそうにしたが、迷った挙句言葉を濁《にご》して、ルースより先に客室へ繋がる扉を開けて、一階の部屋に戻っていった。

意味不明なニコラをかわすと、今度は廊下の突き当りにあるトイレからウォノクが出てきた。

「ルース、でかい荷物だな、我が応援しておいてやる。慎重に運べよ」

「ああ、はい。ありがとうございます」

彼は喉《のど》が渇《かわ》いたらしく、セリーヌが食堂にいると伝えると、『ボローアシチュー』と呟いて、ルースを避けながら食堂へ向かった。まさか喉が渇いてシチューを頼むとは思わないが、マイペースさに呆《あき》れた。

「やあ、ルース君」

一階廊下の奥にある予備の客室の前に着くと、最後に後ろから声を掛けてきたのは、階段を下りてきたセジュだった。ジュリアと同じことを聞かれたので、同様に答えた。

「汚れ物の運搬とは大変だね。……ところで、部屋があんな風になってしまったけど、君は今晩どこで寝るんだい？」

「ああ、えっと隣が倉庫なので、そこに寝ようかと」

「そうか、寒そうだけど頑張ってくれ」

ルースが早く会話を終わらせてくれと祈りつつ適当に返事をしていると、ようやくセジュは部屋を出てきた本来の目的を思い出したらしく、食堂へ繋がる扉を開けて廊下から消えた。

(オオカルがいる時に全員に遭遇するなんてタイミングが悪いな……でもバレなくてよかった)

皆特にルースの背後を気にしてなかったので、まさかオオカルを背負っているとは思わなかったはずだ。オオカルも緊張が伝わっていたのか、気配を消してくれていたので助かった。

ルースは一階の一番奥の部屋に入り、背負っていたオオカルを下ろす、と——なぜか彼はそのまま部屋のベッドへ向かい、床板との隙間に素早く入ってしまう。

「あれ、どうしたの？　え、ちょっと……」

オオカルの姿は来るまでとは大違いだった。黙ってジッとしている様子は、何かに怯《おび》えているように見える。

(背負われるのが怖かったのかな？　それとも布を被せられたこと？)

オオカルの様子に首を傾げつつも、いつまでも様子をみているわけにもいかず、ルースは鍵を閉めて部屋を後にした。

その後は朝の騒ぎがウソのように、穏やかに過ぎていった。相変わらず窓の外の吹雪はすごい音だが、宿屋の中は暖炉《だんろ》のおかげで暖かく不安もない。

ルースやクラークは、気分転換にとセジュからカードゲームに誘われた。ニコラやウォノクも参加するとのことだ。セジュの考えは少し極端だが、こういった社交的な面はありがたい。

ヘラルドのことを考えると不謹慎《ふきんしん》かなとも思ったが、そんな風に考えたのはルースだけだった。旅をして常に命のやり取りがある彼らにとって、いちいち考えることではないらしい。

ちなみにゲームに勝ったのはニコラだ。ニコラは脳筋にみえて意外と策士で、セジュはかなり慎重派で姑息《こそく》、ウォノクはカードゲームをやったことがなかったらしく連敗だった。

夕食になると部屋にいたジュリアも食堂に姿を現した。初日の様子がウソのように彼女は大人しかったが、恋人があんなったのなら仕方ないだろう。これはかりは時間が必要だ。

(このまま何事もなく、あと数日過ぎてくれればいいけど……)

午前中は警戒していたルースも、あまりにも平和な時間が流れて、午後には気が抜けていた。

「ルース、お前今日はどこへ寝るんだ?」

客の夕食が終わり、母屋のリビングで食事をしていると、ロッサにそんな質問をされた。セジュにも言ったようにルースは倉庫部屋で寝ると伝えたが、セリーヌは顔をしかめた。

「ベッドもないのだから、やめなさい。身体悪くするわよ? クラークにまた泊めてもらったら？」

「いや、さすがに二日連続は……」

昨日の晩は『寒いから部屋にいなかった』と適当な言い訳をしたが、正直なところ、クラークと寝るという選択肢はルースにない。男同士で眠るなんて、ビジュアル的にも遠慮したい。

（あ、でも、アレクとは結構一緒に寝ていたな）

遊びに来たアレクが、そのままルースの部屋に泊まっていくことはあった。そういった場合、必ず一緒に寝ていたので、よく考えれば男同士で寝るなんて真似は頻繁《ひんぱん》にしていたのだ。

（……でも、やっぱやだな。兄さん……というか、アレク以外は、ないな）

アレクとは慣れてしまっているので気にならないが、他の同性とベッドに横になるのは、なんとなく嫌だった。

（アレクも寝ると、抱き着いてきたりしたし。寝ぼけていると思わぬ行動をするからな……）

雑魚寝《ざこね》ならまだいいが、狭いベッドで隣に寝ると、相手の匂《にお》いとか体温を感じるので、やはり想像するだけで気持ちが悪いと思う。小さい頃から一緒に寝ているアレクだから、ルースも気にしないでいられるのに、それを他の人となんてできない。

「じゃあ、仕方ねえから宿屋の方を使え」

「え、いいの？」

「客用とはいえベッドが余ってるのに、ソファーや床に寝かすわけにいかないだろ？　それとも俺たちのところに来るか？」

「宿屋の方を使います」

子供の頃ならまだしも、この年で両親とベッドで一緒に寝るなんて、さすがにルースも嫌だ。

「もう何もないと思うが、窓には気をつけろよ」

宿屋の方へ寝るならと、ルースの仕事は他の三人に割り振られた。早朝と遅くに部屋を出入りすると、他の客の迷惑になるので仕方ないだろう。明日の朝は遅くに起きられそうだ。

ルースは早めに風呂に入ると、予備の客室——オオカルが寝ている部屋に向かった。すでに他の客は部屋に入ってしまったらしく、静かだったので気配を消して移動する。

「ご飯持ってきたよ？」

ルースは部屋に入りランプを点けると、ベッドの下を覗き込んだ。

オオカルに持ってきた食事を見せると、渋々とした表情でなんとか出てきてくれる。しかし辺りを警戒しているのか尻尾は大振りに振れていた。

「オレ以外は誰もいないって」

「…………」

唸り声もあげず、返事もしないが、ルースの言葉に安心したのか、ようやくオオカルは持ってきた食事・ボローアハンバーグを口にした。食べているうちにテンションが上がってきたのか、尻尾が揺れだしている。こういうとき、食事が好きな相手は助かるなと思う。

ルースはベッドの端に座ると、クラークに持ってきてもらっていたジオの魔法書を開く。

（返事はないか……ま、オレももういいかな）

あれから何も起きなかったので、余計なことは書かず、そのまま本を閉じた。何が起こるか分からないし、魔力は無駄に使うものではないだろう。

「おっと」

タイミングを計っていたかのように、食事を終わらせたオオカルが、正面からルースの膝に顎を乗せる。舌で口の周りを舐めたが、届かない範囲にはハンバーグの滓が付いたままだ。

「もしかして拭けって？」

吠えはしなかったものの、返事をするように尻尾が小刻みに揺れ、じっと上目遣《うわめづか》いをされた。

その様子に苦笑いしつつ、ルースは持っていたタオルで、望み通り口元を拭ってやった。一応濡《ぬ》れタオルを持ってきて正解だ。

「ほら拭けたよ。終わり」

「……クウン」

小さいながら感謝を告げるように返事をされて、ルースはニヤニヤと笑みを浮かべてしまう。そのまま顔の毛を可愛がるように撫でると、オオカルは尻尾を振りはじめた。

(これだよ、これ、こういうのをやってみたかったんだよ！)

前世では厳しい父がいたので、犬を飼うことなんて絶対できなかった。だけど、ずっと飼って、共に遊んでみたいと思っていたのだ。ようやく念願が叶《かな》ったようで嬉しかった。

「さ、終わり。もう遅いから寝ようか」

「ワフ」

満足するまで撫でて、ニコニコ顔でルースはベッドに上がる。持ってきた湯たんぽをオオカルと分けようとして――なぜか同じベッドにオオカルも上がってきたのが目に入った。

「…………お前ここで寝る気？」

「……ワフ」

「オレ、寝る場所なくなるんだけど……」

ルースがそう言うと、オオカルは服の裾を軽く噛《か》んでくる。まるでルースがベッドから下りるのを拒むような態度だ。

「もしかして一緒に寝ろって？」

オオカルは返事の代わりに、ルースの胸を鼻で押して壁際に追いやり、ベッドの手前側に寝そべった。

それは何度も見たオオカルの寝る体勢だ。ルースの予想は当たっているのだろう。

(まあ、オオカルだから、いっか……)

男でも女でも、それどころか人や亜人ですらもないなら、深く考える必要はないだろう。

だが隣に横になると、オオカルの臭《にお》いが漂《ただよ》ってきて、明日は絶対に風呂に入れようとルースは決めた。

【4】二人目の犠牲者と死にかけた宿屋の息子――断絶の五日間　三日目

翌朝は何事もなく目が覚めた。妙に静かな朝だなとルースは思った。まだ寝ているオオカルを置いて出ると、厨房《ちゆうぼう》ではすでに家族が動き出していて、朝食の準備をほぼ終えていた。

「ルース、じゃあ皆さんを呼んできて」

「はーい」

ルースは各部屋の前に向かう。二階奥の部屋のジュリアはまだ少し声に元気がないものの、朝食は取れるようで、すぐに返事があった。

ジュリアの二つ隣にいたセジュは、ルースが声を掛けると妙な沈黙をしばらく続け、後で行きますと冷静に答えた。声が変だった気がしたが、朝は機嫌が悪いタイプなのかもしれない。

続いて一階のニコラに声を掛けたが、まだ起きてないのか、無反応だった。

隣のウォノクは食事を待ち焦《こ》がれていたらしく、ルースの声を聞くと部屋から出ていった。

「ニコラさん、朝食出来ましたよ。今日は温かいスープが出ますよ」

もう一度ニコラへそんな言葉をかけたが、しばらく待っても返事はなかった。疲れてまだ寝ているのだろうか。

あまりしつこく声を掛けてしまうのも問題かと思い、ルースは仕方なく部屋を後にした。

「ニコラさん、出てこないわね……」

「ルース、声は掛けたんだろ？」

「二度も声を掛けたよ……返事はなかったけど……」

「……返事なしか……、昨日のこともあるしちょっと気になるな」

結局他の客が食事を終えても、ニコラは食堂に現れなかった。それを気にしたロッサが部屋を訪ねて声を掛けるが、返事がないので予備の鍵《かぎ》で扉を開けて――。

「まずい、ニコラさんが部屋にいない」

「部屋にいないって……どこに？」

「わからん、探すぞ」

家族全員で手分けして宿屋内を探した。使っていない部屋、トイレや物入れ、風呂場など徹底的に探し、他の客に聞きまわった。それでもニコラは見つからなかった。

「まさか、外に出たのか？」

「この吹雪《ふぶき》でそれはないよ。だいたい板を外された形跡もないし、どうやって」

「そうなると宿ではなく母屋《おもや》に？　どうしてそんな」

「理由はあとにして、行こう」

急いで母屋へ向かい各部屋を探した。最後に残ったのは倉庫だった。ロッサが慎重に扉を開けてランプを点《つ》けると、そこには――。

「に、ニコラさん！」

廃棄《はいき》予定のソファーの上で、探していたニコラがうつ伏せに倒れているのを発見した。

「つ、ニコラさん？　おい、ニコラさん？」

ロッサが急いでニコラに近づいて声を掛けたが、彼はピクリとも動かなかった。

「クラ……いやルース、ちょっと来い。一緒に見てくれ」

クラークは母・セリーヌの前に立ち、ルースは返事をしながらロッサの側《そば》に寄って行った。

緊張で息苦しさを感じつつも、ニコラの様子を観察する。

ニコラの衣服には乱れはなかった。こんな場所でなければ、ただ寝ているように見える。

「起き上がる様子がないな。ルース、ひっくり返すぞ、足を頼む」

「うん……って！」

ルースはニコラの足を摑《つか》むため、ソファーの背面と座面部分の隙間《すきま》近くに手を伸ばす——すると、右手の指先に小さな痛みを感じた。驚いてその指先を見ると、まるで針で刺したかのように血の玉が浮かび上がっている。ソファーの隙間をよく覗《のぞ》いてみた。

（…………針？）

そこには小さな針が、ルースの方へ先を向けて挟んであるのが見えた。そっと取り除くと、指の第二関節ほどある針だというのが分かる。だが待ち針のように糸を通す穴がない。

「どうした？　ルース」

「いや、何でもないよ。ひっくり返そう」

ルースは危なくないようにそれを一度地面とソファーの間の床に置くと、ニコラの足を摑んでロッサと共にひっくり返した。ニコラの足は布越しでも分かるほど冷えきっていた。

「っ……くそっ！　ニコラさん、オイ！」

白い顔に僅《わず》かに苦悶《くもん》の表情を浮かべて目を閉じるニコラに、ロッサが声を掛けつつ心臓や口元に手をやり、生死を確認する。しかし、最後には悔《くや》しそうに舌打ちした。

「どう思う？　父さん……」

「呼吸もないし、心臓も動いていない。そのうえこの冷えた身体《からだ》だ。教会に持っていかないと断定はできないが、たぶん……もう目を開けることはないだろう」

「そんな……」

「母さん……」

セリーヌが力を失いその場に膝《ひざ》をつく。慌《あわ》ててクラークが肩に手を置いた。小さな宿屋で、しかも二日続けてこんなことが起きれば、当然の反応だ。

セリーヌとクラークには先にリビングへ戻ってもらい、残った二人でニコラの様子を調べる。分厚い上着を脱《ぬ》がすと、思ったよりニコラの体つきは薄く、ルースとあまり大差がないように思える。服を着ている時は剣士に見えたが、この体格だと前線に出るのは無理かもしれない。

ニコラに外傷は見当たらなかった。ヘラルドのように特殊な亜人《あじん》である可能性もあったが、普通の人間にしか見えず、ルースには細かな判断が出来なかった。

「……ニコラさんに何があったんだろう」

「さあな……怪我《けが》もねえし、俺にはさっぱりだ。急に死んじまったようにも見えるし……」

医療技術が発達していない今世では、大怪我でも負わない限り死亡原因を追究するのは難しい。そもそも仮死状態になることが可能な亜人がいる世界で、医療技術が役立つのか疑問だが。

ロッサと話して、結局ニコラのことは原因不明で死亡という形になった。

再び上着を着せ、床に寝かせたニコラを前にして、二人で同時にため息をついた。

「このまま、ここに寝かせておくわけにいかないよね？」

「そうだな。隣の……お前の部屋を使って悪いが、ヘラルドの隣で横にさせよう」

ルースとロッサはニコラをヘラルドがいる部屋へ連れて行き、そこに横たわらせた。布を上からかけて小さく手を合わせる。

(それにしても、どうしてニコラさんが？　それになんで倉庫に？)

疑問はたくさんあったが、頭を抱えたロッサに聞いても答えは出ないだろうと、口を噤《つぐ》んだ。

「ルース、閉めるぞ」

ルースの部屋の鍵を閉めて、ロッサと一緒にリビングへ戻ろうとすると、前方から誰かがやって来る気配に気づいた。

「ウォノクさん？」

現れたのはウォノクだった。彼はため息をつきながら銀髪を掻《か》き上げる。

「どうしたんですか？」

「客の……セジュとか言ったか、あいつが『何があったのか説明しろ』とリビングでセリーヌに詰《つ》め寄っているぞ」

その言葉にロッサが再び疲れた表情になる。

「あーすぐにでも説明しないとな……。ウォノクさん、連絡をすまんな」

「うむ」

「ルース、お前はリビングへ戻ってくるな。少し揉《も》めるかもしれないからな」

「え、大丈夫だよ、父さん。オレだって――」

そう言った瞬間、ルースの右足が急に力を失った。その場に膝をついてしまう。同時に右半身が痺《しび》れたような感覚に襲われ、とっさにルースは左手で右手を摑んだ。

「ほら」

膝をつくルースを見たロッサは、気遣《きづか》う表情になった。それは先ほどセリーヌが床に膝をついた時と同じような顔だった。

「お前もセリーヌと同じように、本当は動揺《どうよう》してるんだ。大人《おとな》しくしていろ」

「あ……」

「すぐ終わるさ。ウォノクさん、行きましょう。何が起きたか説明します」

「そうだな……」

ロッサに続いてウォノクがルースに背を向け、廊下を歩き出す。ロッサは知らせてくれたウォノクに早速事情を話し始めたようだ。二人は真剣な顔をしている。

(待って、父さん、ウォノクさん……!)

ルースは彼らに助けを求めようとしたが、言葉が声にならないのに気づいた。やがて右半身の異常が、左半身にも広がり始める。

左足が右足と同じように力を失い、ルースはその場に尻餅《しりもち》をついた。身体を支えようとした左腕は地面を滑《すべ》り、廊下の壁に寄りかかる。

(なにこれ……こんな……まずい、このままじゃ……)

痺れはやがて腹部にも到達してきた。全身を浸食されるように、身体の自由が徐々に利《き》かなくなる。助けを求めたくても声が出ない。呼吸ができない。

奥でリビングの開いた音がすると、騒ぎ声が響いてきた。扉を開けてさっそく噛《か》みつかれたらしいロッサが、落ち着かせるように話す声が響き、扉が閉じる音と共に消えていく。

シンとなった廊下で、自分の苦しげな呼吸音だけが聞こえる。

(父さん、母さん、兄さん………アレク……──アレ、ク)

世界がブレて視界が定まらなくなる。

暗闇に落ちる瞬間、白い塊《かたまり》が近寄ってくるのが見えた。


闇に落ちたはずの意識が不意に覚醒《かくせい》する。痺れて動かなかった身体が、ようやく意思に従う気がした。痺れが軽くなった左手の指先を、なんとか動かしてみる。

「クゥン……!」

少しずつ身体を動かしていると、そんな声と同時に顔に湿《しめ》ったものを押し付けられた。それは何度もルースのあごから頬《ほお》までを往復する。生暖かい感触に驚きつつ、必死に目を開けた。

「あ……お、まえ……?」

目の前にあったのは、紫の瞳だった。それはルースと目が合うと、キラキラと輝きを増した。

「よせ、興奮してあまり動かすな」

「ウウウウウ！」

体当たりをしてくる紫色の瞳を持つ物体を、ルースの背後から伸びてきた手が押し返す。

（……誰かが支えてくれている？）

ようやく自分が誰かに抱えられていることを、ルースは知った。それは——。

「うぉ、のく、さん」

「ようやく気づいたか」

人形レベルで整った顔立ちが、少し上からルースを覗き込む。それはウォノクだった。瞳に赤みがさしているような気がしたが、それも一瞬のことですぐに元の金色に戻る。

どうやらルースは、ニコラの死体がみつかった倉庫にいるらしい。そして、壁際に座ったウォノクに横向きで抱えられるような体勢でいるようだ。

（うわ、え、何これ？）

上着や肌着を開《はだ》けた胸元には、なぜかウォノクの右手が直接置かれていた。羞恥心《しゅうちしん》と同時に変な緊張が高まってくる。

「ウォノクさん、あ、こ、の状況は、そ、それより、このオオカルは」

「ルース、お前も落ち着け。このオオカルが宿屋にいることなど、我《われ》はとうに知っている」

「え……あ、そうなんですか」

ウォノクはオオカルの存在を知っていて、あえて黙っていてくれていたらしい。

「よし、もう毒素は取り出した、動けるか？」

「あ、はい……」

ウォノクがルースの胸元から手を離す。その瞬間、最後まであった身体の中の痺れが、持っていかれる気がした。

（もしかして、今の解毒《げどく》か何かだったのかな？）

胸に直接手を置くなんて方法は、教会の神父様の治療《ちりよう》法とは全く違う。だから最初は何をされているのか分からなかったが、ウォノクだけの特殊な治療方法だったのかもしれない。驚いたのは確かだが、変に誤解して騒ぎ立てないでよかったとルースは思った。

「ウォノクさん治癒術が使えたんですね？」

「いや、使えない」

「え？　……じゃいまのは？」

「解毒系の術ではない。我はそういうのは使えないからな。だが、急いでお前から毒素を抜かなくては危ないところだったので、少々強引な方法をとったというわけだ。……勘違いされる前に言っておくが、胸に触れていたのも変な意味ではないからな」

「わかっていますよ……」

危ないところだったという言葉に肝《きも》が冷えたが、正規方法ではない手段で毒素を無理やり抜いたというウォノクの能力にも驚いた。ルースのために手を尽くしてくれたのだ。

「ウォノクさん、ありがとうございます。助かりました」

「そうだ、存分に我に感謝しろ。普段ならこんなこと絶対にしないからな」

「はは……」

相変わらずのウォノクは、立ち上がると少し離れた場所へ座った。オオカルが『待ってました』と言わんばかりにルースの膝の上に頭を乗せてくる。ウォノクが鼻で笑った。

「ずいぶんそいつを懐《なつ》かせたな。でもまあ、そのおかげでお前は助かったんだ」

「このオオカルのおかげで？」

「オオカルの耳の良さは特別だ。お前が倒れた音か、苦しげな声を聞いたんだろう。そいつは我らが部屋に入った後、廊下を全速力で駆けていった。それで我もお前の異変に気づいた」

「え、じゃあ他の人もこのオオカルに気づいて……？」

「いや、あの様子ではそれもないだろう。部屋の中はあのセジュという男のせいで騒がしかったからな。耳の長いあの女……ジュリアも不思議と気づいている様子はなかったな」

「そうなんですか……ありがとうオオカル」

ルースがオオカルを撫でると、嬉《うれ》しそうに尻尾を振り回した。

(死ななくてよかった)

自分が三人目の死体になんてなったら、家族はパニックになるだろう。前世が親よりも早く死んでしまったので、今世はなるべく長生きして親孝行をしたかった。

——しかし、そこまで考えて、ルースはある疑問が浮かび上がった。

「……ウォノクさん、感謝はしています、ですが……」

「なんだ？」

「……どうして、オレが倒れたのを皆に知らせず、倉庫でこっそり治療をしたんですか？」

ルースが倒れたなら、誰も解毒はできないと分かっていても、側にいる家族に知らせるのが普通だろう。だがウォノクはわざわざ倉庫に運んだうえで、強引な方法まで使って解毒をしてくれた。感謝はしているが、行動が少しばかり怪しく思えた。

警戒を顕《あら》わにしたルースを見ると、逆にウォノクは少し笑みを浮かべた。

「いい質問だ。結論から言うと、お前が倒れたおかげで、ニコラが死んだのが、毒だと分かったからだ」

「え、ニコラさんが毒!?　オレが倒れたおかげ？　どういうことなんです？」

「落ち着いて考えろ、ルース。まずニコラはどのようにして死んでいた？」

「どのようにしてって……外傷はなく、寝てるような感じで、死亡理由は分かりませんでした」

「そうだな。そして我がお前を見つけた時も、最初は寝ているかと思ったのだ」

「え……寝てる？」

ウォノクによると、多少表情は渋かったものの、普通に目を閉じて横になっていたので、オオカルが騒がなければ、放っておいたかもしれないという。

「そして、お前が体内に毒を入れられたのは確かだ。……つまり、どういうことか分かるか？」

「…………ええと、つまり。オレとニコラさんは同じような状況で倒れていた。そしてオレはウォノクさんに解毒してもらって助かった――だから、オレとニコラさんは、同じ毒を体内に入れた可能性が高くて、彼の死亡理由が毒だと？」

ウォノクはルースの言葉に満足そうに頷《うなず》く。

「もう一歩考えるんだ、ルース。身体の外側に異変を起こさない、原因も分かりにくい、苦しみもがくこともなく自然死に見える。そんな毒があること自体珍《めずら》しいが、それで倒れたのが、小さな宿で二人もいる。これが単なる偶然だと思うか？」

ウォノクの質問に、寒気が襲ってきた。

「――誰かが、オレやニコラさんに毒を？」

「そういうことだ」

一件目のヘラルドの事件では、単なるウォノクの推理でしかなかった〝殺人犯〟の存在が、一気に現実味を帯びてきた。

つまり、人を殺そうとしている者が、宿屋の中にいるのだ。

「ルース。お前、倒れる前に何か変なことはなかったか？」

「変なことですか？」

「我らが全滅していないからな。お前が毒を体内に入れた原因は、食事ではないはずだ。原因は他にある。想像するにこの数時間で、お前だけに起こった〝何か〟だ」

（変なこと……あ、あの針）

ルースはふと、ニコラを持ち上げようとしたとき、針を指先に刺したことを思い出した。

しかし、血の玉が浮かび上がった指には何の痕《あと》も残っていなかった。

「どうした？」

「ニコラさんを動かそうとしたとき、ソファーに挟まっていた針が指に刺さったんですけど……痕がなくなっていて……」

「ほう……その針はどこにある？」

ルースはソファーと床の間に置いた針の場所を、ウォノクに教えた。それを見たウォノクは目を細めて、懐《ふところ》から布を取り出してつまみ上げた。

（え……？）

その様子を見ていたルースには、ウォノクが手にしている針に、何かが巻き付いたように見えた。けれど、それも瞬《まばた》きをすると見えなくなる。

「なるほどな……確かにこの針には特殊な術がかけられ毒が塗《ぬ》ってあったようだ」

「見ただけで、分かるのですか？」

「確証はないが、匂《にお》いや錆《さび》具合や……まあ、いろいろでな。細かいことは気にするな、我は物知りだからな。あの男がこの針に付いた毒で倒れたのは間違いない。お前が針を刺した瞬間に即死しなかったのは、あの男が大半の毒を持っていってくれたからだろうな」

「そう、ですか……」

ソファーのあの位置なら、座っただけで針が刺さる。ウォノクの言う通り、ソファーの上に乗って死んでいたニコラが、何かの弾みで針を刺してしまった可能性は十分にあり得る。

（オレが助かったのは嬉しいけど。ニコラさんは……）

素直に喜べない状況に、ルースが小さくため息をついていると、ずっと針を見つめていたウォノクが小さく笑い声を上げた。

「何を笑っているんですか？」

「いや、こうも幸運が重なると、さすがに笑えてきてな」

「幸運って……、ニコラさんは死んでしまったんですよ!?」

「……いいや、あの男は死にはしないさ」

「え？」

ルースが驚いた声を上げると、ウォノクは薄く笑っていた。

「この毒なら人間の術師でも解毒できる。お前の体内に入ってしまった状態では、変化が起きている可能性があったので、確信が持てずにいたが、間違いない」

「ちょっと待ってください、解毒って……ニコラさん心臓も呼吸も止まっていましたよ？」

「それはニコラが、毒の浸食を阻《はば》むために、意図的に他の器官の動きを止めているからだ。変わった術を使う人間がいると思ったが、自己防衛の術が見事に役立ったな」

「ええ？　……ニコラさんが自ら解毒？　器官の動きを止める？　……あの人、剣士では？」

「ああ、そうかお前は知らないのだな。あの男は剣士じゃない、術師だ。しかもあんなことができるのだから、治癒術の中でも解毒専門に特化しているだろうな」

ウォノク曰《いわ》く、宿屋に現れた時から、ニコラは己に毒などの異常状態にかからないような術をずっとかけていたという。確かに先ほど脱がした時に見た身体は、剣士をやっているものではなかった。剣士の形をしていたのは、旅をする上の防犯のつもりだったのかもしれない。無口すぎるなとも思っていたが、それは術をかけていた影響じゃないかという。

「解毒専門の治癒術師が、毒を受けた——そんな偶然があるんですか？」

「我がウソを言って何の得になる？　それに真実を知りたければ、吹雪が止《や》んだらヘラルドと共に教会に連れて行けばいいだろう？　それなら専門がいるからはっきりするはずだ」

「……た、確かに」

ヘラルドの仮死状態に続き、ニコラまで死亡ではないという話は、さすがに出来すぎだと思ったが、ウォノクがルースを無駄に喜ばせて得があるとは思えない。

（もしくはオレを油断させるため…………いいや、やめよう）

最終的には教会に連れて行けば真実が分かるし、そもそも専門ではないというのに、解毒までしてくれたウォノクを、疑うのは気が引けた。

もちろん、それごと嘘《うそ》かもしれないが、そうだったらオオカルが、もっと別の反応をしているはずだ。気配に敏感《びんかん》な動物が警戒していないというのなら、ウォノクが悪人でないと信じようと思った。

「ともかく、ありがとうございました。二人は吹雪があけたら必ず教会へ」

「感謝するのは早いぞ、ルース」

「え？」

「問題は何も解決していない。それどころか、最悪の事実が分かっただろう？」

「犯人が宿内にいるってことですか？」

「違う。最大の問題は、二つの事件が昨日は『お前の部屋』で今日は『倉庫』で起きたことだ」

「昨日がオレの部屋で、今日が倉庫部屋……………え……？」

息苦しさを感じる寒気が、ルースの背中を駆け上がる。オオカルを触れる手に力がこもった。

昨日はヘラルド、今日はニコラがいた、二つの部屋は、本来ならば――。

「そうだ。つまり、本来なら事件現場は、両方とも〝お前がいるはずだった場所〟だ」

「オレの場所……」

自室は元より、昨日ルースは宿屋の廊下で『倉庫で寝る』と言っていたため、聞き耳を立てていれば、誰でも聞こえる状態だったという。犯人が先回りし、仕掛けるのは難しくない。

「だが、幸運にもお前はそのたびに部屋を移動し、そして不幸にも別の者が訪れた」

「……じゃ、ヘラルドさんと、ニコラさんが、あんな風になったのは？」

「本来なら、お前を殺すために仕掛けた罠《わな》に、あの二人は掛かってしまったからだろうな」

(そんな……っ)

ウォノクの言葉を聞いて、込み上げてきた感情は、やるせなさと怒りだった。

あの二人はルースの代わりに――言い方を変えれば、ルースのせいで瀕死《ひんし》の状況になってしまったのだ。呑気《のんき》に『教会に行けばいい』なんて思っていた自分に怒りが込み上げる。

「ルース、怒りどころを間違えるなよ。悪いのは犯人だ」

「……大丈夫です。でも、ありがとうございます」

感情に振り回された行動に、いい結果が表れることなどないことは前世の経験からよく知っている。大抵は考えが足らず、状況を把握することができていなかったせいで、後で後悔する。

ルースはアレクの腕輪を触る。腕輪の冷たさが、高ぶった気持ちを抑えてくれた。

「そしてお前の質問の答えだが——誰にも悟られず治療したのは、〝犯人《やつ》〟という存在がいることを、宿の人間に知らせないためだ。毒を使うような卑怯《ひきよう》な真似《まね》をする奴が、周囲に存在を知られてパニックを起こさないとも限らない」

ウォノクの言葉はもっともだった。今この宿は、周囲を吹雪に囲まれた檻《おり》だ。慎重に事を進めないと問題になる。

（そういうこと、だったんだ）

ウォノクがルースを助ける際に、しっかりと後々のことを考えてくれていたことに、驚きを隠せなかった。薪《まき》を使って暖を取ることを知らなかった人物とは思えない思考力だ。

「妙に冷静だな？」

「…………そんなことはないと思いますよ？」

「そうか？　お前くらいの年なら、自分が狙《ねら》われたら、もっと怒りや恐怖を顕わにするだろう」

（確かにまあ……思ったより怖いと思ってないのかもしれない……）

けれどルースにそんなことを言うウォノクも、こういった状況に慣れているように思えた。

貴族の坊ちゃんなどと少し甘い感じで見ていたが、外見通りの年齢——いや、それ以上の経験を持っているように感じる。二十代後半と思っていたが、もしかしたらもう少し上なのかもしれない。失礼になるかもしれないので、あえて聞かないが。

（……ともかく、理由はどうあれオレが狙われているというなら、やることは一つだ）

しかし今にも駆けだそうとするルースを、立ち上がったウォノクが素早く腕を摑《つか》んで止めた。

「待て、ルース……お前、積極的に犯人捜しを始めようとか馬鹿なことを考えていないか？」

「一応こっそり調べるつもりですが……」

「お前のような普通の男が『こっそり調べる』なんてできるわけがないだろう。……それにいいか、小さな村に住むお前が知る、他種族の能力などほんの一握りでしかない。亜人《あじん》、魔族、他の人族《じんぞく》は人間とは違う能力を持っているからな。お前が疑いを持っている人間が、そういった、こちらが予想もしない特殊能力を持っていないと断言できるか？」

ルースはウォノクが何を言いたいのか察した。確かにルースはそういった能力について、深い知識を持ってはいない。危険すぎると言いたいのだろう。

「でも、このままじゃ。オレが殺されない限り、終わりませんよ」

「頑張って死なぬように、周囲に気を配って過ごせ。外に出られるようになれば、相手も手を出しにくくなるし、お前も自由に動けるはずだ」

「そんな、難しいことを……」

ウォノクの言葉からするに、つまり現状では何もできないと言われたのも同然だった。

（……でもせめて父さんや母さんや兄さんの無事だけは……あ、そうだ！）

ルースは、三人を無事に避難《ひなん》させられる方法を、一つだけ思い浮かべる。

普通は無理だと思うだろう。けれど宿屋の位置関係や、ウォノクに教えてもらった風向きを考えると不可能ではないはずだ。もちろん下調べはする必要がある。

ルースはウォノクに腕を放してもらうと、そのまま荷物を避けて倉庫部屋の一番奥、滅多《めった》に開くことのない窓の前へ行った。外側から板を打ち付けている、窓の取っ手に手を掛ける。倉庫の窓は他の部屋とは違い、左右に開くものではなく、下から斜め上へ持ち上げるタイプの、いわゆるすべり出し窓なので、板の打ち付けも簡単だ。

「……ルース、何をしている」

「窓を、開けるん、ですよ……！　っ、と！」

身体を体当たりさせて窓を外側へ何度も押すと、やがてバキリと何かが割れたような音がして窓が動いた。そのまま力を込めて窓を斜め前へ上げていく。

開けた窓の隙間から、冷たい風が室内に入ってきて、ルースの体温を奪っていった。

(でも、これくらいならいけるかも)

外は真っ白だったが、昼間という時間のおかげで明るい。風向きのせいか、手を伸ばした先が見えない、ということはなさそうだ。

「ルース、なにをする気だ」

「ウォノクさんは言っていましたよね、母屋のこちら側は強い風が来ないって。それなら、この窓から、通りを挟んで反対側にある家に避難することができると思うんです」

ルースは背後から声を掛けてくるウォノクに答えながら、窓枠《まどわく》に足を上げた。

ウォノクの言う通り、風は身動きが取れないほど強くはないし、正面の廃屋《はいおく》に人はいないので迷惑をかけることもない。物資をこちらから運んで修理すれば数日ならどうにかなる。

(そうすれば、関係のない父さんたちの無事だけは確保できる)

いつもと変わらぬ様子だった家族三人が、ルースを殺そうとする犯人のわけがない。最初から犯人候補からは除外だ。そうなるとルースは彼らの安全は何としても確保したい。彼らが自分のために犠牲《ぎせい》になるなんて嫌だった。

ルースが身を乗り出すと、ウォノクが荷物に引っかかりながら近づいてきた。

「ルース、待て、外に出るな」

「ちょっと調べてみるだけです。様子見て、問題なさそうなら、すぐ帰ってきますから」

「違う。そうではない、ともかく出るな。こっちへ戻れ！」

「毎年この道は雪の積もりも浅いんで、埋まることもないですよ。っと」

「ルース！　そこには地面がない！　降りるな！」

「――――え？」

ルースは地面へ降りようとしたが、両方の足は空を切った。窓は腰の高さしかないので、家が地面から少し高さがあっても、ルースの足が届かないということはないはずだ。

しかし足は地面に着くことなく、そのまま身体と共に窓の外へ投げ出される。とっさに身を捻《ひね》り、窓枠を摑もうとしたが、身体が傾きすぎて手が届かない。

（なに、これ——）

辺りは真っ白なのに、底なしの井戸に身を落としたような恐怖が、一瞬にして駆けあがった。

——しかし、落下を始めた身体は急に止まる。

「ぐえっ！」

「っ……まったく、また死にかけたというのに、間抜けな悲鳴だな……」

頭上から降ってきた声に顔を上げると、そこには銀髪を激しくなびかせ、少しだけ焦《あせ》った表情を浮かべるウォノクがいた。

「クーン、クーン、クゥウウウン！」

「落ち着け、お前の馬鹿な飼い主は無事だ」

「う、ウォノクさん、そのこれは……」

「説明は後だ。引っ張り上げるぞ、大人《おとな》しくしていろ」

「はい」

ウォノクは思ったよりも楽々とルースを窓まで持ち上げると、そのまま部屋の中へ投げる。

予備のシーツの上に転がったルースの元へ、オオカルが飛びついてきた。

オオカルは腰が揺れるほど大振りに尻尾を振り回して、ルースの無事を喜んでくれた。それとは対照的にウォノクは少し苛立《いらだ》った表情をしているのに気づいた。

「はぁ、まったく。まさか窓から出ようとするなど……予想外な行動をとるな」

「す、すみません。ありがとうございます…………というか、えと、外は？　一体？」

状況を全く理解できないルースが、困惑の表情で見上げると、ウォノクは深いため息をつきながら吹雪で乱れた髪を撫でつけ、窓へと来いと指で呼ぶ。

「いいものを見せてやる」

隣にルースが立つと、ウォノクは近くに置いてあった、赤い派手な上着を手に取る。最初オオカルにかけようかとタンスから出した、セリーヌが若いころ着ていたという上着だ。。

ウォノクはそれを窓の外へ引っ張りだすと、手を放した。

「あ……」

上着は風に飛ばされ、ルースたちからまっすぐ離れていく。派手な服は白い雪の中でもよく目立ち、やがて小さな点となると姿を隠した。まるで高台からタオルを風で飛ばしたような、奥行きのある布の動き。――そこではじめて、ルースは違和感を覚える。

「あれ……ウォノクさんの家がある通りの並びって、目の前でしたよね？」

「大人二人が、手を伸ばせば届きそうなくらいの道幅だったな」

「……その後ろに林みたいなの、ありましたよね？」

「ああ、そうだ。そしてこの母屋は平屋で、お前の足が着かないほど、高い位置にはない」

「ええ…………って、え？」

ルースはウォノクを振り返る。分かるのだが、分からない。頭がその理解を拒絶している。

窓を閉じたウォノクが、困惑しているルースを見て、冷静に答えをくれた。

「混乱しているお前のために率直に言おう。この宿は今、地上から浮いた位置にある」

「は……はぁ⁉」

「ワウウン⁉」

ルースの驚きに同調して、オオカルまで変な声を上げる。しかしウォノクは至って冷静だった。その顔には、こうやって驚かれるのが嫌だから黙っていたと書いてある。

「う、浮いた位置にあるって、どういうことです……？　風で？」

「そのままの意味だ。山の位置からするに、だいたい建物の十階といった程度の高さか」

「山なんか吹雪で見えませんよ！」

いろいろとツッコミどころは多かったが、ともかく浮いているという話が一番問題だった。

確かに宿屋がいつもと違う位置にあるのは、ルースもこの目で見た。――足の着かなかった地面を、突然消えた通り沿いの家を、他の理由では説明できない。

けれど、〝家が浮く〟そんなことが常識で起こるわけが――。

（〝常識〟で……あ……）

ある可能性に気づき、ルースはウォノクを見つめた。ウォノクは再び笑う。

「そうだ。これがおそらく奴の特殊能力だ」

ウォノクは宿がこうなっていたのを、少し前から知っていたのだろう。だからこそ、犯人にこちらが感づいたことを、知らせない方がいいと判断し、ルースにもそう言った。宿屋ごと宙づり状態にされた状況で、犯人がやけを起こしたら、地面に叩《たた》きつけられる可能性もある。そしたら全員死亡は免《まぬが》れないはずだからだ。

「でも宿を母屋ごと持ち上げるって……」

「魔力はまあ大きいな。オリジナルの魔術が使える能力の高い人間か、知能派の亜人か、魔族辺りなのだろう。そもそも空気を遮断《しゃだん》したり、直接殺しの道具にしたりしない辺り中途半端な能力で、そこまで使い勝手はいいように思えないな……だが、お前を狙った暗殺の仕掛けは、宿を持ち上げるほどの力を持った奴にしてはお粗末《そまつ》だ。そこが気になるところで――」

「いえ、そうではなくて、何のために宿を持ち上げているんです？」

たしかに高い魔力と真似のできない技術だとルースも思うが、何のために犯人が宿を宙に浮かべているのか理解できない。

「なんだ理由か……お前に逃げられないようにするため。いざというとき簡単に始末できるようにするため。他の住人を人質にとって脅《おど》すため。どんな理由でもいいぞ？　好きに考えろ」

ウォノクも理由までは分からないようだ。というより興味がないらしい。

「ちなみに、奴が他でもこの力を使った痕跡《こんせき》はある」

「え、どこで？」

「さきほどお前は、この部屋の窓を開けることができたが、それは構造が特殊だったからだ。他の窓ではあんな風にはならない。壊すのも難しい。だが、一ケ所壊れた窓があったな？」

「あ、オレの部屋！」

「そういうことだ。外から板を取り付けると、内側からも外側からもそう簡単には開けられないし、無理矢理壊すとなると大きな音が出る。だが誰も窓が壊れる音を聞いていない」

ルースは隣の部屋に寝ていた。吹雪の音が煩《うるさ》くても、隣で窓が派手に壊れたらさすがに気づくはずだ。最初の事件の時に感じていた違和感の一つはそれだった。音が聞こえなかったのだ。

（そうか、あの窓枠の〝円〟。あれが、犯人が力を使って窓を壊した証拠だったんじゃ？）

状況からするに、何かしらの円系の魔術が、犯人の能力の形なのだろう。大きさを変えられ、その形を利用して物を壊したり、逆に中に閉じ込めたりできるというわけだ。

（あれ、円？　円？　……ほかにもどこかで見たような？）

しかし考えてもいまいち思い出せない。この数日でいつもと違うことが起きすぎて、頭の中が混乱している気がした。

「ウォノクさん……ちなみにいつからそのことに気づいてました？」

「……五人でカードゲームをやった後だったか、部屋の外から聞こえていたバケツに何かが当たっている物音が突然聞こえなくなってな。はじめは雪のせいかとも思ったのだが、風呂場の水の流れる音が明らかに違うのに気づいて、気になったので部屋の床板を剝《は》いでみた」

「え、ちょ、床板を剝いだのですか!?」

「安心しろ、綺麗《きれい》に塞《ふさ》いでおいた。場所を見つけられたら、むしろ褒《ほ》めてやる」

「いやそうじゃなくて……もう、いいや。それで剝いだらどうだったんです？」

「地面がなかったからな、下から雪が入ってきたぞ……シーツが濡《ぬ》れて不快だったな」

この後シーツを変えに行こう、とルースは頭の隅に書き留めて、いやそうじゃないと頭を振った。問題は床下から雪が入ってきたことだ。

ウォノクの部屋は一階にある。床板を剥いだら普段なら地面があるはずだ。

「なんで気づいたときに言ってくれなかったんですか？」

「では聞くが、言ったところでお前は信じられたか？」

『宿が浮いているぞ』——そんなことを言われても、確かにルースは簡単には信じないだろう。今のように外に出て確かめようとして、落ちて死んでしまっていたかもしれない。

「まあ、ここで伝えられたのは、ちょうどいいタイミングだったな」

「オレは何もいいと思えないんですが……」

ここ数日で起きた、普段の生活なら絶対にありえない展開に、ルースはついていくだけで精一杯だ。犯人の動機とか、ウォノクがなぜ物事に詳しいのかとか、深く考えている余裕がない。

「ルース、難しく考えるな。お前は自分と家族の安全だけを考えろ」

「でも、犯人をどうにかしないと、オレだけじゃなくて、他の人にも」

「その件については、我に考えがある。任せておけ」

ルースがウォノクを見上げると、自信ありげにうっすらと微笑《ほほえ》んでいた。その表情に少しだけ、重かった気持ちが軽くなった気がした。

「……助けて、くれるんですか？」

「ボローアシチューが食べられなくなったら困るからな」

「ぼ……ボローアシチュー」

ウォノクは至極《しごく》当然といった顔をしていた。照れ隠しやツンデレでボローアシチューの件を口にしているのではなく、本気であの味を失うわけにいかない、というのが動機らしい。

（けど、下手なことを言われるより、よっぽど信用できるかも）

今までの言動から、ウォノクが観察眼に優れていて、頭がよく冷静なタイプだというのはよく分かった。犯人の動機も不明で、下手に騒げない現在の状況を考えると、これ以上に頼りになる存在はいないはずだ。

ルースが少し安堵《あんど》していると、裾《すそ》を引かれる。引っ張ったのは尻尾を振るオオカルだった。

「ワン、ワン！」

「……お前も助けてくれるのか？　っ、ありがとう」

ルースはしゃがみ込んでオオカルに抱き着く。パンク寸前の今の状況では、たとえオオカルといえど、味方になってくれるのはとても嬉しかった。心の癒《いや》しだ。

「お前は、見かけ通り頭の足らない村の青年のふりをしていろ」

「はい。……って、ちょっと待ってください。頭の足らない、ってなんですか？」

「お前の纏《まと》う雰囲気は、典型的な小さな村の純朴《じゅんぼく》青年そのものだ。悪事を知らず、人間の好意を信じるお人好《ひとよ》しの働き者。よく言えば純情、悪く言えば馬鹿だ。母親似の顔立ちが、いっそうそのイメージを強固にしているのだろう。お前が女に間違われるのも、その雰囲気があってこそだ。村の外から来た人間は、大概《たいがい》お前をそんな風に捉《とら》えているはずだ」

ウォノクも最初にルースと会ったとき、そんな風なイメージを受けたらしい。しかし実際は頻繁《ひんぱん》に狩りに行くような行動派で、面倒見が良く、口もよくまわり、思考もどちらかといえば都会的で、何が起きてもあまり騒ぎ立てないため、少し驚いたという。

「普通、こんな小さな村で幼いころから育てば、その村での常識が世界の常識だと思い込む者は多い。若い者は特にな。村を出て初めて自分が無知であることを知り、世界の広さに圧倒されるのだが……お前は最初から〝世界は広い〟というのを知っているような気がする」

ウォノクの言っていることは当たっている。たぶんウォノクはたった一週間程度の付き合いで、ルースがただの村の青年とは違うのを感じたのだろう。もちろん〝前世の経験〟を持っているなどとは思っていないが、違和感を覚えているに違いない。

前世のことなど言うつもりはないルースは、苦笑いするしかなかった。

「まあ、難しい話はあとにしよう……ともかく、お前が犯人にできることは、そのままのイメージで相手の油断を誘うことだ」

「油断を誘う、ですか？」

「『偶然が重なっただけで、本来なら簡単に仕留められる』『難しいことを考える相手ではない』そう思わせて油断を誘い、敵の警戒を緩めさせる。この宿を安全に地面へ下ろすためには、お前が奴に侮《あなど》られる必要があるんだ。それは我にはできない」

「そういうことですか……」

相手は二度失敗してルースを警戒したため、宿を宙に持ち上げるというとんでもないことを始めたに違いない。だから逆に侮られ、馬鹿だと思わせておけば、魔力を膨大《ぼうだい》に使ってまで、こんな真似はしないはずだという。

「奴は大掛かりな真似をしている割には、表立ってお前を殺そうとしていない。これはお前が〝誰かに殺された〟と周知されるのを避けているからだと思われる。事情は分からんが、目立ちたくない理由があるのだろう。お前はそんな奴の心理状態を利用するんだ」

「そう考えると……意外と大変そうですね」

ルースが困った顔をして笑うと、ウォノクは落ち着いた笑顔を返してくれた。そしてどこからともなく雫《しずく》型をした緑色の宝石がついたペンダントを取り出し、ルースに渡してきた。

「これは？」

「お守りだ。ファンスの……風の属性を持った守り護符《ごふ》だ。相性はいいだろう。お前が意外と危なっかしいタイプだと思ったのでな。ただし今回の件が終わったら返せよ」

ボローアシチューの肉を獲《と》ってくる人間がいなくなってしまうと困る、というあまりにもウォノクらしい理由だったので、ルースは素直に借りることにした。

首から下げても重さを感じない、指先ほどの宝石は、シンプルな金のチェーン以外装飾がなく、穏やかな光を放っている。ルースはペンダントに傷がついたりしないよう服の中へ隠した。

「ありがとうございます。必ず返します」

「……なあルース、お前は殺されるほどの悪事を働いた覚えがあるか？」

「全て正しいことをしてきたなんて言うつもりはないですけど、殺されるほどのことをした記憶もありません」

小さな悪さなら、子供のころアレクと共にたくさんした。いまだって、オオカルを宿に入れていることを両親には黙ったままだ。

けれど命を奪われて当然だと思われるようなことをした記憶はない。受け取り方は相手によるので断言はできないが、それでも自分としては間違った行いをしてきたつもりはなかった。

「フン、そうだな。……けれど世界は時に残酷《ざんこく》だ、神だって運命に苦しめられることがある」

「神が？」

「ああ、〝お前たちの神〟だってな」

そう言うとウォノクは一人扉へ向かった。そろそろ顔を出さないと、変に思われるだろうとのことだ。確かに長く話してしまった。

しかし倉庫を出ようとしたウォノクは、扉の前で急に振り返り「そのオオカルの悪臭《あくしゅう》をなんとかしろ。臭《にお》いでバレるのは時間の問題だ」と真顔で言うと、服を叩いて出て行った。

まだお湯の張っていない浴室の端っこで、ルースは桶《おけ》にお湯を作りつつオオカルにかける。

「ブルブルしちゃだめだからな？」

アレクと共に作った蛇口は魔法陣が描いてあり、生活魔術の一つである水を出す術を込めると、水がお湯になって出る仕組みだ。攻撃魔術は己に合った属性しか扱えないが、生活魔術なら誰でも水が使えるので問題がないし、魔力量の少ないルースでも、たっぷり使える燃費の良さがまたいい。

「こら、暴れるな！　綺麗になるんだからいいだろ？」

「クゥ〜ン、クゥ〜ン」

「そんな声を出しても駄目だ。ほら大人しくしろって」

悲しい声をオオカルは上げたが、ルースは両手で洗うのをやめなかった。オオカルから流れ落ちる水は泥水だ。毛並みは綺麗だったが、実際はかなり汚いのだろう。毛が分厚いので、浸透させるだけでも一苦労だ。汗が流れる。

ルースはウォノクとの話が終わった後、リビングで重い雰囲気に包まれていた家族に合流した。不安がるジュリアなどに、安全だと説得するために時間がかかったらしく、誰もウォノクがいなくなっていたのに気づかなかったようだ。ニコラは自然死として伝えられたという。

その後はいつも通りの時間に、暗い空気のまま昼食を終えた。じっとしていられなかったルースは、風呂掃除をクラークから代わってもらい、オオカルを洗うことにしたのだ。

(ウォノクさんは考えがあるって言っていたけど……どうするんだろうな)

今朝言っていたウォノクの言葉が気になるが、彼の考えていることはさっぱりわからない。

「ウウウウ〜」

「嫌そうな声をするなって、ほら」

目や耳や鼻に入らないようにしながら指先で顔を洗い、そのまま腕の周りの毛をこする。背後に回ると毛を揉むように動かしてオオカルを洗う。前世でいうところの石鹸《せっけん》の代わりになる、ソプという草で何度か洗い、それから流すのを繰り返して、ようやく泡が綺麗な色になった。

ただ、オオカルは終始落ち着かない様子で、時折変な声を上げている。

「よし。上半身は綺麗になったな」

やがて努力の甲斐《かい》あって、ソプの良い匂《にお》いが漂《ただよ》ってくるようになった。これなら臭くてオオカルの存在がバレることはないだろう。首にあった奴隷紋《どれいもん》は、やはり洗っても落ちなかった。

(うわ、服が泡まみれだ)

オオカルが嫌がって動くので、ルースの服は泡が飛んでベタベタだった。

(仕方ない、脱ぐか)

ルースは服を脱ぎ、腕輪と下着一枚になる。準備を整えてから、オオカルの背後へ近づいた。毛が薄く繊細な部分だろうと思われる、腹からお尻にかけてはまだ洗ってはいない。汚くは見えないが、オオカルはよく伏せをしているので、きっと汚れはひどいはずだ。

ルースが背後でソプを泡立てていると、妙な気配を感じ取ったのかオオカルが振り返った。

途端にその紫色の目がクワッと開かれる。驚いた様子のオオカルが、駆けだそうとしたのを見て、ルースはとっさに背後から摑みかかった。

「こ、こら、逃げるな！　もう少しで終わるから！」

「キューン、キュン、キュン、キュン！」

「なんだよ、いきなり暴れだして。ほら落ち着けって、お腹《なか》まわりを洗ったら終わりだから」

嫌々と言わんばかりに身体ごと捻り、オオカルがルースの腕の中で暴れだす。今までにないほどに抵抗されて、ルースもつい力が入り、ぎゅっとその身体を抱きしめた。

(もうこのまま、洗っちゃえ！)

ルースは泡のついた手を前へ持っていき、柔らかい腹の部分をなでた。幸い泡立ちは後ろの毛ほど悪くないので、大人しくしてくれれば時間はかからないはずだ。

「ワグッ、ウア！」

「ちょ、本当にどうしたんだよ。大人しくしてたらすぐだって」

変な声を上げて暴れるオオカルを、全身を使って押さえながらルースは手を動かす。胸から腹を終えると、特に繊細な部分——股間《こかん》の周りを洗ってやろうと手を伸ばした。

ちなみにオオカルは雄《おす》だ。

手に細長い形状のものが触れるが、動物のものなので意識もせずに、そっと触った——。

「ヴ、ウ！　ヤ、グァ！　ァヤ、メ————ヤメロ、触んなぁあああああ！」

オオカルから人の声が出たと思った瞬間、ルースの顔の近くにあった奴隷紋にひびが入る。

「——え？　え？」

ルースの腕の中で光り輝いたオオカルの身体は、次第に形を変えた。

人と同じ頭部ができると、胴が縮み手足が長くなり、長い体毛が短くなっていく。ルースが触れていた部分も毛並みではなく、人の皮膚《ひふ》となった。光が落ち着き、再び姿が見えた。

そこにいたのは真っ白い毛並みのオオカルではなく——。

「き、君はえっと……」

ルースの目の前にいたのは、亜人と思われる十六歳くらいの少年だった。頭の上についた白い耳に、ふさふさの尻尾、褐色《かっしょく》の肌、白い髪、紫色の瞳。肌の色以外は、先ほどまで洗っていたオオカルととても酷似《こくじ》していた。どこか高貴そうな整った顔立ちも、吊《つ》り目も似ている。

少年はルースの質問に答えることなく、顔を真っ赤にして震えだした。

「……えっと、どうしたの？」

「……を、けろ」

「え？」

「——手を、どけろって、ばぁかっ……！」

顔を真っ赤にした少年に言われて、ルースは自分の右手をどこに置いているのか気づいた。

（あ……）

ルースの右手はオオカルのそこを洗っていたため、——股間をがっつり摑んでいた。しかも少年の繊細な部分は、なぜか元気にしっかりと天を向いている。

「えと……その…………ごめん」

少年の股間を摑む、というかつてない展開に、ルースはただ謝ることしかできなかった。

客室に戻ったルースは、床に脚を揃《そろ》えて座ると、ベッドの上で頭からタオルを被《かぶ》って黙ってしまった少年を見上げた。

「あの……本当にごめん。君が亜人だって気づいていなくて、……その、オオカルを洗うつもりでいたもんだから、抵抗とかがなくて。本当に、変な意図は全くなくて」

そうやって部屋に帰ってからずっとルースは謝り続けたが、少年は黙ったままだった。

（ああ、でもこれはオレが悪いよな……）

褐色の肌を持った少年は、ルースの服を着てもエキゾチックな雰囲気を纏っていて、大人っぽくは見える。しかし、喋《しゃべ》り方からするに、青春真っただ中という年齢だ。

あの年の頃は性的なことに関心が強い反面、そういったことで傷つきやすい年でもある。年上の、しかも男のルースに股間を掴まれ、彼の心は深く傷ついてしまったに違いない。

（しかもわざとではないとはいえ、反応させてしまったし……）

自分の身に置き換えて、ルースはゾッとした。顔見知り程度の男に、股間を掴まれるなんて、想像しただけで吐きそうだ。少年がこの気分を味わったかと思うと、本当に申し訳ない。

「ごめん……気持ち悪いことしちゃって」

気落ちしたまま謝罪を続けていると、黙っていた少年が動く気配を感じた。ルースが顔を上げると、そこには身体ごと振り向いて、タオルの隙間から紫の瞳を覗かせる少年がいた。

「……もう、いいよ」

「え……本当？」

「あんたがわざとやってたんじゃないって知ってるし…………アレだって俺が原因だし」

「アレ？」

「な、なんでもない。いいから、もう謝って蒸《む》し返すなよ。終わり。それより、髪が濡れたままなんだけど。拭《ふ》いて」

少年は頭に被っていたタオルを、ルースに向けてきた。拭いてもらうのが当然のような少年の態度に少し面食らったが、許してもらえたと知って、ルースは笑顔で受け取る。

ベッドの端に座る少年の横に腰かけ、タオルで髪の水分を拭き始める。全体的に短く後ろの一部だけ腰まで長い少年の髪は、オオカルの時と同じで艶《つや》めいていて指通りがいい。大切に育てられたのだろう。ルースはリラックスしてきた様子の少年に話しかけた。

「君は亜人だよね？　何故《なぜ》ずっとオレに話しかけなかったんだい？」

「この奴隷紋のせいだよ。こいつが俺の能力を塞いで、獣《けもの》型にしてたんだよ。俺はまだ獣型だと人語《じんご》を話せないからな」

少年が指さす首筋を見ると、割れた形の奴隷紋があった。奴隷紋はルースが見つけた際に、一度少年が死にかけたことで僅《わず》かながら効力が変化し、そして今回の風呂の件で魔力がかなり高まったことでヒビが入ったのでは、とのことだ。何故魔力が高まったかは、少年は頬《ほお》を赤くするだけで答えてはくれなかったが、奴隷紋の力が弱まった理屈は納得できる。

だが、奴隷紋の割れ目は、さきほど見た時より小さくなっているようだった。それを告げると、少年は舌打ちする。

「こまったな、奴隷紋が戻ったら。また獣型になっちまうよ」

「解除はできない？」

「奴隷紋をつけた奴が自ら解除するか、死亡しないと無理だよ。これは俺の姿を獣型にとどめる方へ力を注いでるから、もう少し違うかもしれないけど……」

「君に奴隷紋をつけたのは誰なんだい？」

「奴隷紋をつけた奴……ああ、そうだそれがあった」

少年は小さく悪態《あくたい》をつくと、髪を拭いていたルースの手を取り振り返る。そして胡坐《あぐら》をかくと背筋をピンと伸ばした。

少年に不思議な威厳が生まれた。ルースは手を摑まれながら、少しだけ居住まいを直す。

「ルース、助けてくれてありがとう。お前がいなきゃ、俺は死ぬところだった」

「い、いいえ……」

最初は野生のオオカルだと思って、食べるつもりだったとはとても言えない。

「改めて自己紹介する。俺は…………僕はキア・フォルセル。ジルタニア王国の第二王子だ」

（ああ、やっぱり……この少年がジュリアさんの言っていた、行方不明だった隣国の王子）

心の奥底では薄々そうじゃないかな、と思ってはいた。なにより現れたタイミングが良すぎる。それにオオカルの雰囲気もただ者ではなかったから、完全に否定できなかったのだ。

「僕は騙《だま》されて奴隷紋を付けられ、ここまで連れてこられた」

音も臭いも感じにくい特殊な箱に詰められたまま、キアはジルタニアから連れまわされたらしいが、ある時悲鳴と共に誘拐犯《ゆうかいはん》がキアの箱を手放し斜面を転がり落ちた。その時、偶然箱が開いてキアは急いで逃げ出したという。だが、雪の林を少し走ったところで罠にかかって、空腹により体力が落ちていたため、その場で意識を失ってしまったらしい。

（ん？　もしかして、キアを攫《さら》った犯人は、オレの仕掛けた穴に落ちたんじゃ……？）

ルースがキアを発見した当時の状況を思い出していると、本人は渋い顔をしていた。

「僕はなんとしてでも、無事に本国へ戻る必要がある。……ジルタニアとデオダートの戦争の種にされるなんて、絶対にお断りだ」

「せ、戦争？」

全く予想外の単語が出てきて、ルースは顔を青ざめさせた。

少年――キアは、そんなルースを落ち着かせるように、握った手に力を込めた。

「その人物は僕――ああ、まどろっこしい。あいつは俺をデオダート領土内で殺して、ジルタニアに戦争の切っ掛けを作らせるつもりだったらしい。最初に捕まったときに、そう話しているのが聞こえたんだ。うちの国の奴らは血の気が多いから、俺がデオダート国内で殺されたなんて知ったら、喧嘩《けんか》を売られたと思うはずだ。親父《おやじ》なんて先陣きって乗り込んでくるぞ」

ジルタニアの国民は血族同士の結束力が非常に強く、なおかつ人間国家よりも戦争に対して忌避感《きひかん》があまりない。そのため一度頭に血が上ると、止めるのが大変だとキアは言う。

「俺を誘拐した奴が、この宿にいるのは分かっている」

「え、顔を知ってるの？」

「いや、あの特殊な箱のせいで臭いも声も分からない。けど、振動――歩き方は覚えている」

独特な足の運びは、宿屋内で感じているという。ただ、ときどき不鮮明になるので、ルースたちの前では歩き方を変えている可能性があるという。

「ルース、お前が今大変なのは知っているから、俺は全力で守るよ。……だからルースも、全てが終わった暁《あかつき》には、そいつを捕まえて奴隷紋を解《と》かせるのを協力してくれないか？」

キアからあふれるオーラは一般人とは違っていた。そのせいか、ルースは彼を疑う気持ちが全くない。証拠などなくても彼は〝王子〟だとわかる。ルースはゆっくりと頷いた。

「もちろんだよ。戦争になるなんて聞いて、オレもほっとけないし」

「やった！　ルース約束だぞ！　問題が解決するまで、ずっと側で協力してくれよな！」

「う？　うん？」

キアとルースの言っていることが少し違った気がしたが、嬉しそうに頬を染めてニコニコと笑う姿に、水を差すのも悪いと思ったので、ひとまず頷いておく。

「それより、えーと、キア王子、様？」

「キアって呼んでくれ」

「ええとじゃあ、キア。君を誘拐した奴なんだけど――」

ルースがキアに質問しようとした途端、食堂の方で大きな物音が聞こえた。「あんた、なんてことをするんだ」というロッサの怒りの声も響いてくる。向こうで何かがあったらしい。

(もしかして、また何か……！)

ルースはすぐにベッドから立ち、ドアを開けて出ていこうとして、一度キアを振り返った。

「キア、後で話の続きをしよう。部屋の明かりを落として、ジッとしていて」

「お、俺も」

「キアはダメだ。誘拐犯に見つかったらまずいだろ？」

そう言うと耳と尻尾を垂れさせ、シュンとなりつつも、一応納得したのかキアは再びベッドに腰を下ろした。それを見届けたルースは、部屋に鍵《かぎ》を閉めて食堂の方へ向かった。

食堂へルースが来ると、全員が妙な空気を漂わせ、厨房《ちゅうぼう》の方へ視線を向けていることに気づいた。厨房と食堂の間にあるカウンター付きの室内窓が開いていて、厨房内は丸見えだった。

そこにはなぜかウォノクと両親がいて、黙って視線をぶつけていた。

異様な雰囲気を疑問に思ったルースが厨房の中に入ると、その理由が分かった。

「ボローアシチュー……」

ウォノクの足元には、茶色いボローアシチューが大量に零《こぼ》れていた。その側には大鍋《おおなべ》が転がっていることから、鍋ごとひっくり返ったのだろう。今日の夕飯は、ウォノクだけではなく、全員がボローアシチューを食べる予定だったので、夕食が無くなってしまった。

「……夕食をこんな風にして、どういうつもりなんだ、ウォノクさん？」

ルースはロッサの言葉に驚いた。どうやらボローアシチューを零したのはウォノクらしい。大好きなシチューを前に興奮して零してしまったのかと思っていたが、ウォノクの次の言葉でそれは違うのだと分かった。

「なに、ただボローアシチューに飽《あ》きて、見たくもなくなったのでひっくり返しただけだ」

「飽きたからって……、あんた」

ウォノクの言葉に、ロッサだけでなく、ルースも呆然《ぼうぜん》とする。

（……よりによってウォノクさんが？）

ウォノクは『ルースを守るのはボローアシチューのため』と午前中に言い放った男だ。それなのに鍋ごとひっくり返して台無しにするなんて信じられなかった。

「っ……ウォノクさん、話がある。ちょっと部屋まで来てくれ」

「うむ。良いだろう」

しかしウォノクはロッサの誘いにあっさりと頷くと、厨房を出てそのまま客室の方へ向かう。ロッサの雰囲気からするに、きっとウォノクに対して一言二言を言うつもりなのだろう。

ルースはウォノクにはなにか理由があったのだと思い、かばうためにロッサに声を掛けようとした。だが、その前にウォノクが手で制止をする。

「ルース、早くもう一度夕食の準備をしないと、皆が腹を空《す》かせるぞ」

その言葉に振り向いたロッサの眉が、また上がったのが見えた。ルースは慌《あわ》てたが、ウォノクが胸元――借りたペンダントを軽く押してきて、意図に気づいた。

(自分は構うなって？)

表情を変えたルースに、ウォノクは薄く笑うと、そのままロッサの後をついて出ていった。

「……………はは、ウォノクさん、食べたくないなら言ってくれればいいのにね」

少し考えたルースは、わざとらしく呑気な声をだして、クラークに顔を向ける。

「あ、ああ、そうだな。なにもひっくり返すことはないよな」

「作り直しだね。母さん、夕飯の準備、オレもやるよ。早くしないとみんなお腹空くし」

「そ、そうね。急がなくちゃ。お二人とも、もう少しだけ待っていてくださいね」

「雑巾《ぞうきん》持ってくる」

クラークに掃除を任せつつ、セリーヌをルースが手伝い、急いで再び夕飯の支度《したく》をした。

しばらくするとロッサが一人で戻ってくる。ウォノクは反省の色が全くないらしく、しばらく部屋から出てこないでもらうことになったようだ。

夕飯は簡素になったが、ジュリアもセジュも文句は言わなかった。二人は居心地が悪そうにそそくさと食べ終わると、長居せずに部屋に戻っていった。

ルースは自分の夕飯の前に、ウォノクがいる部屋に向かった。

「ウォノクさん夕飯ですよ」

「フン、夕食を台無しにした本人に夕食を運ぶなど……ブラウ家は本当にお人好しの集団だな」

相変わらずマイペースなウォノクには苦笑いしかできないが、その顔が夕食のメニューに向けられて少し悲しそうな表情になると、複雑な気分だった。

「どうして夕食をダメにしたんですか？」

「さあな。だが、セリーヌには台無しにして悪かったと言っておいてくれ」

「それは自分で言ってください。理由があったんですよね？」

「即席でもブラウ家のメニューは美味《うま》そうだな」

何故かウォノクは、あからさまに話題を変えてきた。

（シチュー、飽きたなんて嘘だな）

ウォノクが飽きたからと言って、鍋ごと零すような人物には見えない。飽きたと正直に言って食べないだけだ。けれど、人形のように整った顔はあまり変化しないため、言葉にしてくれないと何を考えているのか分からなかった。

(不思議な人だな)

突然隣に住みだしたと思ったら、身の回りのことはできないのに、どこか悠然《ゆうぜん》としているし、相手の好意を当たり前のように受け取るし、お金はあるのにボロ小屋にそのまま住んでいるし、毎日服は同じ形の黒いものだし――これだけ挙げると、ただの変わり者にしか思えない。

けれど、それでいて妙に博識で、助言を与えてくれ、なおかつ問題解決の手伝いまでしてくれる。おかげでルースにとっては、冷静で頼もしい人というイメージが強い。

(だけど、ウォノクさんって、本心は何考えているか分からないよな)

知っているのは、ボローアシチューが好きなことぐらいだ。それも本当なのか謎だ。

ウォノクという人物は、もっと深い場所にいるような気がした。ルースが前世の記憶をもってしても届かないくらい、深い――深い場所に。

「ルース」

「あ、はい?」

「向こうに、帰らないのか?」

「一人で食事はつまらないだろうから、話し相手になろうかなと思ったんですが、邪魔でしたか?」

ウォノクは少しだけ驚いた顔をすると、薄く笑いながら目を閉じた。

「……ルース、お前には先に言っておこう。明日また問題が起きる」

「え？」

「だが、犠牲者はないと先に断言しておこう」

「ちょ、ちょっと待ってください、何が起きるんですか？　分かっているなら、なんとかすることは出来ないんですか？」

「できない。というか回避《かいひ》するわけにはいかない。これは絶対に必要なことだ」

「必要なこと……本当に何が起きるんですか？」

ルースが眉を顰《ひそ》めると、ウォノクは首を振った。

「それよりルース、長い縄か紐はないか？」

「紐？　……ウォノクさん、誤魔化さないでください。話を」

「重要なことだ。ないのか？　丈夫でかなり長い物がいい」

「…………分かりました」

ルースは倉庫へ行き、狩りの獲物を持ち帰るときに使う、紐の束をウォノクへ持ってきた。

「一本一本の長さはあまりないですが、結べばそれなりになります。頑丈さはボローアを引いて山を下りるくらいなので間違いないかと」

「……一本はだいたい我の身長の三倍ほどか、五本あればいいな」

「何に使うんですか？」

「それは教えられないな」

「ウォノクさん、いい加減に……」

「ルース」

ウォノクがルースの言葉を遮《さえぎ》る。そして指を伸ばすとルースの胸元、ペンダントがある場所を指しながら、鋭い目を向けてきた。

「いいか、お前が一番に考えることは、宿を無事に地上へ降ろし、家族の安全を確保することだ。何が起きても、それを絶対に忘れるな――」

今までにないウォノクの鋭い気配に、ルースは考える余裕もなく頷いた。

まるで背《そむ》くことを許されない、絶対的な力を持った王に命令された気分だ。

初めて、ウォノクを恐《こわ》いと感じた瞬間だった。

「我は、我がしてやれることをやっているだけだ。……さあ、もう行け。食器は明日の朝にでも取りに来い。それから部屋には必ず鍵をかけ、ペンダントは身体から離すなよ。あのオオカルも側においておけ」

「ウォノクさん。そういう言い方は逆に心配になるんですけど……」

「大丈夫だ、安心しろ。酷いことにはならない」

「……分かりました。ウォノクさんもお気をつけて」

「ああ」

ウォノクはそれだけ言うと、ルースに背を向けて食事を始める。その背はいつものボローアシチューを食べているような楽しげな雰囲気ではなく、声を掛けにくい気配を纏っていた。

その後、急いで夕食の片づけを終えると、何事もなく就寝時間となった。客二人も夕食のことがあってか、食堂には近寄らなかった。

ルースは仕事を終えると、食事を持ってキアのいる部屋へ戻った。

「え……キア？」

「クゥ〜ン……」

部屋に戻るとキアはオオカルの姿に戻っていた。

キアはルースと目が合うと、しょんぼりと尻尾を垂らす。本人も大変不本意なようだ。

（やっぱり……奴隷紋が元に戻っている）

首元にあった奴隷紋は、風呂場で見た割れ目がなくなり、元の形に戻っていた。正攻法で解除しないと、完全に元に戻ることは出来ないということなのだろう。

（キアを攫ってきたやつのこと、ちゃんと聞いておけばよかった……）

今考えると、あとで話せると思わずに行動すべきだったとルースは反省した。

「ごめんな、キア」

「クゥ〜ン……」

キアの口から悲しげな鳴き声が響いてくる。見た目も全体的にへにゃりとなっていた。人型に戻ったのに、話もできずに獣型になってしまいショックを受けているに違いない。

（こ、これは励ましてやらないとな……）

ルースはベッドの上で伏せるキアの横に腰かけ、元気のない毛並みをよしよしと撫《な》でてやる。

「キア、そんな凹《へこ》むな。君の奴隷紋はちゃんと取れる。だからもうちょっと我慢しような？」

スピスピスピと鼻で鳴く声が聞こえ、ルースは頭に覆《おお》いかぶさるようにして抱きしめて撫でてやる。心境としては泣く弟を慰《なぐさ》める兄の気分だ。キアを見ながらアレクを思い出す。

「キア。話ができないのは辛《つら》いけど。でもオレは君のこの姿が結構好きだよ」

「クゥン？」

「本当だって。毛並みは綺麗だし、瞳は宝石みたいだし、なによりカッコいいじゃないか」

オオカルは前世の狼《おおかみ》に近い顔立ちをしている。キアはオオカルではないけれど、オオカル系の亜人なので顔立ちは同じ系統だ。そして、それでいてどこか高貴で気高い雰囲気がキア自身にはある。それがいっそうキアのカッコよさを際立てていた。雪山の崖の上で遠吠《とおぼ》えされたら、寒さも忘れて見入ってしまうだろう。

「キアがさ、目を覚まして初めてオレを見たとき、すごくカッコいいなって思ったんだ。普通のオオカルとは違って、オーラが強くて気高くて。……ああ、でもオレの上着を振り回して遊んでいた時はびっくりしたよ、あれはあれで可愛《かわい》かったけどさ」

ルースが小さく笑うと、キアが身体を揺らした。よく見ると尻尾が揺れだしている。紫の瞳にキラキラしたいつもの輝きを灯《とも》して、首を傾《かし》げていた。『本当に？』と聞いているように思えた。気高いオーラに、子供っぽい仕草のギャップが、また可愛い。

「うん、キアはカッコいいよ。人型でも獣型でも。というか、どっちもオレは好きだな。だからこの姿でいることにあまり凹まないで――っとお、わっ」

褒めながら撫でていると、そのまま興奮気味に唸《うな》り声をあげたキアに突撃された。オオカルの姿は身体が大きいので、不意打ちをくらうと簡単に転がされてしまう。

ベッドの上に仰向《あおむ》けにひっくり返ったルースへ、キアが鼻を押し付けてくる。首元で鼻を鳴らされて、息がかかりくすぐったいって」

「キア、くすぐったいって」

「ウウウウ〜！」

「こら、舐《な》めるなって」

ルースの言葉にすっかり機嫌を良くしたらしいキアは、尻尾をブンブン振りながらじゃれついてくる。キアは人の姿をとると分かっているのに、姿がオオカルのせいか、顔を舐められてもあまり気にならない。

しばらくそうやって遊んでいると、やがてキアがルースの横に座り込んだ。お風呂に入ったりしたので疲れたのだろう、少し眠そうだ。

「もう寝ようか？」

キアを布団に入れて横になる。ベッドランプを消そうとして、ジオの本が目に入った。

（やっぱり、返事はないか……）

少しでも宿屋の中で起こっていることを知らせたかったが、いざというときのために魔力は温存していた方がいい。結局ペンは持たずにランプを消して、キアにお休みと告げる。

（どうか、ウォノクさんの言っていた『明日の問題』は小さなことでありますように）

ルースは込み上げる不安を抑えながら、必死に目をつぶった。

ようやく眠りに落ちたかと思った頃、ルースは急に胸騒ぎを感じて目が覚めた。まだ朝には早い時間のはずだが、なぜか起きなければならないという気分になり、眠れなくなる。

起きて周囲を見渡すが、特別な変化は見当たらない。それなのに妙な胸騒ぎは続いたままだ。

ルースの様子に、隣に寝ていたキアもゆっくりと顔を起こす。

「キア、なんか変じゃないか？」

「……ウウウ」

鼻をひくつかせたキアが、低い唸《うな》り声をあげる。キアも何か異変を感じたようだ。

鼻を地面に寄せ、臭《にお》いをたどりはじめたキアの後を追う。外に出たそうに扉を押したので、ランプを手に持つと周囲を確認してから二人で廊下に出た。

「あ、キア、待ってくれ……！」

廊下に出たとたん、キアは走り出し、隣のウォノクの部屋で唸り声をあげた。

「ウォノクさんの部屋に何かあるの？」

「ウウウウウ」

キアは身体《からだ》を低くし、牙《きば》をむき出しにしながら、ドアに向かって唸り声を上げ続ける。

「ウォノクさん……ウォノクさん……？」

ルースは小さく声を掛けながら、ウォノクの部屋の扉をノックする。しかし何度呼び掛けても返事はない。思い切ってドアノブを掴《つか》むと、あっさりとそれは回ってしまった。

(ウォノクさんは、鍵《かぎ》を掛けなかったのか？)

あれだけルースには厳しく言っていたのに、変だと思った。

ルースはそっと扉を開けて、中を覗《のぞ》き込む。外から窓を塞《ふさ》がれた部屋はかなり暗いため、ランプの明かりが届く範囲しか見えない。ランプを持った手を伸ばして辺りを照らす。

「ウォノクさん、寝ていますか……？　っと、え？」

声を掛けながら中へ進むと、ピチャリと水のようなものがルースのブーツに触れる。お茶でも零《こぼ》したのかなと、屈《かが》んで指先で触れてよく見てみると、それはただの水ではなく――赤い色をしているように見えた。

「え……？」

部屋の奥から広がるようにしてルースの足元へ届く赤い液体。それを見て、ゾワッと背筋に冷たいものが走る。狩りの後でよく嗅《か》ぐ、独特の錆《さび》のような臭《にお》いが鼻に入ってきた。

手に持っていたランプが揺れ、光が部屋で踊った。隣で聞こえるキアの唸り声が遠くなる。

「う、ウォノク、さん――？」

ルースは震える手を押さえて、腕を伸ばし、液体の先へランプの光を届かせた。

そこには――。

「あ……ああ、あああ……っ！　そんな……っ」

ルースが光で照らした先には、一人の男が倒れていた。

男は己の腹部に刺さるナイフを右手で持ち、銀糸のような髪を床に広げ、赤い液体の上に横向きになったまま動かなかった。作り物めいた顔立ちには呼吸をしている様子もない。まるで糸を切られた操《あやつ》り人形のようにさえ見えた。

「——ウォノクさん！」

薄く開いたウォノクの金色の瞳は、本物の人形になってしまったように、光を失っていた。


しばらくして家族と客の全てがウォノクの部屋に集まった。ルースは家族だけを呼んだのだが、騒ぎに気づいたジュリアとセジュも集まってしまったのだ。そもそも、もうこうなってくると隠すのも難しい。混乱させないためにもキアは部屋に戻ってもらっていた。

部屋のランプをつけると、ウォノクは机の前で倒れているのが分かった。金色の瞳は虚空《こくう》を見つめ、銀色に輝いていた髪は血に染まり、整った白い顔は赤く汚されていた。黒い衣服も液体を吸いとても重そうに見える。

室内に争った跡はない。それがいっそう中央で倒れているウォノクの異様さを、強調しているように思えた。

「……ナイフが刺さっているのは腹の真ん中。それにこれだけ血が流れていたら、失血死はまぬがれないだろうな……」

「………そんな、ウォノクさんまで」

ロッサの言葉にセリーヌが床に膝《ひざ》をつく。全員の空気がより重くなった。彼らの中では立て続けに死者が三人にも増えて、絶望的な心境だろう。

「けど、これはどういう状況なんだ？　なんで彼はナイフを自分の手で？　まるでこれでは」

ロッサが首を傾《かし》げながら、ウォノクの腹に刺さっているナイフを見つめる。ルースも気にはなっていた。ウォノクの体勢はまるで——。

「皆さん、ここに何か紙がありますよ」

セジュの声に、全員の視線が部屋の端《はし》にあるベッドへ集まった。

そこには綺麗《きれい》に畳まれた白い紙が置いてあった。最初に見つけたセジュが、その紙を開くと、彼はざっと視線を動かしてから顔を真っ青にする。

「なんて書いてありました？」

「え、あ、ああ!?　そ、そういうことか！　とんだ茶番だったな」

「どういうことです？」

「彼は自殺したんですよ。罪の意識に耐えられなくてね」

ロッサの質問に、セジュは持った紙を向けてくる。皆でその紙を覗き込んだ。

そこには神経質そうな右上がりの角ばった字で、こう書かれていた。

【宿屋の者たちへ

ヘラルド氏、ニコラ氏の両名を殺したのは、我《われ》、ウォノクだ。

彼らとは些細《ささい》なことから争いに発展してしまい、ヘラルド氏は衝動的に、ニコラ氏は持って

いた毒で殺してしまった。上手《うま》く誤魔化《ごまか》せたことで安堵《あんど》していたが、時間が経《た》つと全員に疑われているのではないかという不安がこみ上げて仕方なかった。夕食の件も何か細工《さいく》をされたのではないかと疑心暗鬼《ぎしんあんき》になり、ひっくり返してしまった。だが、いよいよ耐えられなくなった。この恐怖から逃れるために死のうと思う。宿屋の者たちよ悪かった。ウォノク】

（署名が〝ウォノク〟になってるけど、あの人が、こんなことを書くわけがないだろ……！）

ルースはこの文章を読んだ瞬間、この手紙が偽物《にせもの》だとすぐに分かった。

しかしルース以外はそうは思わなかったようだ。

「そんな、ウォノクさん……」

「あの人が裏でこんなことをしていたなんて……」

「……変人だとは思っていたが、まさか殺しなんて……人は見かけによらないものだな」

あっさりその文章を信じている様子の家族に、ルースは少し驚いた。

確かにルース以外はウォノクとの会話は少なく、先の二人が生きていることすら知らない。そのことを教えてくれたのはそもそもウォノクだ。とは言え彼が、こんな怪しげな手紙を残して、わざわざ騒ぎを起こした翌日に自殺する、なんてどう考えてもおかしいだろう。

（ああ……でも、そうだ。この世界では違和感にならないのか……）

前世より警察組織や科学技術、情報伝達技術が劣っている今世では、今回のような典型的な偽装手口に気づかないのも当然だった。村は常に平和が保たれているため、事件への遭遇率も少ない。警察組織などもなく、自衛団があるだけで、犯人がいたとしても王都へその人物を護送することで終わってしまう。前世ではお馴染《なじ》みのトリックや、偽装工作など考えも及ばない村人もいるだろう。

（だったらオレが言わなきゃ）

ルースがウォノクの身の潔白《けっぱく》を訴えようと口を開くと、突然何かを蹴《け》るような音が聞こえた。

「せ、セジュさん！　あんた何やってるんだ！」

「何って、お礼ですよ。さんざん怖がらせてくれて、ありがとう、って！」

顔をあげると、いつの間にかセジュが、倒れたウォノクの頭を蹴りつけていた。セジュのつま先で白い頬《ほお》が汚れ、血が付着する。文字通りの死体蹴り——その異様な光景に、ルースの胃が凍《こお》るように冷え、頭に血が上った。

だがルースが飛び掛かろうとするより、ロッサが一足早く動く。

「——やめろ！」

「おっと」

セジュを止めようとして、飛び掛かったロッサの腕が空を切る。素早い動きをみせたセジュは数歩下がるが、何故《なぜ》ロッサが止めようとしたのか、分かっていない表情を浮かべていた。

「何故止めるんです？　いいじゃないですか、こいつ殺人犯ですよ？　二人も殺したんですよ？　蹴られても当然でしょう？」

「確かに二人を殺したことは許されることじゃない。けど、それと死人を蹴ることは別の問題だ。死者を冒瀆《ぼうとく》する行為はやめてくれ」

「いいじゃないですか、殺人犯が死んだんですよ？　それに、誰も痛くないですし、俺の気分が晴れるんですからこのくらい……」

「俺が見ていて胸糞悪《むなくそわる》いからやめてくれ」

何を言ってもセジュはロッサの言い分が全く分からないといった表情だった。そうして一人首を傾げると、隣で黙っていたジュリアに近づく。

「貴方《あなた》だって、憂《う》さを晴らしたくはないですか？　婚約者を殺されたんですよね？」

セジュはそう、ウォノクを見つめるジュリアに近づいた。どうやら仲間が欲しいようだ。

しかしジュリアは露骨《ろこつ》に顔を顰《しか》めると、セジュを睨《にら》みつけた。

「私は誇れた身分じゃないけど……自分の憂さ晴らしに死体を蹴るほど落ちぶれてはいない」

「ふん……そうですか。……所詮は亜人《あじん》か」

セジュはわざとらしく肩をすくめる。

「あの二人を殺した犯人がいなくなって、安心しました。今日からゆっくり眠れそうですよ」

セジュはにっこり笑った。安堵というには晴れやかすぎる笑顔だ。

その顔にルースは違和感を覚える。

（……ああ、そういうことか）

ウォノクの死を喜ぶセジュの口端に浮かぶ僅《わず》かな歪《ゆが》みが、ルースに確信を与えた。

【6】宿屋の息子の静かな戦い——断絶の五日間　四日目

ルースの脳裏《のうり》に、ウォノクが強く言っていた言葉が蘇《よみがえ》る。怒りで高ぶっていた感情がスッと冷めていくのを感じた。

『いいか、お前が一番に考えることは、宿を無事に地上へ降ろし、家族の安全を確保することだ。何が起きても、それを絶対に忘れるな』

(ウォノクさん。オレ、やります)

あのウォノクがこんなことで、あっさり死んでしまったとは思えない。けれど、目の前で血まみれで倒れている彼は、ルースが声を掛けても、起き上がってはこなかった。

頼れる者はいないのだ。ならば自分でやるしかない。ウォノクもそれを望んでいるはず。

(冷静になれルース。まだここに本物の犯人は存在しているのだから)

罪をすべて自白した〝犯人〟が死んで一番喜ぶのは一人だけ——実際に犯罪を行い、関係のないものに罪を被《かぶ》せた真の犯人だけだ。ウォノクの遺書も犯人が用意したもので間違いない。

ルースは安堵《あんど》した様子のセジュを見つめた。

(……ウォノクさんは、犯人——セジュの身代わり役にされたんだ)

『回避するわけにはいかない。これは絶対に必要なことだ』

ウォノクは気づいていた。自分が警戒されていて、いつかは殺されるだろうことに。そして己の死によって、警戒していた犯人が、油断する切っ掛けになることも分かっていた。

だからこそ昨日の晩ルースに何も言わなかった。止められないために。

(あのボローアシチューの件も、すでにウォノクさんが狙《ねら》われている兆候《ちょうこう》だったんだ)

ウォノクが毎食ボローアシチューばかり食べているのは、宿にいる人間なら誰でも知っている。自然死に見える毒を持っているなら、それを食事に混ぜるのが一番簡単だろう。

だが、それがたまたま全員の夕飯だったから、警戒していたウォノクは気づき、ボローアシチューを誰にも食べさせないために、鍋《なべ》ごと派手にひっくり返したのだ。

その行動も犯人をあおることは分かっていた。自分だけに狙いをつけさせるためでもあった。

(だからって、死ぬことはないと思いますけどね。ウォノクさん……)

何故《なぜ》ウォノクが、付き合いの浅いルースや宿屋のために、ここまでしてくれたのかは分からない。けれど結果的にウォノクは自分の運命を知りながら『我がしてやれることをやっているだけだ』という言葉通り、今回の件に巻き込まれて死んでしまった。

――ルースへ、犯人が誰なのかという情報だけを残して。

(オレ、やるんだ。ウォノクさんのためにも)

理由なんてものは、この際どうでもいい。ウォノクがしてくれたことに、ルースは精一杯感謝し、彼が託《たく》した目的を達成させなくてはならない。

だから、たとえ腸《はらわた》が煮えくり返りそうな怒りを覚えても、犯人に言及して、追い詰めて、状況を悪化させるような真似《まね》をしてはならない。

家族を守るために、油断させ、宿屋を無事に地上へ戻さなければならない。

(笑え、オレ)

ルースは感情を殺して、にっこりと笑った。馬鹿な青年らしく。

「本当ですね。これでやっとあちこち転々としながら寝なくて済みますよ」

心は怒りと悲しみではち切れそうだったが、思ったより声は楽しげに出た。

「お前……ウォノクさんが死んだんだぞ？　仲良かっただろ？」

「まあ、お隣さんだし、生活能力のない人だから世話は焼いたけど」

「悲しくないの、ルース？」

側《そば》にいたクラークやセリーヌが眉を顰《ひそ》めるが、ルースは〝命を狙われているなど少しも考えていない純朴《じゅんぼく》青年〟を演じなくてはいけない。

「ウォノクさんが死んでしまったのは悲しい。けど……それ以上に人が死ぬなんて少し怖かったから。平気なふりをしていたけど、内心はかなり怖くてたまらなかったんだ」

もっともらしい言い訳を口にして、二人の疑問を回避する。ルースが少し悲しそうな顔をすると、クラークは釣られるようにして眉を下げる。そして「そうか、お前も頑張っていたんだな、俺だけビビっているのかと思っていたよ」とあっさり納得してくれた。クラークの騙《だま》されやすさが少しだけ心配になる。

「まあ、確かにこんな事件は起きたことはないからな……」

ロッサも突然のルースの言葉に驚いているが、少しばかり納得もしているようだ。

ルースは普段家族に見せているキャラと、あまり乖離《かいり》しすぎないように気を配りながら、〝傍《はた》から見える自分らしい姿〟で偽りの内心を語っていく。

「だから、それが終わったと思ったらすごく安心したんだ」

「そうだよね。ルース君」

しばらく傍観《ぼうかん》していたセジュが、ルースたちの話に乗ってきた。

「君、彼の近くにいたことが多かっただろう。何もされなくてよかったね」

「はい。こんなことを全く想像していなかったので、驚いてしまって」

ルースへ心配した視線を向けてくるセジュ。彼は実際のところ内心の笑いを必死に堪《こら》えているのだろう。『馬鹿な青年』を嘲《あざけ》る、セジュの気配が嫌になるほど伝わってきた。

だが、これでいい。これでいいのだ。

「もう心配事はないから、安心していなよ」

「はい」

ルースを狙っていた人間は、間違いなくセジュだ。理由は分からないが、これはウォノクが命を張って教えてくれた情報だから確実だろう。

(だけどオレがやることは、こいつを捕まえることじゃない)

ルースがやらなければならないことは、巻き込まれた家族を無事に地上へ帰すことだ。それがルースの、そしてウォノクの望みだ。こんな考え自体を、知られてはいけない。

「そうね、もう終わったというのだし、穏《おだ》やかに過ごしましょう、あと少しだから」

「そうですよ。長くても吹雪《ふぶき》は明日までだろうし。あとは穏やかに」

この嫌な空気に耐えられなくなったのか、セリーヌとクラークが全員を落ち着かせるように言葉を掛けてきた。二人の言葉によって、この場は解散となった。

まだ早い時間ということで、セジュやジュリアは部屋へ戻った。

ロッサとクラークはウォノクの遺体を片付けはじめた。客室に置いたままにするわけにもいかないので、ひとまずルースの部屋へ、他の二人と共に置くことになったらしい。

セリーヌは少し早いが朝食の準備のため厨房《ちゆうぼう》へ向かった。

ルースは、血まみれになった客室の床を掃除することになった。しかし血の跡《あと》は床板に染み込んでしまっていて、水で擦《こす》ったぐらいでは簡単には取れない。

「……っ、ウォノクさん……っ……なんで」

ウォノクを思い出して、悔《くや》しい気分になりながらも、ルースは必死に床を擦った。

掃除を終えてから、奥の部屋へ戻ってくると、ベッドの下へ隠れていたキアが寄ってきた。

「クゥーン……」

「キア……」

キアの頭を撫《な》でながらルースはベッドへ腰かける。同時に大きなため息が漏《も》れた。

ウォノクの死がルースはまだ実感できない。彼は殺しても死にそうになかった。

(けど……それに答えてくれるウォノクさんはいない……)

ルースを叱る台詞《せりふ》も、導く教えも、世界や種族の講義も、それどころかボローアシチューを要求する言葉も、二度と聞けない。そう考えるだけで、胸が重くなる。

「クウ〜ン……」

「キア、ごめん。帰ってきて早々に重苦しい空気にしてしまって……」

ルースの謝罪にキアは首を振る。そしてそのまま顔を寄せて舌で頬《ほお》を舐《な》めてきた。きっと慰《なぐさ》めてくれているのだろう。ルースも腕を伸ばしてキアの温かな毛に顔を寄せた。

「ありがとう、キア……」

「ワン……」

ルースはキアの頭に寄りかかりながら、胸元で揺れるペンダントを意識する。このペンダントはウォノクの意志を受け継いでいる証《あかし》だ。大事にしなくてはならない。

(全てが終わったら必ず返します。だからしばらくオレを助けてください)

ルースはペンダントを手の中に握りしめながら、しばらくキアに寄りかかっていた。

「いつまでも悲しんでいても仕方ない。行動に移そう」

「ワン！」

ようやく気分を落ち着かせたルースは、キアと見つめあいながら今後について考える。

(なんとしてでも、全員無事に地上へ下ろさないと)

だが問題は、浮いている宿屋がどの位置にあるかということだ。ウォノクは昨日、宿屋の高さは建物十階ほどだと言っていたが、現在ではどうなっているのかルースには判断できない。

「高さを知る方法がないかな。じゃないとアイツが油断してくれてるのか、わからないし」

「ワン」

ルースが考え込んでいると、キアが一度ベッド下へ潜《もぐ》って、何かを銜《くわ》えて戻ってくる。

「なにこれ？　木板の欠片《かけら》？」

それは床に使っている木の板と、同じ材質の欠片だった。

「キア、これはどこから？」

「ワン」

キアはついてこいと言わんばかりに尻尾《しっぽ》を振って、ドアに手を置いた。どうやら落ちていた場所まで導いてくれるようだ。

廊下に誰もいないことを確認してから出て、足音を潜めながら歩いた。

（そういえば、キアって走っていても足音が聞こえないな）

今朝もそうだったが、前方を歩くキアから足音が聞こえない。普通のオオカルなら足音を狩りの目安にもするので、固有の能力なのかもしれない。

キアはウォノクの遺体があった部屋の前で止まり、ルースに開けるように態度で示してきた。

（この部屋、床板なんて欠けていたっけ？）

床を掃除したため鍵《かぎ》を持っていたルースは、疑問に思いつつも扉を開けて入る。部屋のランプを点灯させると、ウォノクが倒れていた場所にある血の跡が目に入った。

キアはその場所を気にすることなく、部屋の端にあるベッドの足元へ顔を寄せる。

「キア？」

ルースが呼びかけると、『ここだよ！』というように振り返りつつ尻尾をふる。キアの横に膝をつき、床を見ていると、同じような木の欠片が二、三個転がっていた。

「なんでこんなところに木の欠片が……？　ん？」

ルースが顔を床に近づけると、急に吹雪の音が強くなった。よく見るとキアの毛並みが風でなびいている。風はベッドの下から来ているようだ。

ルースは床に手をついてベッドの下を覗《のぞ》き込んだ。すると——。

「穴？」

ランプの光が届かない暗いベッドの下で、一か所だけ強く光っているのが見えた。そこから風が流れているらしい。

(あ！　ウォノクさんが『部屋の床板を剥いだ』って言ってた場所って、あそこなんじゃ？)

宿屋が宙に浮かんでいる、というとんでもない話になったとき、ウォノクは床板を剥いで確認したと言っていた。多分その時の名残《なごり》だ。

「あれ……あそこ何か下からでてる？　ベッドを動かしてみよう。キア、下がっていて」

ルースは壁に添わせて置かれているベッドを、人一人が入れる程度に動かして隙間《すきま》を作る。床板に穴が開いている場所を上から覗くと、ベッドの脚に紐《ひも》が縛《しば》ってあり、その先が床板の穴へ続いているのがわかった。

「この紐、オレが昨日貸したやつだ」

昨日ウォノクに頼まれ持ってきた狩りの道具。五本もの紐を貸したので、それなりに嵩張《かさ》るはずなのに、ずっとその存在を見かけてないことにいまさら気づいた。

ルースはベッドをもう少し動かすと、脚に縛り付けてある紐を慎重に引く。すると穴の開いた周辺の床板が簡単に外れて、ルースが頭を入れられるほど大きくなった。何重にもなっている床板を、こんな綺麗《きれい》にはがせるなんてウォノクは一体どんなことをしたのだろうか。

（下は吹雪だ。けど紐が地上の方へ続いている？　何かを吊《つ》っているのかな？）

ルースはその紐を慎重に引っ張ってみた。最初のうちはスルスルと持ちあがった紐が、やがて紐同士を結んでいる結び目を越えてしばらく経《た》つと動かなくなった。どんなに引っ張っても、横に揺らしてもそれ以上は上がらない。紐はピンと張りつめ、地上へ向かっている。

（どういうことだ？　ウォノクさんは何の意味があってこんな真似《まね》を？）

ウォノクが意味もなく、こんな真似をするとは思えない。何かを吊るしているのかと思ったが、そうではないらしい。キアも臭いを嗅《か》いでいるが、首を傾《かし》げている。

ルースは引っ張り上げた紐を手に取って何かないか確認してみた。

狩りに使う紐は、それなりに長い。ウォノクが言っていたように、一本あたり彼の身長の三倍はある。五本貸したので、こんな風に互いを結び合わせると、かなりの長さになる。それが宿屋のベッドから、地上にまで続いている。

「って……待てよ、もしかして……!?」

ルースは紐の長さを計算してみて、昨日ウォノクが言っていた台詞を思い出した。

『だいたい建物の十階といった高さか』

ルースは急いで床板の下を覗き込み、紐の様子を確認する。引っ張り上げることが出来たのは一つ目の結び目を越えたところまでだった。そして少し先に、二つ目の結び目があるのが見える。床板からその結び目まで、ルースの腕より少し短いくらいだ。

「……そうか、これは高さだ！」

「ワウ？」

「キア、高さだよ！　ウォノクさんは高さをオレが理解できるように、こんな真似をしたんだ」

『我の身長の三倍ほどか、五本あればいいな』

あのセリフは、その前に呟《つぶや》かれた『建物の十階』が関係していた。

ウォノクは、ルースより背が高く、クラークとほぼ同じことから、百九十センチ前後であるはずだ。その約三倍が五本、前世の単位に合わせると、だいたい三十メートルに届かないくらいの長さだ。紐の結び目など細かな部分は省いたとしても、十階の建物の高さが約三十メートルの紐と同等になる――計算としてはそれほどおかしくないはずだ。

つまりウォノクは、重しか何かをつけて地上に紐を落とし、その先をベッドの端に括《くく》りつけて、宿屋と地上との距離の目安になるものを作ってくれたということだ。

「仕掛けた紐の一本目が、オレの手元にあるってことは……宿が下降を始めている証拠だ」

こんな仕掛けを作るなら、紐を余らせた状態にするわけがない。そうなるとウォノクが作ったときにはピンと張っていた紐が、今では引き上げるほどの余裕が生まれたということだ。

昨日紐を要求されてからこの時間まで、起きたことと言えばウォノクの件しかない。

ウォノクの死が、犯人の油断に、ひいては宿屋の降下に、関係しているのは明白だ。

（ウォノクさん、理由は分からないけど。本当にありがとうございます……）

ルースは潤《うる》みそうになる目元を押さえる。言葉にならない気持ちを抱えながら、借りているペンダントを握りしめた。

「キア、絶対に、これ以上誰も欠けることなく、地上へ降りよう」

「ワン！」


それからしばらくして朝食になったが、朝の騒ぎで疲れていたのかジュリアは早々に食事を切り上げ、逆にセジュは楽しげに朝食を終えて部屋に帰っていった。

二人の態度の違いは明らかだ。巻き込まれた者と、自ら実行した者なのだから当然だろう。

「まさかうちの宿屋で、こんなことが立て続けに起きるなんてな……」

「四日で三人も……この先どうなるのかしら」

家族の朝食を前に、いつもは朗《ほが》らかな両親も、さすがに落ち込んでいた。

「あのさ、吹雪が止《や》んだら一応三人とも神父様のところへ連れて行かない？　万が一ってこともあるかもしれないし、そうしようよ！」

ウォノクの話を聞かせれば、普通に連れていくことは可能だろう。だが、二人は生きてるはず、とこの場で説明することは出来ない。

それがもし犯人に伝わってしまったら、何が起きるか分からない。それにセリーヌはともかく、ロッサの方は嘘《うそ》がつけないのは、息子であるルースも知っている。

だからこういう言い回しにするしかなかった。

「教会か……」

「けど、教会でできるのは治癒《ちゆ》だけで、蘇生《そせい》は人の手ではできないはずよ？」

「……でも、ルースの提案も悪くないかもしれないよ」

思った通り両親は曇った表情をしたが、クラークは賛成を示してくれた。

クラークは以前、完全に死んでいたと思っていた男が、教会で治癒術を掛けてもらったら生き返った、という話を王都で聞いたことがあるらしい。

(あ、本当にそういうことはあるんだ)

ルース自身、ウォノクに聞いていたとはいえ、半信半疑な部分もあったのだが、本当にそういう事例はあるという。話を聞けて少し希望が持てた。前世でも土葬された後に生き返ったなんていう噂《うわさ》もあるほどなのだから、世の中に〝絶対〟ということはないのだろう。

「そんな話があるのか……」

「なら、万が一を考えて一度三名の方を教会へ運びましょう。四神様に奇跡を願いましょう」

「そうだな、奇跡でもやらないよりましか。……できればヘラルドは、生きてジュリアの元へ返してやりてえし。借金も今回のことで、また増えちまっただろうしな……」

「え？　ヘラルドさんたちって、借金が増えるようなことがあったの？」

ルースが質問すると、ロッサはしまったという表情になって、手で顔を押さえた。つい漏《も》らしてしまったが、言うつもりはなかったらしい。けれど三人の視線に負けて重いため息をつきながら口を開いた。

「……ヘラルドの事件の後、やっぱり嘘や隠し事には向かないようだ。ジュリアが隣国の王子の捜索《そうさく》に来たって言っていただろ？　あいつはあれだけしか言ってなかったが、その前の晩、ヘラルドと話した時に別の仕事も受けていたのを聞いたんだよ。きっとジュリアは混乱していて忘れてたんだろうな」

二人の会話というのは、ルースが寝る前に見かけたあの深刻そうな雰囲気のことだろう。

「別の仕事っていうと冒険者関係？　何かを狩ってこいとか？」

「いや輸送の仕事だ。王都で金が尽きて、それぞれ仕事を探しに出た時に、ジュリアがどこからともなく取ってきたらしい。前金がかなり良かったんだとよ」

ロッサの話によると、ヘラルド曰《いわ》く、その日からジュリアがピリピリとし人が変わってしまったように見えるほど、かなり高額の仕事だったらしい。そのせいでハシ村に来る旅の間は、ヘラルドさえもジュリアの尖《とが》った気配にビクビクして荷を運んでいたようだ。

「普通、高額の依頼の場合は、失敗するとそれだけ借金を背負うことになる。前金を受け取っていればなおさらだ。だからジュリアが警戒していたのもわかる。ところが、途中でトラブルが起きてな。荷を斜面に落として、失っちまったらしい……見つからなかったようだ」

「荷物を無くしたって、それって大変なことなんじゃ……？」

「ああ、このまま荷物が見つからないと、依頼を失敗したことになって、巨額の借金を背負うことになっちまう。……そう言って、かなり落ち込んでいたな、あいつ……」

ヘラルドは具体的な額を言わなかった。だがその雰囲気からして、ロッサが相談に乗れるような額ではなかったようだ。昔の仲間であるロッサに、相談をしてきたのも、半分そのことでまいっていたからじゃないかという。

(最初に話した時、二人ともそんな様子はなかったけど、実は空元気だったのかな？　特にジュリアさんはそんなに気にした様子がなかったけど……)

ジュリアはどちらかと言えば饒舌《じょうぜつ》で、昔話をよくしてくれた。だからこそルースも彼らが、ロッサの元旅の仲間であると分かったのだ。

(………なんだろう、なにか……)

ルースは引っかかりを覚えつつ、食事を再開した。

家族での朝食後、再びルースはウォノクの部屋を訪れた。

(ウォノクさんの部屋の鍵。ずっと持ちっぱなしなんだけど……まあいいか)

家族も事件で疲れているのだろう。折角なのでこのまま借りているつもりだった。

「朝食前から、また少し下がっているな……」

ベッドの下にある紐は、二つ目の結び目を越えるほどに短くなっていた。だが風が吹き上げてくるだけで、地面はとても見えそうになかった。

「ワン」

「……うわって、キアいたの？」

どうやらルースが部屋に来るタイミングを見計らって、キアは一緒に入ってきたらしい。まだ誰にも見つかっていないようだが、こうやってひょっこり登場されると少し心臓に悪い。

「でも、地面には降りられないよな。せめて背の高さほどまで下がらないと……」

ルースはそう呟きながら、剝がした床板を再び元の場所へ戻した。そのおかげで穴から吹き上げる強い風の音がおさまり、宿の壁を打ちつけるだけのものへ変わる。この数日で、この音にもすっかり慣れてしまったが、木造の建物に吹き付ける風の音はそれなりに煩《うるさ》い。

（キアも大変だよな）

耳の良いオオカル系統の亜人《あじん》であるキアも、穴を覗いた後はしばらく頭を振っている。吹き上げる音を聞いているのは、耳が痛いのかもしれない。普段の風音も煩いだろう。

キアの毛に付いた雪を払いつつ、ルースは今後について考えた。

（ともかく、何とかしてもっと早く地上へ下ろさないといけないよな……）

宿屋を地面に下ろすには、この術の使用者――つまりのところ〝犯人《セジュ》〟が、下ろそうと思う状況を作らなければならない。いまのままではだめだ。

「吹雪が止んだのに、宿屋が宙に浮かんでいるのを村の人に見つかったら、大騒ぎになるだろうし……って、ああ、そうか！」

ルースはそこで、犯人が思い至っていない事実があることに気づいた。

（吹雪が始まったのが三日前の夕方から、今日が四日目で、明日で五日目を迎える。断絶の五日間は、明日で終わりだ……）

「そうだ、今夜が過ぎてしまえば、この宿の異常な状況が、すぐ他の人に見つかるということを理解させればいいんだよ」

「クウン？」

そもそもセジュはウォノクを犯人に仕立てたぐらいだ。ルースに何も悟《さと》られず殺すためにも、これ以上の騒ぎは避けたいと思っているに違いない。

(そうなってくると、ますますウォノクさんの件が悔しい……)

あと一日事件が起きなければ、ウォノクはあんな目に遭《あ》わなくて済んだはずだった。

(っ……やめよう。いまさら後悔しても、ウォノクさんが生き返るわけでもないんだ)

ルースはキアの身体《からだ》を抱きしめた。

「キア、もう少しだから。頑張ろう」

「ワウン……」

キアは少しだけ心配そうに見つめてきていた。


その後しばらく時間をおいてから昼食となった。

セジュはもとより、朝はあまりいい顔をしていなかったジュリアも、空腹には勝てなかったのか再び食堂に現れてくれた。

ルースは背後にセジュがいることを確認しながら、ジュリアに話しかけた。

「毎日吹雪の音がうるさくて大変だったと思いますが、あと少しですから」

「ええ、そうね。いろいろあったけれど、もう少しで吹雪が止むのね。……吹雪が止んでからどれくらいしたらみんな外に出られるかしら？」

「そうですね、明日の朝には止む予定ですから、〝すぐに〟でも出られると思いますよ。うちの家族も〝すぐに〟雪掻《ゆきか》きをはじめますし」

「え、明日の朝、すぐに外へ？」

ジュリアはとても驚いたようにルースを見つめてきた。想像通りの表情だ。

「はい。吹雪が止んだら〝すぐに〟皆外に出るんです。そうだよね、父さん？」

ルースは薪《まき》をくべているロッサに話しかけた。ロッサは膝の汚れを払いつつ、立ち上がってジュリアに向かって小さく笑う。

「ああ、言ってなかったか？　断絶の五日間の吹雪は、五日目にピタっと止んじまうんだ。そのあと吹雪になることはない。だけど今度は寒さで雪が凍《こお》っちまうから、急いで村の住人は外に出て屋根の雪を下ろすんだ。雪が寒さで凍っちまうと重みで屋根が壊れる可能性があるし、解けて崩れ落ちたとき、怪我《けが》人が出やすいからな、みんな大急ぎだぜ」

「それは本当ですか？」

セジュが話に加わってくる。やはり二人とも、断絶の五日間の吹雪が止んでもしばらくは村の住人は家から出ないと思っていたのだろう、酷《ひど》く驚いた顔をしていた。

「終わったら少しでも早く俺たちは外に出て雪掻きをするから、村は結構にぎやかになるんだよ。ちょっと騒がしいくらいかもな。まあ二人はゆっくりしててくれ」

ロッサは、今回起きた事件のことは、雪掻きが大体終わった後で村長に報告することになってしまうから、しばらくは宿にいてほしいと申し訳なさそうに付け加えた。道が出来ていないので、離れた村長宅へ行くのはどうしても後回しになってしまう。

「……雪って、本当に明日には止むの？」

「ああ、村長の見立てだと、明日の早朝には完全に止むって、予想だったたな」

「村長って……そんな、人間の勘《かん》でしょう？　当たるんですか？」

「セジュさん、うちの村長は大気を読むのが上手《うま》いんですよ。外れたことはまずないです。精霊がついているそうなんで」

「精霊……」

ロッサをフォローするようなクラークの言葉に、セジュは呆然《ぼうぜん》としていた。

マリアンヌの父である村長は、村では天気予報士の役割もしている。精霊の加護を持っているらしい彼の予報が外れることはまずない。

「そうそう、今日の午後から明日の支度のため、少し荷物を食堂に置いてしまうのですが、邪魔にならないようにしますから、気にしないでくださいね。雪掻きは食堂の横についている窓から出て、みんなの行動がしやすいように玄関から行いますので」

セリーヌが食堂の外扉の横にある、内側から板を打ち付けている窓を指す。

ルースは、今思いついた表情をして、少し大きめな声を出した。

「父さん、オレ今年は教会の方も早めに手伝わなきゃいけないから、小降りになったらすぐに出られるように食堂で待機してようかな。一晩くらいなら暖炉《だんろ》の前にいてもいいでしょ？」

「そうだな、教会は人手が足りないから、今年は忙しそうだな。俺も食堂前に待機してるか、クラークお前はどうする？」

「俺もサラの店を手伝いに行くからいるよ。家の方は早めにきりあげないといけないし」

「あら、みんな食堂に集まるの？　じゃあ私も一緒にいようかしら……」

思ったより話は上手く進み、家族全員が食堂で一晩を明かすことになった。食堂はロッサが暖炉に薪をくべたり、隣の厨房でセリーヌが料理をしたりするため、人が常にいることが多く今更妙な罠《わな》をはることも難しいはずだ。

（これで、時間がないと分かっても、急いでオレを狙《ねら》うような真似はしないはずだ）

セジュも昼間に事は起こさないだろう。あとはジュリアさえ夜の無事を確保すれば、一晩何も起きずに過ごせるはずだ。

（よし、頑張ろう――ウォノクさん、見ていてください）

ようやく見えてきた終わりに、ルースは最後の気合を入れながら腕輪を撫でた。

［7］もうひとつの真実――断絶の五日間　残り一日半

食堂での会話後、ルースは再びウォノクの部屋に入り様子を確かめた。

紐《ひも》は三つ目の結び目が見えるほどになっていた。

（あの話に効果があったってことなんだろうな）

急激に高度が下がっていることを考えると、やはりセジュにとって、宿屋の異常な様子が他人に見られるのは都合が悪いらしい。

（だけど、まだ地面に届かない。もう少し、何かしないと……）

ルースは廊下に出ると、雪掻《ゆきか》きの道具を食堂へ運んでいるロッサに話しかけた。

「父さん、自分の部屋に入りたいんだけど、鍵《かぎ》を貸してくれないかな？」

「何するんだ？」

「いつも外で着ている外套《がいとう》を部屋においてきちゃってさ。明日の朝から動く予定だし」

「ああ、そういうことか」

さすがに『決戦に備えて、弓矢を手元に置いておきたいから』とは言えなかった。ロッサは大して疑問にも思わなかったようで、あっさりと鍵をルースに渡してくれた。

「分かってると思うが、遺体には触れるなよ？」

「もちろん。ありがとう」

ルースは自室へ入り、部屋の荒れ果てた惨状《さんじょう》と、並ぶ三つの身体《からだ》を見て重いため息をついた。

(落ち込んでる場合じゃない、一人になる時間は極力減らさないと)

ルースは軽く頬《ほお》をたたくと、ベッドの前でしゃがみ込んだ。ベッドの下に置いてある、弓の道具一式を引っ張りだすためだ。だがそこで、床の上にキラリと光るものがあるのに気づいた。

「なんだ？」

ルースはその部分にランプの光を当てる。どうやら床板同士の隙間《すきま》に入り込んでいるようだ。それが何なのか確認しようと顔を近づけると、そこにあったのは——。

(——針？)

ベッドの下に落ちていたのは、どこかで見たことがあるような針だった。覚えのある大きさや形に、布を持ってきて直接は触れずに拾い上げた。

(やっぱりこれ、あの時に見た針と同じだ)

裁縫《さいほう》をするには太く、糸を通す穴もない指の第二関節ほどの長さがある針は、ルースが指に刺した毒針と酷似《こくじ》していた。

(でも針がなんでこんなところに……？)

最初の事件が起きた時、ベッド付近に近づいたのは家族だけだった。しかもこの部屋は二日目から鍵が掛かっていた。後から置かれたということはないだろう。

次に浮かぶのは、ルースたちが気づかなかっただけで、最初からあった可能性だ。そうなると、倉庫部屋だけでなく、この部屋にも毒針が仕掛けられていたということになる。

（え、事故にみせかけて殺された《実際は仮死》と思っていたけど、実はヘラルドさんも毒を受けた？　けどそれじゃあ、ウォノクさんが言っていたことと矛盾《むじゅん》するし、そもそもヘラルドさんが死んでしまうよな……）

ウォノク曰《いわ》く、ヘラルドは気を失って倒れたうえで、吹雪《ふぶき》が舞い込む部屋に長時間放置されたため急激に体温がさがり死亡——仮死状態に陥《おちい》った。しかし、毒の針を触っていたとしたら、完全に死んでしまい、ウォノクも仮死状態なんて言い方はしないだろう。

（どういうことなんだ……？）

ヘラルドは毒を受けていない。それなのに、第一の事件の現場に、第二の事件の原因と同じものが落ちている。二つの事実には関連性が見えない。全く別の現象のような——。

「あれ、……もしかして……？」

ふと浮かんだ一つの考えに確信を得るため、ルースは急いで部屋から出ると、母屋《おもや》のリビングにあるウォノクの遺書を手に取った。

置き場所に困った遺書は、最終的にウォノクと一緒に墓に埋《う》めようという話になったが、事件のあらましを村長に伝えるためにもブラウ家で保管してある。その遺書を手に、今度は宿屋の受付へ向かった。

ロッサが暖炉《だんろ》に薪《まき》を入れている姿を見ながら、ルースはこっそり宿帳を確認する。

（あった最新のページ）

ブラウ家の宿帳には宿に泊まることになった客の名を、本人の手で記入してもらうことになっている。まれに字が書けない冒険者などもいるので、その場合はブラウ家の方で記入するが、基本的には本人の直筆が載《の》っている。

ルースは目的の項目を見つけたが、予想とは少し違っていてため息をついた。

（ああ、でも最初の予想通り……この遺書の字と、ウォノクさんの字は違う。そしてこの癖《くせ》の強い遺書の字は、アイツにそっくりだ）

ウォノクの字は、大きく堂々としていて仕切り線を遠慮なく飛び出しているような勢いがある。対してセジュの字は右上がりの神経質そうな形で、筆圧が強いのか紙が凹《へこ》んでいた。

筆跡《ひっせき》鑑定なんてものはこの世界に存在しないので誰も注目しなかったが、この点を指摘しただけでもウォノクへの疑いは晴れるはずだ。村長の元へ行った暁《あかつき》には、必ず主張しよう。

（あれ、でも……）

ルースは遺書と宿帳に書かれたセジュの文字を見比べているうちに、妙な違和感を覚えた。何か大事なことを見落としている気がする。

「どうしたルース？」

「つあ！　と、父さん」

いつの間にか薪をくべ終わったロッサが、ルースの手元を覗《のぞ》き込んできた。慌《あわ》てて勝手に持ち出した遺書を隠して、宿帳を見ていたふりをする。

「だ、だいぶ人が減っちゃったなと思ってさ」

「そうだな……」

ロッサはとても悲しそうな顔をした。以前共に旅をしていた仲間が犠牲《ぎせい》になったと思っているのだから当然だろう。

ルースは黙ってしまったロッサの気を紛《まぎ》らわせようと宿帳をめくって、新しいノートが必要だという話をする。そして表紙に書かれたロッサの文字を見て、あることに気づいた。

「ん？　……父さんとヘラルドさんの文字って似ているね」

宿帳の表と裏にはロッサが書いた文字がある。大柄な体格に似合わず、小さくまとまった文字だ。それが先ほどまで見ていたページのヘラルドの文字に似ていたのだ。

「ああ、ヘラルドとジュリアに文字を教えたのは俺《おれ》だからな、手本が俺だから似てるかもな」

「父さんが？」

「あの二人は俺と出会ったとき、文字が書けなかったんだよ」

ハシ村は神父様のおかげで全員が読み書き出来るが、本来そういったことは珍しい。王都の住人でさえも、貧民層の人間では教育がないという。

ジュリアとヘラルドの二人も読むことはできたが、己の名前すら書けなかった。そんな二人が気になり、ロッサが技術を教えてもらう代わりに、勉強を提案したという。

「でもすっかり上手《うま》くなったな。昔はもっと下手《へた》だったのに……ジュリアなんて、俺が教えた面影もねえよ」

ジュリアの字はとても丁寧《ていねい》で、これだけ個性豊かな文字が揃《そろ》う宿帳の中では、印象が薄かった。さらりと書いた文字はセジュと同じペンを使っていたとは思えないほど、筆圧が弱い。

「二人と旅していたのは長かったの？」

「五年、いや七年くらいか。微妙な長さだな。ハシ村で母さんを見つけなかったら、たぶんこの年までこいつらと一緒だったかもしれないな」

そう言いながらロッサが二人の文字を手でなぞる。過去を思い出しているのか、寂《さび》しげな表情を浮かべるロッサに、ルースも思わず神妙な顔になる。

「……今でこそタメ口だが。最初はよ、俺も気を使っていたんだぜ。二人の方がずっと年上だしよ。親くらいの年齢の奴《やつ》とパーティーを組んだことなんてなかったからな」

「え、親くらい？　そんなに離れているの？」

「はは、あいつらは長寿種の亜人《あじん》だからな。見た目よりずっと年喰《く》ってるぞ。今なら人間でいうとジジババの年齢だろうな」

ルースはその言葉を聞いたとたん、ウォノクが最初の日に言っていた台詞《せりふ》を思い出した。

『自分の母親と同じくらいの年齢の女性に使う言葉ではないな』

ジュリアがセリーヌと同じくらいの年齢の女性、ということで、四十代前後を想像していたが、そうなるとロッサの『ジジババ』という発言と矛盾が生じる。

「……父さん。父さんと母さんってどっちが年齢上？」

「そりゃ俺に決まってるだろ。母さんは三つ下だ。……なあ、ルース。頼むからそんな話題母さんの前でするなよ。機嫌悪くなるから」

ロッサが本当に困った顔でルースに約束させる。

「まあ二人が、そんな風にずいぶん経験が上のおかげで、当時ひよっ子だった俺を的確にサポートできたんだよな。ラピ系のジュリアは種族の特徴でもある耳がかなり良いうえにショートソードを扱う技能派の前衛だし、スネク系のヘラルドは直接攻撃が苦手な後衛だが勘《かん》が鋭くて罠《わな》を見破るのが上手かったからな。他の仲間もいい奴ばかりだった。自分で言うのもなんだが、猪突猛進《ちょとつもうしん》の俺には合っていたよ」

ロッサの昔話は続いた。旅の間には、行先で揉《も》めてパーティーが別れた時もあったらしい。

「その時に、別れたジュリアとヘラルド組が猛吹雪に巻き込まれて、ひどい目に遭ったらしくてな。結局俺たちのパーティーに戻ってきて、解散が無くなった、なんてこともあったな」

そしてその後は、雪が降るような街に行くときは、二人が断固反対したという。何があったのかロッサは分からなかったらしいが、寒い場所へ行くとヘラルドがやたら厚着をし、ジュリアも心配するようになったようだ。だから、こんな時期に寒い村へ来た二人に驚いたらしい。

(え、ちょっと待て、ちょっと待て……それってつまり……つまり二人は？)

ルースはロッサの昔話を聞いているうちに、今まで気にも留めていなかったたくさんの事柄が、本来ならおかしいことに気づいた。

「ちょっと、父さんごめん」

「お、おう」

とんでもないことに気づいたルースは、急いでキアのいる部屋に戻った。ベッドの下に丸まっているキアに声を掛けると出てきてもらう。

「キア、会話ができないのは分かっている。だから質問に『はい』か『いいえ』で答えてくれ」

「ワン」

ルースの真剣な様子が伝わったのか、キアは疑問も浮かべず素直に返事をした。

そしていくつか質問を重ねるうちに、自分が大きな勘違いをしていたことにルースは気づく。

(どういうことなんだ、それじゃまるで……——あ、そうか！)

ルースは持っていたウォノクの遺書に触れた。——すると宿帳と遺書の文字を見比べて思った違和感がなんなのか、理解することができた。

(……そうか、そういうことか。だから三回の事件共に、死亡時の状況が違っていたんだ！)

ルースはキアを置いて部屋を飛び出した。食堂で明日の支度をするロッサの元へ駆け寄る。

「る、ルース？　どうしたさっきからドタバタと？」

「父さん……みんなで酒盛りしよう！」

「は？」

ルースは〝今楽しいことを考えた〟と言わんばかりの無邪気《むじゃき》な笑顔を見せる。

「暗い空気になっちゃったしさ、家族全員が食堂に集まっているし、折角だからお客の二人も呼んで、みんなで一緒に夜が明けるのを、お酒を飲みながら待ってみない？」

自分でも無茶な提案だなと思ったが、ロッサの顔は思ったよりもいい感じだった。

［8］宿屋の息子の勝負——断絶の五日間　最後の一夜

ルースの提案通り、ロッサはセリーヌと相談し、夕食のあとそのまま酒盛りをする準備を進めてくれた。客へのお詫《わ》びも兼ねた会にするという。

発案者であるルースは、宿の客二名に「無料ですので、ぜひ参加してください」と誘いをかけた。その際に「もう一人のお客様は出てくださるようなので」と嘘《うそ》をつくのも忘れない。

「だいぶ下がってきたね」

「ワン……」

ウォノクの部屋に再び訪れていたルースは、床板の下の紐《ひも》を見つめながら呟《つぶや》いた。

宿屋と地面を結ぶ紐の長さは、残り二本以下、八メートル前後を指している。

「だけど、今更《いまさら》逃げるわけにもいかない。やるしかない——キア、作戦通りに」

「ワン」

キアと見つめあい、お手をした彼と気合を入れるように拳《こぶし》を合わせた。

夜——セジュとジュリアの二人は、酒盛りに参加してくれることになった。同じ客の片方が参加するという言葉が効いたのか、二人は緊張した表情をしながらも席についた。

（これで全員が目の届く範囲に集まった）

もちろんこの酒盛り、ロッサに対して言っていたように、宿屋で起きた事件のせいで沈んでしまった気分を紛《まぎ》らわせるためのものではない。

（今夜だけこうしておけば、もう事件が起きない可能性は高い）

幸いトイレはそれほど遠くない。また仮眠が取れるように、食堂の端《はし》にあるソファーには毛布も用意しておいた。これなら『眠くなった』という話になっても、ソファーでの仮眠を勧めることも出来る。全員で集まることは、犯人の行動を見張ると同時に、関係のない人間の安全も見守ることができる。命を狙《ねら》われているルースにとっても一番いい方法だった。

ルースは昼間のうちに、夕飯に備えて食堂を整えるふりをしながら、罠《わな》などがないことを念入りにチェックした。今から何かを仕掛けるのはもう無理だろう。

席順は大柄なロッサを誕生日席に、その左の列にセリーヌ、ルース、壁側の一人席に同じく大柄のクラーク、そのままセジュ、ジュリアと続く。ルースとセリーヌの後ろには、食事や飲み物の他に、皿等が載った予備テーブルが置かれている。その下には弓矢などを隠した。

キアは約束通りの位置で布にくるまっている。ナイフは見えないように服の中に仕舞い、最悪の場合にはすぐに戦える準備はしておいた。

「「「「「カンパーイ」」」」」

遅い時間に始まった酒盛りは、酒の紹介から始まった。ロッサも気分よく宿から帰ってもらいたいという気持ちもあってか、普段は出さないような高めの酒を出してきた。そのおかげか、最初は表情の硬かったセジュやジュリアも喜んでコップを差し出してくる。

ルースはお酒が飲めないからと積極的にお酌《しゃく》にまわった。おかげで皆のペースを調整できる。

「父さん、次を開けてもいい？」

「おお、いいぞ」

ルースは、中身が減っていると思ったら、すぐさま注《つ》ぎにいき、それでいて彼らが酔いつぶれてしまわないように、時に多めに水を混ぜて飲み続けられるように調整した。もちろん、本来酒に水を混ぜれば分かるはずだが、酔いが回っていると案外気づかないものだった。こんなことを覚えているなんて、前世はどんな会社に勤めていたのか疑問だ。

最初は少し気まずい雰囲気を漂《ただよ》わせていた酒盛りだったが、段々と酒の力もあって砕《くだ》けていく。ロッサの冒険の話から、村で起きた珍事件、クラークが旅で出会った人間たちなどを語っていくうちに、ジュリアやセジュもテンションが上がってきているのが分かった。

本気で酔っているのかは謎だが、『帰りたい』と言い出すような雰囲気ではない。セリーヌが解体好きだと暴露《ばくろ》した際には、二人は飛び上がって驚いていた。

そして日付が変わり、しばらく経《た》った頃、程よく皆が出来上がってきている段階で、ルースはニコニコ笑いながらなにげなく切り出した。

「父さん、知っている？　アレクが王都に行った本当の理由」

「ん？　本当の理由？　勉学のためじゃなかったのか？」

「オレ直接あいつから聞いたんだけど、アレク『勇者』をやっているんだって！　すごいよね！」

「「「「勇者!?」」」」

全員が思っていた通りの驚いた反応を示す。

いまだに村では、アレクが旅立った理由が勉強のためだといわれている。村長の考えは分からなかったが、ルースも真実を周囲に広めるつもりはなかったので黙っていた。確かに村の住人全員に知られると、帰ってきたときに、皆が昔のように接することができなかったら、アレクが可哀相《かわいそう》だと思ったからだ。

(だけどゴメン、アレク。今回はお前の『勇者』という名を使わせてもらう)

数百年前にも世界を救った勇者という人物。王都どころか、世界中で広く伝わっているらしいその名は、かなりの影響力を持っているはずだ。憧《あこが》れを抱く者もいれば、希望のようにその存在に縋《すが》る者もいるだろうし、神のように崇《あが》める者もいるだろう。

——しかし逆にその存在に恐怖し、怯《おび》え隠れ、逃げようとする者もいる。彼らは、光の象徴である勇者と、己が対立している存在だという自覚がある者だ。

勇者の名は、悪行《あくぎょう》に対する強い抑止力になる。ならばいまルースが置かれている状況でも、その力は発揮される。

「そういえば、噂《うわさ》で魔物を鎮《しず》めて旅をする一行が数ヵ月前から現れて、救われた村がいくつもあるって……まさかそれが、あのアレクなのか?」

「そうみたいだよ、兄さん」

「俺《おれ》も王都にいた時に剣豪大会に出ていた勇者をみかけたことがあったが、あいつめちゃくちゃな強さだったぞ。……それが、まさかこの村の出身? 冗談だろ?」

「本当ですってば、セジュさん。というか、その剣豪大会の話はアレク本人から聞きましたよ。

傷一つ負わずに勝ち上がったとか、負けたのは騎士団長だけだったみたいですね。それも魔術があればどうなっていたかわからなかったとか」

「……たしかに、あの男は滅茶苦茶《めちゃくちゃ》な強さで勝ち上がったが……」

セジュはルースに対して『何故知っている』という顔をした。実際のところこの話はマクシムから聞いたのだが、ルースは否定はせずににっこり笑い、勘違《かんちが》いを続行させた。

「でもアレクなら勇者をやっていてもおかしくないよね、父さん」

ルースがロッサに話を振ると、少しだけ酔いが醒《さ》めた顔をして、しっかりと頷《うなず》いた。

「ああ、確かにな。あいつなら、そうなっても仕方ねえ。俺だって一対一で戦ったら勝てると思えねえからな。つか、剣豪大会で準優勝とか……もう俺が相手できるレベルじゃねえよ」

「い、いやいや、こんな小さな村から勇者が生まれた!? 皆さん、この村のアレクとかいう男を過大評価しすぎですよ！ 王都にいたあれほどの男なら、騎士の家に生まれたとか……」

「いいえセジュさん、ところがそうでもないんですよ。うちの村にいたアレクは、ルースと同じ年なのですが、普通ではない青年だったんです。全属性の魔術が使えて、この村の大人が束になっても敵《かな》わないような男でした。ランクBの魔物さえ一人で楽勝に倒せる男です。あいつならランクAでもいけるんじゃないかと思いますよ。だから、剣豪大会で準優勝したのもアレク本人で間違いないと思いますよ。……知っていれば見に行ったのに、残念だ」

クラークが悔《くや》しそうに「見たかった」と呟いた。どうやら丁度仕事で王都を訪れていたのに、見てはいなかったらしい。戦うことは苦手で、あまり争いを好まないクラークだが、やはり知り合いが出ている大会だと見ておきたいのだろう。本気で悔しがっていた。

「剣豪大会で準優勝、全属性の魔術、ランクAすら……」

「本当に……勇者の、出身地、なのか」

一般人ではありえないようなアレクの話に、ジュリアとセジュが言葉を失っている。

「村で、魔物狩りの兵器を提案したのも、畑の作物が育ちやすく工夫してくれたのもアレクだったわね、そのほかにもいろいろ村ではやってくれてまして。ともかく私たちが考えもしないことをやってくれるのがアレクなんですよ。うちのお風呂もルースとアレクが作りまして」

「オレは材料集めただけだよ。アレクが魔法陣を自作したんだし」

「魔法陣を自作……すごい、わ、ね」

三人の援護があってか、最初は全く信じていなかった二人の顔つきが変わってきた。アレクの武勇伝は語ろうと思えばいくらでもある。それこそ両手では足らないほどだ。

(よし、アレクが勇者で、うちの村出身という話は十分に伝わった)

ルースは別に『アレクが凄《すご》い大会』を行いたかったわけではない。ここからが重要だ。

「でね、そのアレクなんだけど、吹雪《ふぶき》が明けたタイミングで帰るって手紙に書いてあったんだ」

「え、世界中を旅しているんだろ？　帰ってこられるのか？」

「丁度こっちに寄る用事があるから、ついでにハシ村にも雪掻《ゆきか》きをしに帰ってくるんだってさ。もしかしたら今頃吹雪の外側で待機してるかもね」

ちなみにこれは嘘だ。アレクの手紙にはそんなことは書いていない。

だが、これこそがルースの言いたいことだった。

(勇者のアレクが村に来るというのは、犯人にとって恐怖に違いない)

犯人は先ほどまで赤みがかった顔をしていたのに、今では顔色が青い。持っているコップが僅《わず》かに震えていた。

「へ……へえ、その勇者って宿の方には来るのかい？」

「アレクは、うちのルースととても仲がいいので、一番に会いに来ますね」

「毎年、アレクは教会の仕事より先に、ルースに会いに来てたからな」

「アレクはルースに何かあるといつも大騒ぎするのよね」

「ははは……し、親友だから」

毎年行われる二人のやり取りを、家族の口から聞くととても恥ずかしかったが、これでルースとアレクがかなり親しい間柄であるというのは伝わったはずだ。

(本当はこんな、アレクの威《い》を借《か》る真似《まね》はしたくないけど……)

アレクの名前を出して、相手に牽制《けんせい》をかけるなんて、正直にいえば情けないと思っている。

ルースもやれるものなら自分でどうにかしたい。

けれど、相手は何をしてくるか分からない。小さな男のプライドのために、家族を危険な目に遭《あ》わせるなんて論外だった。使えるものなら何でも使う。それが己の弱さであっても、だ。

ルースがもう一押し必要かと考えていると、急に宿がグラリと揺れた。

「ん、なんだ今の？」

「あら、揺れたかしら？」

「え、揺れた？」

「……そう、私は感じなかったけど？」

「ゆ、揺れましたかね？」

「オレも気づかなかったな、気のせいじゃない？　皆さん飲みすぎですよ」

ルースの言葉に、酒が入っている自覚のある全員は、すぐに納得した。

(今の揺れは、宿屋が地上に下りたものだろうか……)

目の前のコップに入った水の表面を確認すると、少しだけ傾いているのが分かった。不安定な雪の上に宿が置かれた影響だろう。

(下りたのだと信じよう……)

誰も部屋から出したくないので、ルース自身も宿の無事は確認できない。けれどロッサの言う通り揺れたのは確かだ。ルースは願いを込めながら酒瓶をとり、酌を続けた。

その後は誰も席から立とうとはしなかった。

あと少しで吹雪が終わる。

それぞれの思惑《おもわく》の中で、その言葉が頭をよぎっているはずだ。

(いまだ)

ルースは全員に飲み物がいきわたっているのを確認しながら、最後の罠《わな》を張った。

「父さん、母さん、あのね、一つ謝んなきゃいけないことがあるんだ」

「ん～どうしたルース？」

すっかり酔いが回ったロッサは、ご機嫌な顔をしてルースの方を向いた。

「オレね……じつはこっそりオオカル拾って宿に連れてきてしまったんだ」

「……っ、お、おい！　ルース」

「え⁉　どういうことなの？」

隣にいるセリーヌの顔色が変わったことに内心ビクビクとしながら、ルースは調子に乗ったふりをして話を続ける。クラークがいいのかと驚いた顔をしているが、机の下で隠れている手で平気だと伝えた。

「じつはね、オレが仕掛けた罠に掛かってたんだけど、まだ息があって」

「だったら解体しましょう！」

「か、母さんそれはやめてよ。暴れないし、いい子だし……できれば飼いたいんだけど」

「ルース、それは昔にやめろと言っただろ？」

ロッサに渋い顔をされたが、ルースもここであっさり話を終わりにするつもりはない。本題はここからだ。

「でね。飼いたいって思った一番の理由はね、――そのオオカル普通の灰色をしていなくて、全身真っ白な毛でね、瞳も綺麗《きれい》な紫なんだよ。だから特殊個体なのかなって思って」

ルースの言葉に部屋の空気が張りつめたものになる。皆隣の国の『王子様』の話を思い出しているに違いない。セジュもどこかでキアの話を聞いたことがあるのかもしれない。

わざとらしくニコニコと笑顔を浮かべたルースに、緊張した面持ちのロッサが尋ねる。

「白いオオカルなんて、聞いたことねえぞ…………ルース。まさか、そのオオカル、亜人《あじん》の国で行方不明になってるっていう、王子とかいうオチじゃねえだろうな？」

「まさか、それはないんじゃないかな？　人型にもならないし、言葉は通じないよ？」

そこでルースが床を軽く脚で叩《たた》くと、後ろに隠れているキアがワンと吠《ほ》える。これも最初から決めていた合図だ。

「……今の声！」

驚いた声が上がるなか、ルースの後ろにあるテーブルの下の布が動く。家族三人は身体《からだ》をひねって、セジュとジュリアは立ち上がってルースの背後を覗《のぞ》き込んだ。

「一人で部屋だと寒いかなと思って連れてきた。でもほら、人族《じんぞく》の言葉を話していないでしょ？　亜人なら言葉を話せるはずだよね、ジュリアさん」

「……そうね。亜人なら動物と間違われないように、真っ先に言葉を話すはずよ」

「…………ほら、ジュリアさんもこう言っているしさ、ただのオオカルだよ」

「けどなぁ……」

「この子なら宿の看板オオカルになると思うんだけどさー。ねえ、父さん」

その後はキアの処遇を考える家族会議へと話の流れは変わった。結局のところ、詳しい話は雪掻きが終わってからにしようとなった。

（やっぱり、あの人。キアのこと意識している……）

ルースがさり気なく視線を送っていた目的の人物は、家族会議を傍観《ぼうかん》しながらキアの場所を確認していた。予想通りの反応だ。

「おっと少し冷えてきたな……もうすぐ朝か」

しばらく時間が経つと、急に寒気を感じた。暖炉《だんろ》の火は相変わらず熱を放っているのに、室内の気温がぐっと下がったような気がする。

ロッサは持っていたコップを下ろして立ち上がる。先ほどまで緩んでいた表情が急に締まり、目がシャキッとしていた。切り替えの早さは、さすが元冒険者という感じだ。

「たしかに、風の音がずいぶん静かになってきたわね……」

「見てくるか」

ほんのり頬《ほお》を染めているセリーヌの言葉で、ロッサは吹雪の時に出入り口として使っている窓に近寄った。内側から板を取り付けている窓だ。

ロッサが板を外しだしたのを見て、ルースも側《そば》により一緒に剝《は》がしだす。自然と全員が窓の近くに寄っていた。皆が取り囲んでいる中、最後の板が外された。

ロッサは慎重に木の窓を左右に開き、わずかな隙間《すきま》から覗き込んだ。

「おお、もう吹雪はおさまってきたみたいだな、外に出られるかもな」

ロッサは確認を終えると、窓を開けた。大きな身体のせいで、窓の外はよく見えないが、風の音はかなり静かで、隙間から入ってくる雪も小さくなっていた。

「と、父さん待って！　いきなり出ないで！　周囲の様子はどう？　いつもと変わりない!?

隣の家とか無事!?」

今にも出ていきそうなロッサに、ルースが慌《あわ》てて確認するように告げると、首を傾《かし》げながらもちゃんと左右を見てくれた。

「ははは、安心しろ。家が吹き飛んでるってことはねえよ。隣のパン屋が、うちより雪に埋まっているように見えるが、いたって普通の景色だ。むしろ去年より雪は浅いな。これなら雪掻きに時間が掛からなそうで助かる」

ルースはその言葉を聞いて、一人拳を握りしめた。

(――良かった！　ちゃんと下りていた！　無事に地上に下りていた！)

犯人がちゃんと宿屋を下ろしてくれるかは賭《か》けに近かった。

だが、ロッサの話からすると、多少微妙な着地ではあるが、宿屋は何とか無事に地上にいるという。場所が移動していることもないようだ。そのことに深い安堵《あんど》を感じた。

(ウォノクさん、やりましたよ。ちゃんと無事に宿を下ろすことが出来ました！)

もう言葉を伝えることは出来ないけれど、ルースは借り物のペンダントを握りしめて、ウォノクに感謝した。彼がいなければ、きっと大変なことになっていただろう。数日前に宿の下に地面がなかった時の様子を思い出すと、涙さえこみ上げてきそうだった。

「よし出てみるか」

そう言いながらロッサが雪に埋まらない専用の靴を履《は》くと、窓を越えて外に出た。

「おおっと、なんだ？　ずいぶん雪が浅いな。積もらなかったのか？」

いつもなら窓近くまで積もっているので、足をつけた位置に驚いているようだ。実際は変わらないはずだが、現状では雪の上に宿が乗っているので、少なく見えているだけだ。

ロッサは少しだけ足を沈み込ませながらゆっくりと窓から離れていく。無事に歩いている様子に、ルースはホッとした。

「兄さんと、母さんも、外出てみたら⁉　空気吸いたいでしょ！」

「ええ、そうね。ずっと家の中だったわね」

「俺も外に出たいな」

ルースが勧めるままに二人は外に出た。その様子を見て肩の荷が下りた気分になった。これなら何が起きたとしても、近くの家へ逃げられるはずだ。

「俺も出ていいか？　この靴を履けばいいんだよな？」

「え……あ、どうぞ」

焦った顔のセジュが、少し急《せ》いた様子で近寄ってきた。少しばかり警戒したが、何かをする気配は今のところない。そのため予備の靴を渡して、外に向かわせる。家の中より、外の方が動きやすいから、取り押さえるなら外だ。

「ジュリアさんも外へ行きますか？」

「ええ、あなたが出たら、そうするわ」

後ろにいたジュリアは、笑ってルースに先を促《うなが》す。ルースは一度キアのいる場所へ視線を送ってから、靴を履いて外に出た。

（地上だ、外だ……！）

真っ白な地面にルースは降り立った。既に空には太陽が見え始めている。まだ風が吹いて多少は雪が舞っているが、寒いと感じる程度だった。視界も良好だ。

背後を振り返ると、宿屋は少し不自然に角度がついているものの、周りの家と変わりなく、どこも欠けている様子はなかった。

様子を見ているうちに、ブラウ家だけではなく、他の村の人もそれぞれの家から出ていた。皆五日間籠《こも》りっぱなしだったので、ジッとしていられなかったのだろう。

少し離れた場所では、セリーヌが隣のパン屋の奥さんと話していた。平和な様子に心からの安堵が訪れた。

（これなら〝アイツ〟は何もできないはずだ……）

そう思って先に出ていた人物を視線で追おうとすると――セジュが宿の裏の、人の気配がない方へ行こうとしているのに気づいた。とっさに大声を上げる。

「――セジュさん、どこに行くんですか!?」

「っ、くそっ！」

ルースの声に驚いて、セジュは大股《おおまた》になって歩き出す。必死に奥へ行こうとしている様子は、どう考えても逃げようとしているとしか思えない。ルースは靴の下に魔術をかけて、身体をわずかに宙に浮かし、雪の上を地面と同じ要領で駆ける。

これはアレクに教わった、攻撃魔術の風属性を応用した術だ。ルースの魔力では指先ほどの高さしか浮くことは出来ないが、雪の上でも普通の速度で走れるようになる。

ルースは専用靴を履いていても雪に足を取られているセジュの元へ、あっという間にたどり着いた。雪慣れしているルースに勝てるわけがない。

「セジュさん！」

「くそ、放せ！」

肩を摑《つか》むと、セジュは手を振りほどこうとした。ルースは後ろから膝《ひざ》に蹴《け》りを入れて、その場で雪の上にうつぶせで倒した。摑んだ腕を捻《ひね》り背後へ回し、上から押さえつけるため背中に片足を乗り上げる。

「んな、お前、こんな!?」

ルースの動きにセジュは驚いているようだった。鈍臭《どんくさ》いとでも思っていたのだろう。

「っ、放せ！　放せ！」

「逃げようとしないなら、放しますよ？　どこに行こうとしていたんですか？」

「どうした、ルース！」

セジュと大声で話していると、声を聞きつけたロッサとクラークが小走りでやってきた。

「セジュさんが何も言わずに、何処《どこ》かへ逃げようとしていたんだ！」

「逃げる!?　どういうことですかセジュさん、宿泊代を踏み倒すつもりですか!?」

「煩《うるさ》い、放せっ！　勇者の村なんて聞いてなっ……、じゃなかった、雪なんてこりごりだからもう帰るんだよ！」

「だったら宿代を払ってからにしてください」

「そんなの払う金なんてない！」

「なんですと!?」

どうやらお金を最初から持ってなかったらしい。セジュは必死に暴れたが、ロッサがルースから押さえる役を代わったことで、どうにもならなくなった。まるで熊の爪で倒された狐だ。

ロッサに取り押さえられて、クラークに尋問《じんもん》されているセジュを見ながら一安心する。これでセジュが逃げ出すことはできない。今は単なる宿代の踏み倒しによる罪だが、後でもう二つの罪も追及するつもりだ。

（——あ、あの人がいない！）

セジュとのやり取りに気を奪われて、肝心《かんじん》な方を確認するのを忘れていた。辺りを見ると、ロッサとセジュの大声のやり取りで人は集まってきているが、探している人物はいない。

ルースは宿屋の方へ戻った。

「ルース!?　おい、どうした！」

「父さん、セジュさんは絶対放さないで！　でも手に気をつけて、その人毒針持ってるから！」

「「ど、毒!?」」

「逃がさないでおいて！　余罪があるから！」

ロッサとクラークの驚く声を背景に、ルースは宿屋の窓へ急ぐ。近くまで来ると、息を落ち着かせ、隠していたナイフに手を置き、窓から再び宿の中へ入った。

宿の中は、ランプで明るくしていたとはいえ、やはり外に比べれば数段薄暗かった。その薄暗い部屋の中で、一人ルースが座っていた席の後ろへ黙って近づいている影に声を掛けた。

「やはりあなただったのですね、キアを誘拐《ゆうかい》し、戦争の火種を作ろうとしていたのは……」

ルースの声に振り返ったのは、不自然な笑みを浮かべたジュリアだった。ルースが入ってきたのが気配で分かっていたのか、驚いた様子はない。

「戦争、火種？　何を言っているのかしら？　私は、オオカルを見てみようと思っただけよ？もしかしたらジルタニアの王子かもしれないし。賞金が掛かっているから」

何がおかしいのかしら、と言わんばかりのジュリアに、ルースは警戒を滲《にじ》ませる。

「先ほどの話では、違うと否定しましたよね？」

「思い直したのよ。もしかして、何かしらの事情で人語《じんご》を話せなくなっていることだってあるし、だったら早く助けてあげないといけないと思って、ね」

ある程度近づいたルースは、今度はジュリアとの立ち位置を変えるように横に動く。すると先ほどまでテーブルの陰で隠れていたジュリアの足元が見えた。

彼女は今、ルースの椅子の近くにある大きな布袋の真横に立っている。オオカルの話をした時に動いた布の塊《かたまり》だ。しかもジュリアの手は隠されて、ランプの明かり程度では何を持っているかまでは分からない。

ルースは余裕の笑みを浮かべているジュリアを見つめる。その目からはルースを誤魔化《ごまか》すことも、口車に乗せることも、造作もないことだと思っているのが窺《うかが》い知れた。

少しもルースを恐れていない余裕のジュリアに、ある疑問をぶつけた。

「――じゃあ、なぜ〝今〟なのですか？」

「……どういうことかしら？」

「ジルタニアの王子のことは早く助けなければいけないと思っているんですよね？　それなのに、何故今頃動き出すんですか？」

「あなたがオオカルを隠して飼っているって今朝言っていたからよ？　それがなに？」

その言葉を聞いて、ルースは思わず笑ってしまった。

「……なに笑っているの？　ちょっと失礼じゃない？」

鈍臭く見える青年に馬鹿にしたように笑われて、さすがにカチンときたのだろう。少しだけ苛《いら》ついた様子のジュリアに、ルースは笑いを引っ込める。

「それはおかしいですよ、ジュリアさん。……あのオオカルは、断絶の五日間が始まった初日から何度も吠えているんですよ？」

「……外がうるさいし、室内のことでしょ？　隣にいるならまだしも、さすがに聞こえ……」

そこまで口にしてからジュリアの顔が一気に青ざめる。手がゆっくりと長い耳に触れた。

「そうですね。ただの人族なら聞こえなくて当然です。実際うちの両親は気づいていませんでしたから……でもあなたはラピ系の亜人ですよね？　人間より数倍耳のいいラピ系亜人の貴方《あなた》が、なんでいままでオオカルの存在に気づかなかったんですか？」

「――っ」

人は自分の常識の範囲内で物事を判断する。だからルースも、キアの声は抑えていたこともあって、周りの部屋に届いていないのは当然だと思っていた。初日に倉庫であれだけキアが暴れていたのに、誰も気づいていなかったからだ。宿を襲う吹雪の音で、全て消されていると思っていた。

けれどロッサの話を聞いて、ラピ族のジュリアにとって、それはおかしいことだと気づいた。話によるとラピ族なら集中すればこの村の範囲内の音なら拾えるという。もちろん吹雪のせいで、だいぶ能力が抑えられているとはいえ、宿内の物音なら混ざったとしても、聞き分けができるほどだと言っていた。それが長い耳を持つ、彼女たちの最大の能力だという。

（なのにジュリアさんは、何度も吠えていたキアの存在に気づいていなかった）

ルースがジュリアを窺うと、余裕の笑みを浮かべていた彼女は、ほんの少しだけ表情を変えた。だが、すぐに余裕の表情へ戻すと深いため息をついた。

「……ええ、実はいることを知っていたわ。ただ、この宿で飼っているオオカルだと思っていたのよ。隠して連れ帰って飼っていたなんて思わなかったから、口に出さなかったの」

「王子を探しに来たのに、オオカルの声を聞いて質問しようと思わなかったのですか？」

「お客に見せないなら、それなりの事情があるって思うじゃない。緊急用の食糧《しょくりょう》とか。そうなると下手《へた》に口出しできないでしょ？　それにヘラルドのこともあって少し動揺《どうよう》していたからね」

多少苦しい言い訳だと思っているはずだが、何故か彼女は視線をそらすことなく、ルースを見つめてくる。あまりにも堂々とした態度に、本当にそうだと騙《だま》されてしまいそうだ。

（彼女はセジュのような小物じゃない……）

問い詰められても余裕の態度を崩さない。それだけ多くの場数を踏んでいるのだと分かる。勇者の名を聞いただけで逃げ出そうとしたセジュとは大違いだ。

けれどルースは、ジュリアが言い訳できない理由を、もう一つ持っていた。

「それはおかしいですよ」

「どうしてよ、たまたま質問しなかっただけよ？　それだけでそこまで『おかしい』なんて言われる筋合いはないわ。冒険者だって万能じゃないのよ？」

「確かにオオカルの声がしただけだったら、それでもいいかもしれません。でも、オレが連れ帰ったオオカルは――キアは、奴隷紋《どれいもん》の効果が薄れて、一度人型になっているんですよ。しかも風呂場で大声をあげているんです」

ジュリアの瞳が、驚愕《きょうがく》の色を帯びて大きく開かれる。

キアは断絶の五日間の三日目に、奴隷紋の効果が切れて人型になっていた。

お風呂場は湿気防止のため他の部屋より頑丈で、離れた位置にあるが、それでも客室から遠くない。いくらヘラルドのことで気分が落ちていたからといって、ラピ族のジュリアなら、王子だと確信を持てなくても、宿屋にいるはずのない人物の声に疑問を持ったはずだ。

「そのあと彼は部屋で、自分がジルタニアの第二王子だと告げているんです。その時、貴方の部屋は、オレたちがいた部屋の真上でした。なのに、なぜ貴方は彼に今頃気づいたんですか？　何か事情があったと配慮したとしても、会話を聞いていたらオレに質問くらいするんじゃないですか？」

ロッサによると、彼女たちの借金はかなり多かったという。そしてここに来るまでの依頼失敗で、その金額はなおさら増えていたはずだ。それなのに目の前にあるキア――十億ゴドの存在を見逃すとは思えない。

「その答えは簡単だ、貴方はキアがオレにこっそり匿《かくま》われていることを、知らなかったからだ。耳がいいはずなのに、その声が聞こえていなかった。つまり貴方は、ラピ族では――いいえ、そもそもジュリアさんじゃない！」

ロッサがヘラルドから聞いた話によると、ジュリアは王都で輸送の仕事を見つけて以来、態度がおかしかったという。それも高額依頼による緊張のせいだとロッサたちは思っていたが、王都で仕事を探しに別れた時点で、本物と偽物が入れ替わっていた可能性は十分にある。

宿について饒舌《じょうぜつ》だったのは、自分がジュリアであると、周囲の人間に思い込ませるためだろう。あの時彼女が話していた内容も、本人から聞きだせそうなものばかりだった。

そして、本物ならヘラルドが急激な気温の変化で、仮死状態になることを知っていたはずだ。

『――ジュリアとヘラルド組が猛吹雪に巻き込まれて、ひどい目に遭ったらしくてな』

本物のジュリアなら、一度ロッサたちと別れた地で、ヘラルドが仮死状態になるという経験がある。だからこそ、寒い地方へ行くと彼を心配するようになった。目の前の人物はそのことを口に出さなかった。死亡したという話に疑問も持たずに納得していた。

「ジュリアさんではない貴方は、――一体誰なんですか？」

ルースが睨《にら》みつけると、ジュリアは今までの柔らかい笑みを消して、口元をゆがめた。

「ふふふ……ふふふうふふ、ははは」

今までのジュリアには似合わない奇妙な笑い方に、警戒したルースが距離を取ろうとした瞬間、彼女は隠していた手元から、鍔《つば》のない掌《てのひら》ほどのナイフを大量に取り出し、足元にあった布へ立ったまま投げつけた。

ナイフが刺さる鈍い音が響き、袋の内側から血が零《こぼ》れだす。

「——なっ、何を!?」

「ははは、これでお前がワタシの正体を暴こうと、関係がなくなった」

話し方をガラリと変えたその人物は、ジュリアの顔のままルースを見てニヤリと嗤《わら》った。

「もうすぐこの奴隷紋の契約により、ジルタニアの王子が死んだ噂《うわさ》は、この奴隷紋を印《しる》した裏の商人によってすぐに隣国に届くだろう。そうすれば仲間思いの獣《けもの》どもが、この国に殴《なぐ》りこみに来る。ハシ村などすぐに戦火に巻き込まれ潰《つぶ》される。……これでワタシの仕事は終わりだ」

「……なぜこんなことを」

偽《にせ》ジュリアはうっとりとした笑みを浮かべる。

「神が、そう望まれたからだよ——ルース・ブラウ」

そう言って偽ジュリアは再び服の下から、大量のナイフを取り出し、ルースへ向かって投げようとした。

——しかしその瞬間、現れたもう一つの気配が動く。

「ウォオオオン！」

偽ジュリアの足元の布からではなく、〝カウンター裏〟から飛び出してきたキアは、ナイフを持った相手に飛び掛かると、その手に噛《か》みつき持っていた武器を落とさせた。

「つくそ、この獣!?　なぜっ！」

何とかキアを振りほどいた偽ジュリアは、距離を取りながら再び鍔のないナイフを取り出して投げつける。しかしキアは壁を駆けて、それを避《よ》け床へ着地した。

「ウゥウウ！」

キアはルースの前まで下がると、偽ジュリアへ牙《きば》をむき出しにして唸《うな》り声をあげた。

「キア、大丈夫!?」

「ワウン！」

どうってことないと言いたげなキアは、ルースに明るく返事をする。

偽ジュリアは二人の様子に、すべてを悟《さと》ったように苦い顔をすると、袋に向かってナイフを一本投げて布をめくる。正確に放たれたナイフでめくれた布の下からは、血がついた皮袋に包まれた塊《かたまり》が現れた。それは布などを使い、オオカルの姿に似せられていた。

「……オオカルの居場所をワタシに勘違いさせるために、あんな芝居《しばい》をしたんだな」

偽ジュリアが刺したのは、倉庫にあった古い布の塊に、野生のオオカルの血を入れた袋をつけたものだ。断絶の五日間が来る少し前に獲《と》った冬最後の獲物の血で、暗室で凍《こお》らせておいたものをルースがこっそり持ち出したのである。ちなみに血を一緒にしておいたのは、さっきのような場面で、血が出てこないとすぐに偽物だとバレる可能性があると思ったからだ。

「一応、確認はしたかったんです。ヘラルドさんのことで、本当に心理的影響があって聞こえなかったという線がなかったわけじゃないので」

「けどワタシはそれに引っかかって、位置を間違えて、態度を変えボロを出したと。やるねぇ」

本当のラピ族なら、あの至近距離でキアの声の位置を間違えるとは思えなかった。そもそも布の下からは鼓動《こどう》が聞こえないので、近寄った時点でそこにキアがいないと分かるはずだ。

「それに、その動き……ウォノクさんを殺したのも、やっぱり貴方ですね」

「へえ、あの男が自殺じゃないと気づいていたのか……いつだ？」

「自殺じゃないのは最初から知っていましたよ。そして最初の二人が事故や自然死でもないことも。でも宿内で他人を殺している人が〝二人〟いることに気づいたのは昨日です」

最初は一人が全部やっているのだと思っていた。けれど三つの事件を終えて改めて考えてみると、一人の思惑で動いているはずなのに、なぜか妙なことが多すぎるのに気づいた。

最初のヘラルドの件では、殴られて寒い部屋に放置されていた。次のニコラの件では外傷が見つからないような毒を刺されていた。三人目のウォノクは正面から腹部をナイフで一突きにされていた。ひとつずつはそれほど複雑ではない。

「問題は毒なんですよ。毒を使っていないはずの一件目と三件目の両方にも、毒の痕跡《こんせき》があったんです。一件目はオレの部屋にあるベッドの下から、二件目と同じ毒針が。三件目は少し違いますが、ウォノクさんを狙《ねら》って夕食のボローアシチューに仕込まれていた」

二人目の存在に気づいたとき、ルースはゴミとして捨てられたボローアシチューを探してみた。捨てられたシチューは変色していた。ただの腐《くさ》った色ではなかった。

「全員が毒で殺されたなら、毒の痕跡があってもおかしくはない。けれど一件目と三件目は明らかに死亡理由が違っていた。そこに妙な違和感を覚えました。……そしてそれを考えているうちに、変なことが気になりだしたんです」

偽ジュリアはルースの言い方に顔を顰《しか》めた。

「順を追って、何が起きたのか話しましょう」

本来毒を持った犯人が殺したいのは、ルースのはずだった。だから犯人は、ルースがいないのを確認すると毒を仕掛けに部屋へ入った。これでルースが自然に死んだようにしていなくなれば、犯人の仕事は終わりだ。——ところが、その人物の不審な行動に気づいた者がいた。

「それがヘラルドさんだったんです。ヘラルドさんは、盗みでオレの部屋に入ったんじゃなくて、友人の息子の部屋に入る不審人物に気づいて、注意しに行ったんです。たぶん」

ヘラルドはその場で、ベッドに何かを仕掛けている犯人を見てしまった。そして止めようとしたが、殴られてその場に倒れてしまった。ヘラルドは冒険者とはいえ近接戦闘向きではなく、後方支援型だったため、相手の動きに対応できなかった可能性は十分にある。

「犯人は倒れたヘラルドさんを見て動揺しました。これでは目的を達成させる前に大騒ぎになってしまうからです。しかしそのタイミングで貴方がドアの外に現れた」

偽ジュリアがルースの部屋を訪れた理由は分からない。だが何かしら情報を得ようと、近づいた可能性はあるだろう。

「犯人は咄嗟《とっさ》にベッドの下に隠れました。その時毒針を落としたのでしょう。貴方も倒れたヘラルドさんに注目していたので、隠れた犯人に気づかなかった。……そして、貴方はヘラルドさんを助けようとはせずに、あの事故があったような現場を作ったんです」

「待ってくれ、殴ってしまった本人がそうやって偽装工作した可能性もあるだろう？」

「確かに。ただ窓が開いていただけならオレもそれを疑いました」

「……どういうことだ？」

「こっそり部屋に毒針を仕込むような人物が、事故に見せかけるために窓を壊すなんて大胆《だいたん》な行動をとると思えません。毒針の人物がヘラルドさんのことを処理しようと思うなら、それこそどこかへ隠そうとするはずです」

今回の三件は、外傷の見えない毒を使うという警戒心の強い行動と、窓を壊したりナイフで殺して自殺に見せかける、という大胆な行動が混ざりあったため複雑な形になってしまった。

「では何故ワタシはそんな面倒くさい真似《まね》をしたんだ？　関わらない方がいいはずだが？」

「キアを使った計画を実行するつもりだった貴方にとって、村での余計な騒ぎは避けたいはずだ。しかし、行動を楽にするため少人数の冒険者というジュリアさんに扮《ふん》した貴方だが、同行人のヘラルドさんは恋人関係で親密すぎた。荷物運びにはいいけれど、少し邪魔だと感じていたのでしょう。だからこのまま事故に遭ったように見せかけて、いなくなってしまったほうが楽だ、と判断したのではないかと思っています」

ヘラルドが盗みに入り事故に遭ったように見せかけた偽ジュリアは、宿内で別の行動を起こしているもう一人の存在を感じつつも部屋を出た。毒を使った犯人も、その偽装工作に戸惑いつつも部屋を出た。

そして思惑通り、ルース以外のブラウ家の面々は、ヘラルドが盗みに入り事故に遭ったと思った。セジュも何くわぬ顔をしてその意見に賛成した。内心は汗だらけだったと思うが。

「けれどその内部の事件とは別に問題が起きた」

偽ジュリアは、キアが意識を取り戻したことによって、奴隷紋の力でそれほど遠くない位置——宿屋内にいることに気づいた。けれど誰もそのことを話していないため、こっそり宿内に侵入したと思ってしまう。——そのため宿を宙へ浮かせる、という行動を起こした。

「宿屋を浮かせたのはオレを逃がさないためでも、家族を人質にとるためでもない。キアを、これ以上逃がさないため、または逃げたとしても落下させて殺すためだったんですよね？」

しかし、それがウォノクを警戒させる原因となってしまう。

「続いて、毒を持った犯人によって、第二の事件が起きました」

一度目に失敗した犯人は、続いてルースが寝る予定だという倉庫のソファーに毒を仕掛けた。ところがそこへ偶然ニコラがやってきてしまう。ニコラはルースと話したそうな素振りが何度かあったので、セジュとの廊下の会話を聞いて倉庫を訪ねてきたのだろう。そして、いなかったルースを待とうとソファーに座ってしまったため、毒針を刺してしまい死亡した。

しかもそれは、最悪の形へ影響を及ぼす。

「オレは気づいてなかったけれど、犯人はウォノクさんに圧を掛けられたんじゃないかな？　宿が浮いていたため、強引に捕まえる真似はしなかったものの、ウォノクが遠回しに軽い脅《おど》しをかけた可能性はある。だから臆病《おくびょう》な犯人は、ウォノクを先に殺すべく、夕飯に毒を仕掛けるような真似をした。しかしそれもウォノクが気づいて失敗に終わる。

「――ここまでの行動で、犯人が実力行使に自信を持っていないことが分かります。ところが次でおかしなことが起こる。なぜなら三人目の犠牲者《ぎせいしゃ》ウォノクさんは――」

「ナイフで腹を刺されて死んでいた。確かに、姿を見せず常に隠れて毒を使っていた臆病者の犯人の行動とは思えないほど大胆だな」

「警戒している獲物の懐《ふところ》に入り、正面から仕留めるのは至難の業《わざ》です。しかも助からないような臓器を狙った動きは、武器の扱いに慣れていないとできない」

ウォノクは背が高いし、雰囲気や物言いは高圧的だ。そんな相手を前にして、怯《ひる》まずにナイフで一刺しにできる技術が、コソコソと隠れて犯行を重ねる犯人の人物像と合わなかった。

「貴方は犯人の殺意を理解したうえで、ウォノクさんを自殺に見えるように殺したのでしょう。そして犯人に対する大人《おとな》しくしていろという警告の意味も込めて、遺書の文字をわざと似せた。犯人が遺書の内容について大げさに反応したのは、自分と似た文字に注意がいかないようにするためだったのかもしれませんね……ウォノクさんを蹴《け》ったのも同じ理由でしょう」

「ちなみにお前は誰が、毒の犯人だと？」

偽ジュリアが緩やかな顔をする。話しているうちに余裕を取り戻したらしい。

「もちろんセジュさんです。というか、貴方があの遺書でわざわざ教えてくれたんでしょう？ただ筆圧までは真似していなかったので、オレには違う人物が書いたと分かりましたが」

「……筆圧か、それは考えてなかったな」

遺書に書かれていた文字は、セジュの文字の癖を真似てはいたが、筆圧だけは正反対だった。セジュの宿帳は紙が凹《へこ》むほどの強さで書かれているのに、遺書には全く凹みがなかったからだ。宿帳を見ても、同じような筆圧の弱い人間は――偽ジュリアだけだった。

「もう一つ、オレが犯人は二人いると思った理由が、目的です」

「目的？」

「もし犯人が一人だった場合、ヘラルドさんの事件の際に窓を壊した力――あの窓は円形に壊れていたので、円形の魔術を使った人物が、オレを殺そうとしていることになります」

『そうか、あの窓枠の〝円〟。あれが、犯人が力を使って窓を壊した証拠だったんじゃ？』

ルースはウォノクとの数日前のやり取りで、宿を浮かしているのは、窓を壊した人物だとすでに分かっていた。

「そこで話が終われば簡単だったんですが、オレはそのあと人型に戻ったキアから、彼を攫《さら》った人物の目的が、国家間の戦争だと聞きました。その人物がオレの仕掛けた落とし穴に落ちて、キアが逃げ出せたのだとも推測できました。そして思い出したんです。――落とし穴にも、窓枠と同じように、円形の魔術を使った痕跡があったことを」

『円形に削《けず》れてる……？』

キアを見つける前に見た落とし穴。あれには奇妙な円形の跡が残っていた。

「以上を踏まえると、窓を壊してオレを殺そうとしている人物と、キアを攫って穴へ落ちた人物が同一になる。でも、オレの殺害と、キアの誘拐《ゆうかい》及び戦争は、目的として一致しない」

「……確かにそうだな」

国家間の戦争を目論《もくろ》んでいる人物が、ルース一人を相手にするわけがない。どうしても殺したければ戦争を起こしてから、混乱に乗じて殺してしまえばいい話である。

「オレの話は正確ではないのかもしれない。正直上手《うま》く頭の中でまとまってませんから」

ルースは自分の解にそれほど自信は持っていない。もっといろいろな可能性があるかもしれないし、実際に理屈《りくつ》として合ってない部分もあるかもしれない。少々強引な気もしている。

けれど、確信を持っていることが一つだけある。

「貴方が……ウォノクさんを殺したのは確かだ」

ウォノクが一突きで殺されていたことから、偽ジュリアがやったのは間違いない。

普段動物を狩っているルースでさえ、戦う意思のない相手にナイフを向けるのは躊躇《ためら》う。だが、ルースやキアを殺そうとする偽ジュリアには、一瞬の躊躇いもなかった。その冷静さは、殺しを生業《なりわい》としている者でないと難しいはずだ。

「だから何だと？　ワタシを許せないと？　どうする？　殺すか？」

偽ジュリアが笑う。ルースが人殺しなんてできないのは分かっているのだろう。

「捕まえる。王都に連れて行って、ウォノクさんを殺した罪を償《つぐな》わせる」

「ははは、なるほど、それは恐いな……では精一杯抵抗しよう」

そう言った瞬間、偽ジュリアの周囲に無数の黒いナイフが出現する。先ほどのように手から出していない妙に透明感のあるナイフは、宙に浮いたままルースの元へ飛んできた。

「ウォン！」

キアに横に倒され、寸前のところでそれを避ける。ナイフはルースのいた壁をめった刺しにしていた。しかしすぐにその姿を消して、穴の開いた壁だけが残った。

（魔術か特殊能力かな、いよいよ本性をだしてきたな……）

穏便に済ませられればと思ったが、やはり真っ向から立ち向かうのは避けられない。ルースはキアが唸り声を上げる中、自分のナイフを腰から抜き構えをとる。

殺すことは出来ない。けれどせめて怪我《けが》を負わせて、行動不能に陥《おちい》らせなければ。

「さて、いつまで逃げられるかな……」

再び黒いナイフが飛んでくる。今度はいくつか叩き落としつつ、残りは避けた。背後へ飛んで行ったナイフが開いている窓へぶつかり、破壊される音が聞こえる。

「ルース!?　何かあったのか！」

音に気づいたらしいロッサの声が外から聞こえてきた。しかしそれに応える間もなく、ルースの元へ再びナイフが飛んでくる。五本をはじき、三本を避けた。

「ウォオオン！」

ルースへの攻撃に集中していた偽ジュリアへ、キアが唸り声を上げて飛びかかる。キアの身体からは僅かに放電している様子が見えることから、魔術を纏《まと》っているのがわかった。

しかし偽ジュリアは、胴体を軟体生物のように大きくくねらせ、人の構造ではありえないような身体の動きでキアの突撃を避けた。

「ど、どうなって……」

「ワタシをただの人間や亜人《あじん》と同類にしていたら死ぬよ？」

そう言ったとたん、偽ジュリアの姿が大きく変化した。特徴的だった耳が縮み、手足が波打つようにうねりだす。瞳の大きな女性的な顔が、黒い水につけたようにぼやけだし、目や鼻の位置が崩れていく。まるで粘土《ねんど》を手で崩しているような光景は、人とは思えなかった。

「ふははははは……！」

嗤ったその者の両手には、いつのまにか人の頭ほどの球体が現れていた。黒く放電する禍々《まがまが》しいその球体は、アレクが作る上級魔術に似た強い力を放っている。近くにいるだけでその強さに飲み込まれそうになる。

（あれは……そうか、しまった！　オレの話を聞いていたのも、ナイフも、時間稼《かせ》ぎ……！）

上級魔術を放つには、それだけ詠唱《えいしよう》に時間がかかる。偽ジュリアはルースと話しながら、隠れていた手で、ずっと魔術を作っていたのだ。

「ルース、どうした、何があったんだ！」

「父さん、だめだ！」

騒ぎをききつけ心配したロッサが窓から顔を出す。ルースは咄嗟に術の正面に立った。しかしその前にキアが飛び出してくる。

「キア!?」

「——王子と共にこの地で消えろ、神に命を狙われし者よ！」

笑い声とともに、その者の手から黒い魔術が放たれた。

その瞬間、地面が割れるような激しい衝撃が走り、凄《すさ》まじい轟音《ごうおん》が鳴り響く。鋭い閃光《せんこう》、肌が焼けるような熱、竜巻のような風がいっきに巻き起こり、家屋が壊れる音と、悲鳴が聞こえた。ルースは巻き起こった風で、部屋の端に吹き飛ばされた。キアも同じように飛んできて、とっさにその身を受け止める。目を開けることもできない激しさだった。

——やがてカランと、何かが落ちる音にルースは目を覚ました。一瞬気を失っていたらしい。

「痛《い》った。ってあれ？」

上級魔術を正面から受けたはずなのに、不思議と背中しか痛みはない。上に載っていた木材をどけて身体を起こすと、腕の中にいるキアがぐったりしているのに気づいた。

「キア!?　キア大丈夫!?」

「クゥ〜ン」

ルースが揺さぶると、キアは頭を振りつつ身体を起こした。見たところ大きな怪我もなさそうだ。それにほっとしつつ、段々と煙が消えていく周囲に目を凝《こ》らす。

先ほどの衝撃で壁には亀裂《きれつ》が入り、ルースの真上にある屋根は、大穴が開いて空が見えている。ルースのいる位置から宿の上半分が丸ごと吹っ飛んだ状況だ。

（……何が起きたんだ？　オレは上級魔術を受けたはずなのに）

ルースは魔術に対する耐性もかなり低いため、普通なら効果は絶大だ。それなのにルースも、その前に出ていたキアも、怪我すら負ってはいない。

緊張に身を固くしながら、前方を見つめていると、やがてそこに見覚えのある背中が見えた。穴の開いた天井から光が届き、その背中に流れる銀糸を輝かせる。

「……なぜあなたが、どうして？」

ルースが嬉しさと驚きのまま呟《つぶや》きを漏《も》らすと、背を向けていた男はゆっくりと振り向いた。いつもの様子で薄く笑っている。

「——その非力でよく宿屋を下ろしたな、我《われ》が褒《ほ》めてやろう、ルース」

風に揺れる銀糸、光に輝く金の瞳、余裕を思わせる人形めいた顔立ち、尊大で王様のような言葉遣い。妙に人種について博識で、ルースを常に答えへ導かせようとする男。

「ウ、ォノクさん……」

「うむ、どうした、化け物でも見たような顔をして？」

ルースがクシャリと顔を緩めて見上げると、三件目の事件で犠牲になったはずのウォノクは、不思議そうな表情になった。

「幽霊とかじゃないですよね？」

「ウォン！」

「手足がないように見えるか？」

そう言ってウォノクは黒い服に包まれた手足を、見せびらかすように動かす。透けているなんてことはなかった。

(本当に、生きていたんだ……！)

隣にいるキアが吠えてはいるものの、尻尾《しっぽ》が揺れているので偽物の可能性はなさそうだ。

「でも、どうやって？　あのとき死んでいましたよね？」

「あの程度で、死ぬわけがないだろう？　死んだふりに決まっている」

「死んだふりって……でも血がいっぱい出ていて、身体も冷たくなっていましたよ？」

ルースはウォノクほどの知識がないので確実なことは言えないが、どう考えても血が大量に流れ出て失血死をしていたようにしか見えなかった。宿にいた誰もが、それこそウォノクにナイフを向けた偽ジュリアすら死んだと思っていた。

「我は、亜人とはまた違った特異体質でな。たとえ溶岩の中に落ちても死なんよ」

「……いや、それはさすがに死んでしまうのでは？」

怪我の種類のように、とんでもない死亡例をあげるウォノクに対して、ルースはツッコミを入れてしまう。相変わらずのズレっぷりだ。本気か嘘《うそ》か分からない。

「それは——その話は、後にするか……」

しかし彼は目を細めると、白煙の向こうに視線を向けた。誰かが立ち上がる気配がする。

「ウウウウ……」

「ほう……腕の一本ぐらいは失うと思っていたが、耐えたな……力を抑えすぎたか」

そこには引き攣《っ》った表情で、焼けた肩を押さえた男が立っていた。

「お前、何故生きて……あの時に殺したはずでは……」

偽ジュリアの顔は、魔物のように赤い目をした男のものに変化していた。

体格も筋肉質な女性の体つきから、棒人間のような薄い身体へ変わっている。どうやら術か何かで全身をジュリアに似せていたようだ。声も違っていることから、変装よりも、変身に近いのかもしれない。本体はジュリアとは似ても似つかない男だった。

「それにワタシの、魔術を……」

「あの程度の術、この我が指先で弾けぬ訳がなかろう？」

「いや、あの程度って……」

ルースは隣で聞いていて、その言葉にぎょっとする。ウォノクは『あの程度』とサラッと言ってくれたが、あの男の術は、宿屋の半分を吹き飛ばしたのだ。並の術ではないはずだ。

（って……待って、それをウォノクさんは『指先で弾いた』って今言ったよね？）

ウォノクの登場に驚いて、魔術が放たれたことをすっかり忘れていたが、そもそもルースが死を覚悟した魔術の痕跡がこの場にほとんどないことに今更ながら気づいた。

確かに宿の半分が吹っ飛んでしまっているが、あの術がそのまま向かってきていたら、ルースやキアたちはもちろん、宿の外にいた村の人たちも、ただでは済まなかったはずだ。

しかし、術の影響で丸見えになった後ろを振り返ると、ロッサをはじめ村人たちには、多少混乱は起きているようだが、重傷を負っている者すらいない。それどころか村人全員の視線が突然現れたウォノクに釘付《くぎづ》けだ。ポカンとした表情がいっそ平和にみえた。

(……ウォノクさんって何者……?)

博識な面を見ていたので、てっきり元貴族の学者か変わり者の研究家くらいに思っていたが、上級魔術を弾くとなるとそんなわけがない。言い方がやたら軽いのがまた気になる。

「ただの人間風情《ふぜい》が、あれを弾く、だと? 偶然だ、偶然に決まっている……!」

そう言うと、男は再び魔力を溜《た》めだした。そして同時にナイフを出現させる。

ルースはまた時間稼ぎをさせてたまるかと己のナイフを手に取るが、動こうとするとその前にウォノクに手で止められた。

「全く、我が穏やかに終わらせてやろうと思っているのに、なぜ馬鹿な真似をするのか。あまり派手な真似はしたくないのだがな……」

薄く笑ったウォノクが、己の長い後ろ髪を払う。そのとたんウォノクの姿に変化が起きた。

(ウォノクさんの髪、が……!?)

銀糸のように艶《つや》やかな髪が、突然毛先から墨汁《ぼくじゅう》を垂らしたように黒く染めあがっていく。闇夜よりも深い、深淵《しんえん》を連想させるような黒は、段々と頭部の方まで広がり、やがてウォノクの髪色を全て黒く色づける。

「ウォ、ノク、さん……?」

ルースの声にほんの少し振り向いたウォノクの金色の目は、いつの間にか血のように深い赤色に変わっていた。髪の色が銀から黒へ変化したためか、人形のようだった面影は消え、見た

者に強烈な印象を与える雄々《おお》しさが滲み出ている。取り巻くオーラも変質したのか、以前は背徳感のある艶めきが漂《ただよ》っていたが、今ではそれを深い闇が覆《おお》い、恐怖心すら煽《あお》り立てる。

ゾクリと本能的な何かを感じ、身体が震えているのに気づいた。隣を見ると、キアも目だけはウォノクを追っているものの、身体を屈《かが》め尻尾が丸まっていた。本能的に逆らってはいけない存在に相対したオオカルにそっくりだ。

今のウォノクを言葉に表すなら、畏怖《いふ》の念を感じ視線をそらすことが許されない圧倒的な存在感——ルースの目には、その頭に山羊《やぎ》の角があるようにさえ見えた。

(魔王——)

そんな使い古された単語が、ルースの頭の中に浮かぶ。

「あ……あ、あ……そんな、ば、馬鹿な……」

「ようやく、誰を相手にしているか分かったか？」

ウォノクの言葉に男は小さく悲鳴を上げる。ルースから見ても今のウォノクは恐いが、そこまで怯えるほどには見えない。一体男にはウォノクが何に見えているのだろうか。

「……良かったな。我が、制御を得意としていたなら、とっくにお前を殺して宿を下ろしていた。それをしなかったのは、下手に力を使うと宿が消し飛んでしまう可能性があったからだ」

真顔でとんでもないことを言うウォノクに、「冗談ですよね？」と聞く勇気はなかった。

「お前は、本当に幸運だったな。我が配慮という言葉を知っていて——」

「——うあああ！」

ウォノクに声を掛けられた男は、恐怖からパニックを起こした。作りかけの術とナイフを同時に放ってくる。このままではウォノクにまっすぐ向かっていってしまう。

しかしウォノクは小さくため息をつくと、右手を軽く振った。

──その途端、手先から大きな風が起こり、ウォノクの目の前にあった男の術は消える。巻き起こった風は、それだけでは終わらず、その先にあった宿のテーブルを消し飛ばし、そのまま宿屋の壁を破壊して、道の反対側にあった廃屋《はいおく》を真っ二つにし、近くの山の麓《ふもと》に巨大な穴を開けた。手の一振りで、ウォノクの目の前にあった物が全て薙《な》ぎ払われたことになる。

「──ぎぃあああああ！」

当然、正面にいた男にもその力は当たり、相手の左腕は一皮残して切断されていた。肩やプランとぶら下がった腕から、血と黒い透明な液体のようなものが溢《あふ》れ出ている。腕を切られた男は震えながら泣き叫んでいた。

「おかしいな、術を止めるだけのつもりだったのだが？　やはり、力を抑えるのは難しい」

男の絶叫が響く中、ウォノクの実験でもしているようなのんびりした声が聞こえる。あまりにも両者の様子が違いすぎて、恐怖を感じるほどだった。

男は泣き叫びながらも、残った手でちぎれた部分を必死に押さえていた。手元が白く光っていることから治癒《ちゆ》術でもかけているのだろう。

しかし穏やかな目で男を観察していたウォノクは、納得がいったように頷《うなず》いていた。

「その身体、お前やはり〝融魔《ゆうま》〟だったか。我を見て異様に脅えたのも、そのせいだな。……

亜人にしては高い魔力も特殊能力もその恩恵か」

「ユウマ……？」

「ルース、覚えておけ。あのようなモノを融魔と言うのだ」

ウォノクが、血と黒い液体を噴き出しながら泣き叫ぶ男を指さす。曰《いわ》く、あのような身体の者は融魔というカテゴリに入るらしい。人間とも亜人とも違うようだが、状況が悪すぎてルースにはゆっくり理解している余裕がなかった。

「腕が！　治らない、治らない！　ワタシの腕ぇ、がぁ！」

「我の攻撃を受けたからな。あきらめろ、拒絶反応が出ている」

「うでぇ、ウで、ウデエ！」

確かに融魔のその腕が治る様子はなかった。そのせいか男の様子が段々とおかしくなる。治らない腕を抱えて、パニックを起こしていた。

「……全く、煩《うるさ》いな。少し黙れ」

そう苛立《いらだ》ったように呟いたウォノクが、スッと右手を再び上げる。その掌《てのひら》に、放電する黒い塊ができた。それを見たとたん、ゾワゾワとした寒気が駆け抜ける。

（なんかあれ、やばい気がする……！）

ルースは両手を高く上げて、慌《あわ》ててウォノクの前に出る。

ウォノクの実力は十分に分かった。制御した手の一振りでも家屋が壊れるレベルだ。今作っているのがどんな術なのか分からないが、放たれたら宿どころか、村が半壊するに違いない。

「ルース、前に出るな。安心しろあいつを黙らすために、地面に押さえつけるだけだ」

「そんな危ない色をした魔術を見て、安心なんてできません！」

ルースの言葉を裏付けるように、周囲の村人が逃げ出す様子が視界の端に入る。残っているのはキアぐらいだ。セジュなんて紐《ひも》で縛《しば》られている状態で、芋虫《いもむし》のようになりながら逃げている。つまりそれほどに、ウォノクの未知の術は見ただけでも恐ろしかった。

「お、お願いしますから、その術を解《と》いてください！」

「解くと言ってもな……使ってしまった方が処理は楽なんだが、山にでも放つか？」

「それも止《や》めてください！」

どうにも術を解く気がないウォノクは、このまま面倒臭《めんどうくさ》がって投げてしまいそうである。

（な、なんでこの人は……！）

見た目はものすごく威厳ある雰囲気になっているのに、ウォノクは廃屋を直すのを渋っていた頃と全く変わらないようだ。それを喜んでいいのか、悲しんでいいのか分からないが、――ならば、と一つの可能性にかけて、ルースは一か八かの禁断の言葉を使った。

「そのまま術を放ったら、厨房《ちゅうぼう》が消し飛んで、しばらく母さんのボローアシチューは食べられませんよ！　いいんですか!?　ボローアシチューは、なしですよ!?」

ルースの言葉に、余裕の笑みを浮かべていたウォノクの顔が僅かに変化した。

「――うむ、それは困るな。止めよう」

ウォノクは指の第二関節ほどの大きさになった魔力球を、あっさり掌で握りしめた。ジュッと何か焼け焦《こ》げたような音と黒い煙が上る。もう一度掌を開くとそこには何もなくなっていた。

（たっ……助かった……）

ルースはこの時ほど、セリーヌのボローアシチューに感謝したことはなかった。

「ルース、それでボローアシチューは次いつ食べられるのだ？　我は腹が空《す》いているぞ」

「えーと、それは……」

以前と変わらぬ様子のウォノクに半笑いしながら、ルースが顔を上げた瞬間だった。

「ギャウウウン！」

「キ、キア!?」

隣で黙っていたキアが突然苦しみ始めた。その場に倒れ、首を振り回している。よく見ると、首筋に浮かんでいた奴隷紋の色が変化し、青くなっていた。

（まさか……！）

ルースがずっと叫んでいた融魔の方を見ると、いつの間にか皮一枚で繋《つな》がっていた腕が落ちて、首がおかしな方向に曲がっていた。ウォノクが何かした様子もない。

「あの融魔、我に腕を切られて、止まっていた進行が進みはじめたな……やがて自我を失うぞ」

ウォノクに腕を切られてから、なぜか状態が悪化しているらしい。

「自我を失うって……、そしたらキアは？」

「奴隷紋は主人と奴隷を無理やり繋いでいる物だ、何かしらの影響はあるかもしれないな」

「影響がって……き、キア！」

「ウ、ヴヴヴ、ヴ！」

キアは牙をむき出しにして痛みに耐えていたが、やがて身体が光りだす。光を帯びた身体は、人と獣への変化を繰り返し始めた。前に風呂場で見た時と雰囲気は似ているが、その姿は人型にも獣型にも安定しない。

「相手が融魔のせいか、かなり影響を受けているな。このままでは生死さえ危ういぞ」

「そ、そんな！　ウォノクさん、奴隷紋を解く方法はないんですか!?」

「できる。が、前に言った通り、我は治すのが得意じゃない。契約解除となると、この亜人の身体が持たないかもな……手っ取り早いのは、あいつに解除させることだ」

ウォノクがそう言いながら歩き出す。その瞬間、呻《うめ》いていた融魔が、ビクリと反応する。ウォノクに殺気を向けられて、痛みどころではなくなったらしい。

「ウアアア、く、るナぁ！」

「む……」

「うわっ！」

融魔が無事な方の腕を振ったとたん、黒い煙のようなものが勢いよく噴き出てきた。一気に広がったそれは周囲を黒く染め、周りが一切見えなくなる。

「うっ、キア、ウォノクさん、大丈夫ですか!?」

「安心しろ。視界を遮《さえぎ》るだけの術だ。全く、ろくでもない足掻《あが》きを……」

「そうですか、よかった……ん？」

ウォノクがため息をつくのが聞こえたと同時に、ルースの足に何かが引っかかる。

（なんだ？）

ルースは確認しようと身を屈めた。足に絡《から》まっていたのは、木の根のように丸く、それでいて少し柔らかいものだった。ルースが剝《は》がそうとすると、すごい力で引っ張りはじめる。

（なにこれ、ちょっと!?　まさか）

引っ張られる方向が、黒い煙の発生源――つまり融魔がいた方向だと気づいて、必死に足から外そうともがくが、全く外れる様子がない。

「ああ、煙に乗じて攻撃か……鬱陶《うつとう》しい。失《う》せろ――」

ウォノクの苛立ちの言葉と共に、強い風が巻き起こる。

「え――うわあ！」

きっと、ウォノクは腹立たしい煙を飛ばすつもりで、腕を一振りしたに違いない。――その力が強すぎて、煙と共に融魔も飛ばしてしまう可能性なんて考えていなかった。

だからルースも一緒に飛ばしてしまったのは、完全に計算外だったのだろう。

最後に見たのは、宙に浮いたルースに驚くウォノクの顔だった。

「うあああああ！」

融魔と共に空高く飛ばされたルースは、上空から遠ざかる村の景色を見た後、一気に下がる気温と薄くなる空気に、あっさりと意識を手放した。

[9] 救い――断絶の五日間 延長戦

ルースは頬《ほお》に冷たさを感じて目を開けた。周囲を窺《うかが》うと、雪で覆《おお》われたひらけた場所だった。少し先の正面は崖、背後には高い山の頂《いただき》、遠くに葉を無くした木々しかみえない。

「山の上か……あいつは……」

ルースを巻き添えにした融魔《ゆうま》が側《そば》にいるかと思ったが、黒い煙は少し離れた場所で見えた。きっと途中で放されて、先に地上へ落ちたのだろう。ルースはゆっくり起き上がった。

(ここは山のどの辺だ？　村はどっちだ)

幸いナイフは腰にある鞘《さや》に戻していたため持っているものの、それ以外の装備もなしに山へ連れてこられてしまった。完全に予定外の出来事だ。急いで人里に戻らないと危険だった。

「オレがいまいるのは……」

飛ばされるときに上空から見た景色と、太陽の位置、山の様子から大体の居場所を理解する。

(通常なら歩いて二、三時間、雪道を考慮しても半日はかからない場所のはずだ。急ごう)

しかし立ち上がろうとすると、足首に痛みを感じた。触れてみると腫《は》れているのがわかる。片足だけ無理やり引っ張られたせいで、脱臼《だっきゅう》しているのかもしれない。

(いや、むしろ脱臼だけで済んでよかった……この身体《からだ》は頑丈だよな)

貧相だ、貧弱だ、頼りない、などと言われることが多いが、ルースの身体は前世のものに比べれば非常に頑丈に出来ている。前世の身体なら、この程度の怪我《けが》では済まなかったはずだ。

「固定して……よし……」

上着に入っていた布で応急処置を済ませる。顔を上げると、まだ黒い煙が見えていた。

（……あの融魔って人はどうしよう……）

融魔の実力を考えると、ルースが戦って勝てる相手ではないため、対峙《たいじ》するのは避けたいところだ。しかし、あの融魔は宿屋で起きた事件だけでなく、キアの誘拐《ゆうかい》にも大きく絡《から》んでいる。それは国単位の問題だ。このまま逃がしてしまうと、後々問題になるように思えた。

（………ひとまず様子を見てみよう。それから考えよう）

ルースは気配を消しながら、黒い煙が上がっている場所へ近づこうとしたが、林の奥からゾワリとした悪寒《おかん》を感じ、反射的にその場から逃げた。

先ほどまでいた場所へ黒い半透明のナイフのようなものが刺さる。ルースはとっさに自分のナイフを手に持ち、靴の下に雪用の術をかけ動きを速めた。痛む足首はこの際無視だ。

「む、ムラを、戦火に、ル、ズ、ビラウに……シを……ワタ、シ……使命……」

「貴方《あなた》も生きていたんですね……でも無事とは言い難いな」

ルースの前に現れたのは、予想通り共に山まで飛ばされた融魔だった。

しかし、その姿はウォノクに腕を切られたせいか傾いており、首もおかしな方向に曲がっている。言語もすでに聞き取りが難しいほどで、生きているのが不思議なぐらいだ。

「もう息をするのも辛《つら》いはずだ、戦いはやめましょう。オレが村まで運びますから、大人《おとな》しく」

「だっ、マ、れぇ……！」

叫んだ融魔が、黒く蠢《うごめ》く切り取られた肩に、残った腕を無理やり押し込んだ。

「ああ、アアァ、ア！」

「なっ……！」

融魔は肩の黒い部分から、大きな剣のような物を抜き出した。それは肩で蠢く黒い液体と同じ色をしているが、流れ落ちることもせずに融魔の手で形を保っている。

「……す……す、すぅううう！　――コロすぅ！」

「ちょ、え!?」

融魔は叫んだ途端、一気にルースとの距離を詰めてきた。ルースも後ろへ下がろうとするが、タイミングが遅れ、持っていたナイフで応戦する。

雪のちらつく雪原《せつげん》で、ルースのナイフと融魔の黒い武器が当たる音が響く。

柔らかいかと思った黒い半透明の武器は、ナイフと当たると固い音を響かせた。どういう仕組みになっているのか分からないが、普通の武器と材質は大きく変わらないようだ。

ルースは雪を蹴《け》り相手が怯《ひる》んだ隙《すき》に押し返すと、もう一度背後に下がった。しかし融魔はそれを許さず、大きく一歩踏み出し距離を詰めてくる。

「シネ、ルーすゥ！」

「ちょっと待ってください、なんで貴方がオレを殺そうとするんです？　貴方の目的は戦争を起こすことで、直接オレには関係ないですよね!?」

ルースはたまたま今回の件に関わったが、本来なら融魔の計画には全く関係のないはずだ。

「ルーすぅ、ブラう……、しま、っ！」

「うわっ！」

しかし融魔はルースに対して攻撃するのを止《や》めなかった。名前を口にしていることから、キアと勘違いして向かってきているわけでもないらしい。

(どういうことなんだ、なぜこの人はオレを狙《ねら》うんだ？)

しかし疑問を口にしてみても、相手は答えを返してはくれない。雪に足を取られながらも、大きな太刀《たち》で何度もルースへ攻撃してくる。ルースが力負けするのは時間の問題だ。

相手を行動不能に陥《おちい》らせ連れて帰りたいが、ルースにそこまでの技量はない。このままでは殺されてしまうのがオチだ。

(仕方ない、逃げよう……こんなところで死んでたまるか！)

ルースからすれば、戦うことに比べると、逃げるのは簡単である。風魔術を足に付加し、地上と同じように駆けるルースに、雪原の上を歩く融魔が勝てるはずがない。

ルースはそのまま真っすぐ木々のある方へ駆ける。

——しかし木の向こうへ行こうとした瞬間、何かにぶつかり、雪の上に倒れた。

「なっ、え？　なんだこれ!?」

ルースの進行方向に、見えない壁のような物がある。角度を変えて見ると、大きな円形の透明な膜《まく》のようなものが、周囲に張り巡らされているのが分かった。ナイフで叩《たた》いても壊れない。

（円形――くっ、あの術だ。閉じ込められた！）

融魔の得意技、円形の術。落とし穴や窓枠を壊したり、宿屋を浮かしたり、さんざん使っていたあの特殊な術で、ルースは逃げられないようにされたらしい。

「に、ガ、すかぁ！」

振り返ると融魔が魔術を展開しながら剣を持ち、雪を蹴散らす勢いで迫ってきていた。

「戦うしかないか……」

進行を防ぐように降り注ぐ魔術の雨を避け、ルースは横へ逃げる。そこへ融魔が剣を振り下ろしてくる。頬に鋭い風が触れる。

「あ、つぶなっ！」

ギリギリのところで攻撃をナイフで受け止めたルースは、力を受け流すようにして剣を避《よ》け、融魔の背後へまわり距離をとった。

（けど、弓がないと、オレに勝ち目なんてないぞ）

ルースの基本スタイルは、弓とナイフの連携攻撃だ。直接攻撃では力負けすることが多いため相手が近距離攻撃が強い場合、離れて戦うために弓の存在が不可欠になる。

「でも、弓は家に置いてきたし、この状況でどうやって……った！」

突然、胸の内側がチリチリと焼けるような痛みを訴えだした。ルースは融魔から目を離さないようにしながら、服の内側へ隠していたウォノクから借りていたペンダントを取り出す。

「黒く光っている……」

黒く光るとは妙な表現だが、ペンダントに起きている現象は、その言葉が一番正しいような気がした。宝石の中心から溢《あふ》れ出てきた黒い煌《きら》めきは、段々と大きさを増し、その中心から何かが頭を覗《のぞ》かせているのに気づいた。ルースは警戒しつつもそれに手を伸ばす。

「これは……弓と矢筒《やづつ》？」

ペンダントから質量の法則を無視して出てきたのは、弓と矢が詰まった筒だった。どちらも真っ黒で不思議な雰囲気だったが、ルースが普段持っている物とサイズが同じだ。

「ころ、コロス……！」

剣を構えて走り出した融魔を見て、ルースはすぐさま一本矢を手に取る。向かってくる融魔が人の形をしていることに僅《わず》かに抵抗を感じながらも、魔術を付加して弓を素早く引いた。

「はぁ！」

程よい重さを感じる弓は、軽く引いただけで強い力を矢に与え、手を離すと同時に風を裂くように飛ぶ。目的の融魔のところへ近づくと、伸びるように速度を上げた。

「ギャア！」

普通ではない動きを見せた矢は、融魔の腕が無い方の肩へ刺さる。軽く飛ばされた相手は起き上がると、痛みの唸《うな》り声をあげながら矢を抜き去った。その矢は空気に消えていく。

「い、ダい！」

ウォノクの攻撃を食らったときのように、融魔が痛みを訴えだす。回復のため手をかざすが、刺さった場所から流れる血は止まらない。

（すごい効いている……しかもあの矢、途中で動きを変えた？）

今放った矢は、一度風で流れたはずだが、途中で自ら意思を持ったかのように、ルースが狙った位置へ軌道修正した。

（さすがウォノクさんからの借りもの、ってことか）

常識では計れない出現も軌道も、あのウォノクの物となれば当然である気がした。

（いける……迷うなっ、やるしかない！）

人の形をしたものに対して、武器を向けるのには抵抗を感じる。しかし——。

（オレは村に帰るんだ。アレクを村で待つためにも、ここで死ぬわけにはいかない……！）

覚悟《かくご》を決めたルースは、矢筒を背負うと弓を構えつつ走り出した。

ルースの動きを見た融魔が、持っていた剣を投げてくる。ブーメランのように曲線を描いた軌道で向かってくるそれを、ルースは横っ飛びで避けた。空中に舞いながら、武器のない融魔に向かって、矢を二本構えて弓を引き放つ。矢は横向きの雪風をものともせず、大きく旋回《せんかい》しながら融魔へ突き進んだ。

「ギァア！」

一つは避けられたが、もう一つは足に当たる。片足を後方へ飛ばされ、反動で宙を舞った融魔は雪の上に落ちた。起き上がった融魔は、目に怒りを宿しながら、唸り声をあげた——。

しばらくの間、ルースはナイフで牽制《けんせい》を仕掛けつつ、回復されない矢を中心に攻撃を続けた。

しかし、決定的な致命傷は与えきれないでいた。

（このままじゃオレの体力がもたない……）

極小とはいえ足に魔術を掛けているため、ルースは魔力切れも起こしかけていた。ずっと走り続けているので体力も限界に近い。矢は尽きることはなかったが、相手のタフさを考えると、このまま戦えば負けるのはルースだ。相手もそれを分かっている。

（だったらオレから仕掛けるしかない……！）

ルースは覚悟を決め、弓を手に持ちながら、融魔に向かってナイフを構え真っすぐ走った。

片手に剣を構えた融魔が、魔術を唱《とな》えつつ、応戦の構えをみせる。それを見たルースが走りながら矢を放つと、融魔は唱えていた魔術を先に放ち、違う術の詠唱《えいしょう》に入った。

（かかった）

相手が別の術を唱えだしたのは、ルースの矢を弾《はじ》くためだ。しばらく戦って分かったことだが、融魔は必ず矢の攻撃は避けるか、今唱えている術で弾くことしかしない。

つまり、手に持っているあの黒い剣では、絶対に矢を叩き落とさないのだ。

（つまり、それは――）

ルースはそのままナイフを構えて、大きな剣へ飛び掛かった。

先に打った矢が弾かれる音と同時に、ルースのナイフが相手の剣に当たる音がする。甲高い音が周囲に響き、ナイフに衝撃が加わる。

「そろそ、ロ、おわ、リ、だっ！」

融魔の力にルースが押し負け始めると、相手は曲がった顔のままでニヤリと微笑《ほほえ》んだ。

「終わらない！」

しかし左手を〝矢の束〟へ持ち替えていたルースは、それを正面にある〝剣〟へ突き刺した。

「――ッ、ヴァアアア！」

融魔の剣に矢の先が刺さった瞬間、固かったはずの武器が、ドロリと融解しはじめる。

（やっぱり。この剣、身体と同じだったか！）

ルースは融魔が苦しんでいる隙を見逃さず、追い打ちをかけるようにナイフを、溶けた剣の先――融魔の身体に深く突き立てた。

「つぁあああ、ヴぁ！」

身体を痙攣《けいれん》させた融魔から、ナイフを抜いたルースは、転がるようにして離れる。

ナイフの攻撃は、致命傷にはならない。回復されてはいけない。

「次！」

素早く起き上がったルースは、すかさず弓を持つと、痛みに呻《うめ》いている融魔へ魔術を掛けた矢を三本連続で放った。

「か、ぁ――!!」

近距離で放たれた矢は、〝ナイフで開いた胸の傷〟へ深く刺さる。身体を開かれ、内部に直接身体を融解させる矢を受けた融魔は、声にならない叫びを上げながらその場へ倒れた。

「――！　――！」

倒れた融魔が痛みに暴れる中、ルースは荒い息をしながら、離れた位置まで下がった。

(なんとか、なったか……？)

正直、一か八かの賭《か》けだった。力が足らずに手に持った矢の攻撃が剣へ効かなければ、こちらがその場で殺されていてもおかしくなかった。

またあと少し長引いていれば、ルースは魔力切れを起こして、雪の上を走れなくなっていたところだ。そうしたら逃げることすらできなくなる。

しばらく暴れていた融魔だったが、突然止まると動かなくなった。

辺りに静かな風が流れる。薄暗い雲の向こうから、太陽の日差しを感じた。

「ようやく、終わっ……」

――しかしルースが安堵《あんど》のため息をつこうとした瞬間、止まっていた融魔が再び動き出す。

(な、なんだ、あれ……)

それは人の皮を被《かぶ》った何かが、中で暴れているような気味の悪い動きだった。溶解したはずだった肉体が、見たこともない一つの形を作り上げていく。

(……どう、なってるんだ？)

融魔は――否。〝それ〟はもう元の形を成してはいなかった。上半身から黒い半透明の触手のようなものを五本覗かせ、元々の脚と残った腕の三本を、脚のようにして立ちあがる。

〝それ〟は、まるで人間に魔物を混ぜたような歪《いびつ》な生き物に見えた。

先ほどまではそれなりの表情を見せていた融魔の顔も、脚となった三本の間で、ぶらぶらと揺れているだけだ。肩から生えている五本の触手の方が、主導権を握っているように見えた。

『あの融魔、進行が進んでいるな……やがて自我を失うぞ』

ウォノクの言葉を思い出して、ルースの顔が引きつった。

「まさか、自我を失うってこういうこと？　……パワーアップした、とか……？　ってうわっ！」

五本の触手のうち、二本が同じ意志を持っているように動き出し、ルースに向かってくる。

しかも届かないと思った触手は、途中でその長さを伸ばしてきた。

「じょ、冗談じゃない、こんなの！」

走って逃げるルースだが、背後を追尾する触手の動きは、あまりにも速い。先を尖《とが》らせた一本が、ルースの背後スレスレを通りながら地面へ突き刺さっていく。

そして、もう一本は、ルースが視線の端に捉えた瞬間、急に方向を変えた。

「グ、ッだ！」

突然曲がってきた触手をルースは避けきれず、肩に衝撃を受け、遠くへ吹っ飛ばされた。

雪の上を転がったルースは、上半身を半分雪に埋めて、ようやく身体を止めることができた。

「いっ……う……」

下が雪のため身体への衝撃は少なかったが、触手が触れた肩の部分が異様な痛みを訴えてくる。身体を起こしつつ掠《かす》った肩を見ると、服ごと焼け焦《こ》げたように黒い煙を発していた。

「なんだ……これ？」

ルースが肩に触れようとすると、指先を近づけるだけで、火で炙《あぶ》られたような痛みを感じた。

「はぁ、はぁ……な、なんだよ、もう……」

先ほどまではある程度勝機はあったが、伸縮自在の触れただけで痛みを与えてくる触手が五本となると話は別だ。体力、魔力共に限界が近いルースが、相手に出来るモノではない。

けれどルースのそんな困惑さえも許さずに、再び二本の触手が向かってくる。

今度は脚となる人間の形をした手足三本を動かし、先ほどとは段違いのスピードで迫る。

「くっ……！」

ルースはふらつく足を叱咤《しった》して走る。しかし魔力が切れ、足に纏《まと》っていた魔術が消える。雪に足が埋まり、その場に倒れてしまう。

その上を、ものすごい速さで触手が通り過ぎ、地面へ突き刺さった。

顔を上げてみると、少し先で辺りの雪が全て蒸発し、地面が抉《えぐ》れていた。立ち上がって走っていたら、きっと頭ごと捥《も》がれていただろう。

「く……はぁ……っ……どうする……どうする？」

触手が再び本体へ戻っていくのを、ルースは上半身を起き上がらせながら視線で追う。

立ち上がって逃げなくてはいけない――と頭では分かっているが、脚が動かない。

（――逃げなきゃ、逃げなきゃ、逃げなきゃ！）

元に戻った触手が再び臨戦態勢へ入り、そのままルースの元へ向かってくる。矢を放つようなスピードに、身体が硬直するのを感じた。今のルースに回避できるスピードではない。

ルースの脳に『村で帰りを待っててくれ』と告げる、アレクの顔が浮かんだ。

（アレク、ごめん――）

どうか悲しまないでほしい、そんな風に願った瞬間だった。

「――ルースゥウウウ！」

聞き覚えのある声と共に、上空から物体が落ちてくるような音が響く。顔を上げた瞬間、雷《らい》鳴《めい》が轟《とどろ》く。何かが砕ける音が聞こえ、目の前が真っ白になった。

「うわぁ！」

隕石《いんせき》が落ちてきたかのような大きな衝撃に、ルースの身体が雪と共に宙に浮く。空へ飛ばされると思ったルースは、あわてて近くにあった物へ必死にしがみ付いた。

（こ、今度は何が!?）

舞い上がる土や雪のおさまる気配を感じて目を開けると、しがみ付いているものが温かいのに気づいた。顔を上げると、そこには金髪と緑の瞳が、ルースを柔らかく見下ろしていた。

「あ…………アレク？」

そこにいたのはルースの親友で、旅に出ているはずの勇者、アレク・ガラだった。

「間に合ったか。よかった、ルース」

意志の強い緑の瞳を柔らかく緩ませたアレクは、ルースをぎゅっと抱きしめてくると、ホッとしたようにため息をつく。

「……え、本物のアレクがどうしてここに？」

ルースが驚きのままに質問すると、アレクは口を開けたが、すぐに眉をよせる。ルースを抱えたままその場にしゃがみ込んで、ポケットから小瓶《こびん》を取り出した。

「説明は後だ、ともかくこれを飲め」

「え、あ、うん……」

綺麗《きれい》なガラス瓶に入った、液体を口元に寄せられて、ルースはされるがままに口を開ける。

少し甘みのある液体は、怪我《けが》で重かった身体と、ふらついていた頭を一気に元に戻した。疲労まで回復している気がする。いわゆる回復薬だろう。

(うわ……すごいな、これ)

村の道具屋にも冒険者用の回復薬はあるが、一気に全てを癒《いや》すようなものは置いてない。それに回復薬は少し高価なため、村にいる限り使用する機会もなかった。

「体力も魔力も元に戻ったな。顔色もいいし、ステータス異常も治ってる」

そう言ってアレクは、ルースの頬をゆっくりと撫《な》でて、安心した表情に戻った。

「アレク、いまの……ちょ、ん……」

高価な回復薬だったのではないか、とルースが恐る恐る尋ねようとすると、それよりも早くアレクの指先が顔に触れて、意識をそらされる。最初は飲み零《こぼ》しを拭《ふ》かれているのかと思ったが、いつまでも終わらない。良い笑顔を浮かべるアレクに、これは遊ばれているなと気づいた。

「アレク、人の顔で遊ぶなよ」

「なんだよ、少しぐらいいいだろ?」

「良いわけがないだろ……」

アレクに文句を言うが、無邪気な笑顔を浮かべるだけだ。けれどいつものことなので、これ以上怒るのはあきらめた。というより、それ以上の問題があることにルースは気づいたからだ。

「アレク、助けてくれてありがとう。けど……もう下ろしてもらえるかな」

ルースは今、アレクの膝《ひざ》の上に抱えられている状況だった。前世でいうところの女子の憧《あこが》れ（？）お姫様抱っこに近いやつだ。二十歳近い男がされるのには恥ずかしすぎる。

「別に重くないぜ？」

「重いとか重くないとかの問題じゃないんだって。いいから早く下ろしてって」

少し急《せ》かせるようにそう言うと、アレクは渋々といった様子で下ろしてくれた。

ルースは地面に足をつけると、あらためて周囲を確認した。

雪に埋もれていた大地は、アレクが来た瞬間の衝撃で、雪と共に地面が抉れていた。ルースを逃がすまいとしていた円形の術も消えている。融魔がいた方向などは、雪が溶け湯気《ゆげ》がでて霧がかかっていて見えないほどだ。

（なんかもう、滅茶苦茶《めちゃくちゃ》だな……それよりナイフを、あった！）

ルースが警戒しながらも、落としたナイフを拾っていると、アレクがスッと前に出た。

「アレク……？」

「ルース、下がってろ。あいつ、まだ生きてやがる……」

アレクがそう言った瞬間、湯気が立っていた部分から、黒い半透明の物が飛び出してくる。

それは真っすぐルースたちがいる方へ向かってきた。

（やばい、あれはあいつの腕だ！）

ルースはアレに触れられた後に、肩が焼けるような怪我を負ったことを思い出す。

「アレク逃げて、あれはっ――」

ルースの目の前に立つアレクは軽装で、村にいた時と変わらない服だ。防具どころか武器の一本も持っている様子がない。このままではアレの攻撃を防ぎきれない。

「ルース、近づくんじゃねえぞ。――はぁあ！」

しかし、ルースが回避行動を取れ、と言おうとすると、それより早くアレクが気合を入れた声を上げる。その瞬間、アレクの身体の周囲を青白い光が取り囲んだ。

（な、なんだ、あれ？）

魔術を使うアレクが、僅かに金色に光る様子は、何度か見たことはあったが、青白い光を纏うのは初めて見た。まるで温度のない炎が、アレクを守っているように見える。

「――ルースに怪我を負わせやがって、覚悟しろよ、てめえ！」

大声で叫んだアレクが、向かってくる触手へ走り出し、何も持たないまま拳《こぶし》を突き出した。

アレクの拳と触手が接触した瞬間、ドン――と重い物同士がぶつかるような低い音が響き渡った。それは空気を振動させ、離れた場所にいるルースにも空気の揺れを感じさせる。

アレクの力に負けた触手は、反対側へと弾かれた。

「その程度で、俺《おれ》に勝てると思うな！」

飛び上がったアレクが、弾いた触手を追いかけるように手を伸ばす。先端を片手で摑《つか》むと、地面を削《けず》りながら足で勢いを止め、触手に背を向けそのまま前方へ投げ飛ばした。柔道で言うところの一本背負いのような状況だ。

（素手で？　……す、すご……）

投げ飛ばされた融魔が、木々をへし折り地面に叩きつけられる。木が割れる音と、地面を揺らす激しい衝撃が伝わってきた。ルースの静かな戦いとは比べものにならない豪快さだ。

ルースは、青白い光を纏うアレクへ声をかけた。

「アレク！　手、大丈夫なのか⁉　あいつ掴んで、爛《ただ》れたりしてないのか⁉」

「手？　ああ、俺は加護を受けたからな。安心しろ、融魔の浸食は効かない」

アレクはルースへ掌《てのひら》を見せ、余裕の表情を浮かべる。ルースが肩に負った怪我は『浸食』という状況らしく、長く放置していると、体内の魔力を増幅されて、精神に異常をきたすようだ。

「アレクも、あの人が『融魔』だとわかるのか？」

「ん？　なんで、むしろルースが知ってるんだよ？」

「いや、オレはウォノクさんに、教えてもらって……」

「ウォノク？」

ウォノクの名前に反応して、アレクが眉を寄せる。それと同時に、沈黙していた融魔が、再び起き上がった。アレクは小さく舌打ちをしながら、視線を融魔に向ける。

「その男が誰なのかは後で聞くとして……ルース、『融魔』ってのはな、今世界中で問題になっている現象なんだよ」

「世界中で問題に？」

アレクは話しながらも、起き上がる融魔に向けて魔術を放つ。融魔は寸前でそれを避けた。

「ああ、オレがあの女に命じられていく先々で、それ関連の問題が頻繁《ひんぱん》に起きている。動物や魔物の暴走もそうだが、奴《やつ》らは浸食って厄介なオマケまでついている。並みの冒険者じゃ処理できないから尚更《なおさら》被害が大きいんだ。この村にいた時は名前を知ることも無かったが、国外では数年前から有名だったらしいぜ」

ハシ村は山奥の山間部にあり、王都からも遠いためか、国外の情報と呼べるものがほとんど入ってこない。アレクの言う通り、融魔なんてものを村の人たちは知らないだろう。

ルースは自分が知らないだけで、世界中で大問題になっている現象があるということに、驚きを隠せなかった。

「アレク、融魔って一体なんなんだ……？」

融魔から視線を離さないようにしながらも、アレクはルースの疑問に答える。

「融魔ってのはな、何かしらの影響で魔物と融合した人族《じんぞく》や亜人《あじん》を指すんだよ。元は人だ」

「人が魔物と融合……そんなことがあるの？　じゃ、あの人も？」

「ああ、誰かにやられたのか分からねえが、奴も魔物が体内に混じって融魔化して、その症状が進行しちまった人の成れの果てだ」

あの状態が、何かの影響によって魔物と融合した人の成れの果てと聞いて、ルースは背中に寒気がこみ上げてくるのを感じた。つまりルースにも融魔になる可能性があるのだ。

「しかもあそこまで進行が進むと、もう元には戻れない。ただ目の前の者を殺して糧《かて》にすることしか考えられない。自分の子供も、親類も、友人も、恋人も、全部関係なく殺しちまうんだ」

アレクの声に少し悲しみが混じった。きっと、アレクは旅の途中何度も融魔と相対し、その際に人が融魔化したことが原因で、騒ぎとなった現場を見てきたのだろう。

融魔は肉体を分離し黒い球を放つ。アレクはそれを魔術の盾で防ぐと、炎で焼いた。

「融魔化すると、異常なくらい強くなる。特に魔力のステータスがな。だがその大きな力のせいで、器《うつわ》の方が耐えきれなくなる。まず脳が破壊されて自我が保てなくなる、そして最後には暴走する……ああなっちまったら、殺してやらない限り、そいつに救いはない！」

再び融魔が動き出す。ルースの時とは違い、五本の触手が一度にアレクへ向かっていく。

「——だから、俺はやる！」

向かってくる触手へ、アレクも飛ぶように走り出す。目で追うのも難しいほどのスピードで地を駆けたアレクは、一番近くまで来た一本目に対して拳を振り上げた。

地面が揺れるような音を立てて、アレクの拳と触手がぶつかり合う。そして力の押し合いに負けた触手が、先端を潰《つぶ》され吹っ飛ばされると同時に二本目がアレクに近づいた。

（あぶない）

その行動を予期していたのか、アレクは左手でその触手を殴り飛ばし、地面へ叩きつける。続いてやってきた三本目を足で蹴り、四本目を五本目の巻き添えにする形で殴り飛ばした。

（アレク……格闘なんて出来るようになったんだ……）

その動きは、村にいたころのアレクとは全く違っていた。拳、脚、膝《ひざ》、肘《ひじ》の攻撃全てが、計算されているように触手へと当たる。

ルースは一度戦っているため分かるが、あの触手は岩を砕くほど硬い。だがアレクの攻撃に打ち負ける触手は、まるでゴムボールのようで、同じものと戦っているとは思えなかった。

(す、すごいな……)

ルースは自然と胸を押さえた。傍観者気分でいてはいけないと分かっているが、次元の違う戦いに魅《み》せられていた。

融魔も一本ずつ襲い掛かるだけではだめだと悟《さと》ったのか、二本、三本、四本とまとまるようになり、最後には五本全部が固まった状態でアレクへ襲い掛かる。

アレクの身体より大きな拳が、潰さんばかりの勢いで向かってきた。

「――はぁあ!」

アレクの拳と、巨大な黒い拳がぶつかり合う。その瞬間、砲台から球が発射されたような爆音と、雷が落ちたかのような閃光《せんこう》が走る――撃ち負けた触手が炎を纏い吹っ飛んだ。

(すごい……)

圧倒的なウエイトの差を、自身のパワーのみでねじ伏せるアレクの強さに、ルースは興奮が尚更高まっていくのを感じた。アレクの見せつける強さに、胸がドキドキするどころか、身体の奥がジンジンするほど痺《しび》れていく。

(か……カッコいい……)

圧倒的な『技』や『力』に感心したり、カッコいいと思ったりすることは今までもあった。だが『アレク自身』に対する認識は、幼馴染《おさななじみ》の親友に変わりはなかった。

けれどこの時のルースは、素直にアレク自身がカッコよく見えた。

何度も殴られた融魔は、やがて崖を背にギリギリまで追い詰められていった。しかしあれほど一方的に殴られても、まだ沈黙せずに足掻《あが》き続けている。相手も相当タフらしい。

「ちっ……あのクラスは拳だけじゃどうしようもねえな。ルース、武器を持ってないか!?」

「あ、ああ！　これを！」

ルースは惚《ほう》けていた頭を振って、自身のナイフを投げ渡す。

危なげなく受け取ったアレクは、ナイフの腹をみると一瞬だけ変な顔をした。

「ん？　これミスリルか……？　なんでこんな高い武器をお前が――」

「アレク、前！」

既に元の形を失った触手の塊が、一斉にアレクへ向かいだす。

「まあいい、それは後だ。いくぜ！」

青白い光を纏ったアレクが、ナイフに金色の光を纏わせ駆け出す。すると長さ五十センチほどのナイフが、一メートル近い長剣へ変化した。その様子は、以前ルースがバルを倒した時に似ているが、光の強さは段違いだ。

金色の光がアレクだけでなく、周囲を染める。

「俺が今楽にしてやる。――大人しく眠れ、人の理《ことわり》を外れた者よ！」

アレクが吠《ほ》える。

剣を包んでいた金色の輝きが身体へ向かい、青と金が混ざり合って、大きな光となる。

アレクは融魔の中心へ剣を振り下ろした――、

【――――!】

人の耳では拾えない音を発した融魔は、綺麗《きれい》に真っ二つになった。

剣が触れた部分が徐々に分解して、砕け散っていく。黒い触手がアレクの光によって、空気へ消えていく様子は、まるで存在の浄化をしているように見えた。

やがて触手部分を完全に失った融魔は、バランスを崩し大きく後ろへ倒れる。そのまま雪の上を滑《すべ》るようにして流れて、崖から落ちてルースの視界から消えた。

(すごい……)

前世のゲームやアニメとは段違いの神々《こうごう》しさに、ルースが呆然《ぼうぜん》としていると、アレクが慌《あわ》てたように触手部分を追いかけ崖を覗き込む。

「ち、しまった落ちたな。ルース、ちょっとそこで待ってろ。追いかけてあいつを――ん?」

「へ? なに、これ……」

アレクが台詞《せりふ》を言い終わらないうちに、地面が揺れだす。それはいつまで経《た》ってもおさまらない。次第にルースの耳へ、何かが迫ってくるような音が聞こえてきた。

(この振動……まさか!?)

ルースが山の頂を見ると、ちょうど正面に位置する一帯の白い塊《かたまり》が崩れて、迫ってきているのが見えた。――つまり雪崩《なだれ》が起きていた。

(そうだ、こんなところで大きな音を立てていたら!)

地面を揺るがすほどの振動、晴れた空、上昇する気温。条件は十分にそろっていた。

五日間で積もった雪の高さは、山の上なら一メートル以上にもなる。それが大きな塊になって滑り落ちてくる。巻き込まれたらひとたまりもない。

「アレク、崖下へ逃げて!」

ルースは叫びながらも立ち上がり、崖に向かって駆け出す。ルースの位置はアレクよりも山側で、身を隠すような場所もない。雪崩に遭遇《そうぐう》したら横へ逃げるのが得策だが、この場合崖下へ飛び込むしか逃げ道はなかった。

ルースは足に魔術を掛けて必死に雪の上を走る。それでも時速百キロと言われる雪崩のスピードにはとても敵《かな》わない。背後から響く音が、段々と大きくなる。

全てを飲み込もうとする白が、真後ろまで迫った――。

「――ルース!」

アレクの声を側《そば》で聞いたとたん、白い世界へ飲み込まれる。激しい衝撃が身体を襲い、頭や身体が振り回され、上も下も分からなくなる。

やがてルースは意識を手放した。

ひんやりした空気から守るように、温かな何かが身体に触れる。そのぬくもりが心地よくてすり寄ると、耳元で笑う声が聞こえた。

(あれ？　……この声、……アレクか？)

目を開けると、薄暗い世界でもわかる、綺麗な緑の瞳がルースを見て笑っていた。

「起きたか？　ルース」

「アレク……？　なんでこんな近くに……？」

至近距離にあるアレクの顔に疑問を持つと、周囲が薄暗く白い壁であることに気づいた。かまくらを作って遊んだ時の景色に似ている。

(かまくら……雪。あ、そうだ、オレ雪崩に！)

ぼやけていた思考が段々とはっきりしてきて、融魔との戦いの後に、雪崩に巻き込まれたことを思い出した。

「あ、アレク。ここは!?　もしかして雪の中？」

ルースは慌てて周囲を確認した。よく見ると正面だけではなく、左右も雪で囲まれている。脚を動かそうとしたが、硬い感触がするだけで振り上げることができない。雪の中でアレクと共に横になっている状態で埋まっているのだろう。腰の下にアレクの腕を感じるので、抱きしめられる形のようだ。

「落ち着けルース、俺もいるから安心しろ」

「むしろなんでアレクがいるんだよ！　崖下に逃げなかったのか!?」

「お前を置いて、俺が一人で逃げるわけがないだろ」

当然のような顔をしてアレクが言い切る。でもその言葉で、きっとアレク一人なら逃げられたのに、ルースを助けたために一緒に巻き込まれたのだと悟った。

アレクの優しさに感動しそうになるが、それよりも先に最悪な状況であることに気づいた。

「……そ、そうだ、まずい、い、息を！」

雪崩に巻き込まれたら、一番最初に考えなくてはいけないのは空気の確保だ。身体に怪我を負うこともあるが、雪崩で最も多い死亡原因は窒息死《ちっそくし》。雪に埋まると酸素の確保がしづらく、普通だと三十分程度しか持たない、と何かで読んだ。

こんなところでアレクを死なせるわけにはいかないと、ルースが雪に手を伸ばそうとすると、なぜかアレクはその手を摑んで安心させるように微笑んだ。

「ルース、落ち着けって。安心しろ、息はできる。何時間でも、何日でも大丈夫だ」

「え、何日？　……ど、どういう、こと？」

慌てるルースを落ち着かせるように笑うアレクに、理由を教えてもらうことにした。

アレクたちは少し前に、海の中で起きている問題に立ち向かったという。その際、海底神殿に住む女王から信頼を得て、いろいろな術や装備品を譲《ゆず》り受けたらしい。

その時に水中でも息ができる術を教わり、今はそれを使用しているから無事だという。

(詳しいことはよくわからないけど、確かに苦しくないな)

よく見ると周囲にもわずかに隙間《すきま》がある。これがアレクが教わった術の効果なのだろう。

(にしても、海底神殿とか、海の中でも息ができる術とか……やっぱアレクは勇者なんだな)

ルースは前世のゲームであったような話を聞いて、同じ時を生きているはずなのに、どこか遠い世界の言葉のように感じてしまった。

「すごいな、アレクは。……というよりそんな忙しいのに助けてくれて、ありがとう」

「あたりまえだろ」

感謝を告げれば、アレクは少し照れ臭そうに笑った。

ルースの想像を超えたことばかりしているが、こういう表情は村にいた時と変わらず、少し子供っぽい。やはりアレクはアレクで変わりないのだなと思う。

（でも、なんでさっきは……）

ルースはアレクの戦いを見ている時に胸が苦しくなったのを思い出し、そわそわした気分がこみ上げてきた。今も昔も同じアレクのはずなのに、ルースだけが落ち着かない。

（いや、きっとアレクがちょっとずつ変わってきてるから……だから）

意識してみると、触れている胸板や腕も、以前よりも逞《たくま》しくなっている気がする。きっとこの変な気分も、アレクの変化に動揺しているだけなのだろう。格段に強くなったアレクに対して、『オレも同じように強くなりたいな』と、いまさら嫉妬《しっと》を覚えたのかもしれない。

いつまでも落ち着かない気分を誤魔化《ごまか》すため、ルースは無理矢理話題を変えた。

「そういえば、最初空から飛んできたのもすごかったよな。あれも、何かの術なのか？」

「ああ、あれは……！　そうだ、あの野郎……！」

ルースと融魔が戦っている時に、空から降ってきたアレク。あれも術を使ったのかと思ったが、そうではないらしい。アレクは忌々《いまいま》しげに顔を顰《しか》めた。

「あれはな、転送術でお前の家に着いたとたん、ぶん投げられたんだよ」

「は？　ぶん投げられ？　アレクが？　だ、誰に？」

「お前の家にいた、あのやばいオーラ放ってる、黒い魔族の野郎だ」

ルースが思い起こせる範囲内に、魔族の存在はいない――が、アレクを掴んで投げるとか、やばいオーラとか、黒い、という単語を組み合わせると、ある男が浮かんだ。

「それってもしかして……背が高くて、黒い髪と赤い目をした、ちょっと上から目線の？」

「そいつだ。『我《われ》の護符《ごふ》が導く、ルースを追え』とか何とか言って、俺の襟首《えりくび》を掴んで空に向かって投げたんだよ。俺じゃなきゃ、あのスピードで失神しているぞ……ったく」

アレクは「まあルースの側に行けたからいいけどよ」とため息をついた。

(ウォノクさん………でもあの人って魔族だったんだ……)

確かにウォノクの雰囲気は普通ではなかった。魔力が高いと言われている〝魔族〟という種族であっても納得できる。だが、アレクが顔を顰めて「やばい」と言うとなると余程だ。

「ルース、で、あれはなんだ？　まあ、壊れた木材を動かしたり、裸《はだか》のガキとか、小母《おば》さんに声をかけていたりして敵意はなかったけど。今まであんなのうちの村にいなかっただろ？」

「ああ、それは……」

ルースが今日までのことを話すと、アレクはかなり渋い顔をして黙り込んだ。

今回のことは今までの平和な村では考えられないような事件なので、当然なのかもしれない。

「あの男がいた経緯は分かった。敵じゃねえならいい。……あんなの相手にしたくねえしな」

「ウォノクさんって、そんなに強いのか？」

「…………そうでもねえよ。本気でやれば……まあ……」

珍《めずら》しくアレクが言葉を濁《にご》した。その上、居心地《いごこち》悪そうにルースの視線から逃げている。付き合いは長いが、アレクがこんな反応をしたのは初めてだ。

（……本当にウォノクさんって一体何者？）

真実はウォノク本人に聞いてみないと分からないだろう。

「あの野郎の話はいい……それよりルース」

「ん？」

「あの融魔は本当に『神に命を狙われし者よ』ってお前に言ったのか？」

ルースは宿屋で言われた言葉を思い出した。

『王子と共にこの地で消えろ、神に命を狙われし者よ！』

あの融魔がまだ自我を保ち、会話が出来ていた時にルースに言い放った言葉。どうやらそれがアレクは気になったらしい。

「ああそうだよ。意味は分からなかったけど……なにかの比喩《ひゆ》かな」

「比喩か……」

言葉通りの『神様』という存在にルースは命を狙われるとは思えないので、そうなると何かの喩《たと》えとか、それとも『彼にとっての神』にルースを狙えと、命令されたということになる。

（けど、あの融魔はキアを使って戦争を起こそうとしていたはずなんだよな……）

それを考えると尚更辻褄《つじつま》が合わない。小さな村に生きるただの人族であるルース程度の存在が、神だの戦争だのに関われるとは思えない。そこまで注目される理由もない。

（……アレクだったら別だろうけど）

世界を救うため旅に出ている勇者のアレクなら、世界を救ってほしくない者たちに命を狙われていてもおかしくはない。しかしルースが、となると途端に理解できなくなる。

（……いや、そもそも今回の事件は、何もわかってないんだよな）

何故《なぜ》あの融魔が戦争を起こそうとしていたのか、何故ルースがセジュに殺されそうになったのか、何一つ理由が定かではない。彼らの起こした行動が、個人的な考えからなのか、それとも誰かに命令されてのことなのか、そんなことすらわかっていなかった。

（まあ、セジュは話を聞くことは出来るけど、融魔はな……）

生きていたとしても、あそこまで自我崩壊が起きていた融魔から、ちゃんとした話が聞けるとは思えない。結局、あの融魔の目的は分からないままになってしまうのだろう。

ルースが考えるのに疲れて諦《あきら》めようと顔を上げると、斜め上にあったアレクの眉間にも、深い縦ジワが出来ているのに気づいた。ルースは思わず手を伸ばして押してしまう。

「ん？　る、ルース？」

「あ、ごめん。眉間に皺《しわ》が寄っていたからつい」

嫌なのかと思ったが、アレクは何故かちょっと照れ臭そうにしていた。

（アレクをこういうことで悩ますのはよくないよな）

ただでさえアレクは勇者としての旅で苦労しているはずだ。そんな彼にルース自身のことで心労を増やして、困った顔をさせるのは心苦しい。村に帰ってきた時ぐらいは安らいでほしい。

「アレク、その件はあまり気にしなくていいと思う。きっとあの人が、オレを混乱させたかっただけだろうしさ」

「けどよ……」

「アレク、気にするなって。それともオレが命を狙われるような悪いことをしていると思うか？」

ルースが意地の悪い質問をすると、アレクは深くため息をついて、「思うわけねえだろ」とあっさり答えた。

「宿屋が半壊してるのを見たときは、マジでビビったんだ。お前は融魔と一緒に居なくなったとか、あの男が言うし……頼むから融魔に襲われてるとか……心配させるなよ」

呟《つぶや》いた声に苦しそうな色が混じっているのに気づいて、余程心配をかけてしまったのだと分かった。慰《なぐさ》めるように手で背中を撫《な》でてやると、ますますぎゅっと抱き着いてくる。

甘えてくるようなアレクの行動に、照れ臭さと同時に胸がざわめく。先ほどの戦いでは強さに見惚《みと》れてしまったはずなのに、今度はその男が甘えてすり寄ってくる行動に、胸が騒がしくなるのを感じた。

（オレってギャップに弱いのかな……）

先ほどの戦いを見てからちょっと何かがおかしい。けれど、嫌いではない。

「ルース……」

再び頭を上げたアレクが、顔を近づけてくる。

(綺麗だな……)

左右のバランスが完璧なアレクの顔立ちは、同性であるルースでさえ時々見惚れるほどだ。

——と、いつもなら、アレクに見惚れているのだが、さすがに三回目となると、このままだとどうなるかという現実に気づいた。

ルースはアレクの背に回していた手を顔の前に出して、近寄っていた口元を押さえた。

「…………なんで遮《さえぎ》るんだよ」

「むしろオレが聞きたい。今何しようとしていた？」

「キスだよ。いまのはそういうシーンだろ」

確かに一般的にはそういうシーンなのかもしれない。けれどそれは二人が男女で恋人だった時だ。ルースとアレクは男同士で、友人の間柄。アレクの文句は受け入れられない。

「……アレクとは特別仲がいいとは思うけど、それは違うだろ。なんでするんだよ」

「なんでって、なんでだよ」

アレクの眉がきゅっと寄って悲しげな表情になる。その顔を正面から見つめてしまい、いつも以上にルースの胸がズキズキと痛んだが、視線をそらした。

(二度も流されて、いろんなことをしてしまったけど、いい加減に止めなきゃだめだ)

若いアレクが、長い旅で欲求を持て余しているのはルースにも分かる。辛いことばかりで、慰めがほしいとか、人肌が恋しいとかあるのかもしれない。ルースなら行きすぎた甘えをしてもいいと思っているのかもしれない。

けれど、ルースはこのままずるずると間違った関係を続けるのは、よくないと思い始めていた。どこかで止めないと、何かがおかしくなってしまいそうで嫌だった。

「……俺が嫌なのかよ、今更気持ちが悪いとか言うのかよ。それとも他の奴とか」

「そ、そんなことは言ってないし、オレが女の子にはモテないのはお前が一番知っているだろ。……けど、ともかくもうアレクとそういうことをするのは無しにしたい」

「今までさんざんしていたじゃねえか」

「だからもう、やめたいんだよ」

アレクのことは大切だ。家族並みに、いや家族以上にその存在を大事に思っている自覚はある。だからこそ、いつまでも正面を向いて会話できる関係でありたかった。理解の伴わない行動で滅茶苦茶にしたくなかった。

「アレク、オレはアレクをちゃんと村で待っていたい。でもこのまま続けたら、最初の時のように、素直な気持ちで待っていられなくなりそうなんだ。だからやめよう」

ルースはアレクの存在が、段々と自分の中で変わってきているのを感じている。

きっかけは間違いなく旅に出る前日の夜だ。

あの日以来、ルースはアレクのことを考えると今までにない感情が高ぶり、その気分を落ち着かせるのに苦労するので困っていた。

「なんだよ、それ……」

だがアレクの声がワントーン下がったのに気づいて、ルースは視線を少しだけ戻した。

（あれ……なんか……）

あっさりアレクが納得してくれる、とはさすがに思ってもいなかった。だが、基本的にルースが言うことに耳を傾けてくれるので、話をすれば解決することだと思っていた。

しかしこの雰囲気をみてしまうと、あまりにも楽観的な考えだったと思わざるを得ない。

「この間来たときは、あの堅物騎士と仲良くなっているし……今回も、あのやばいオーラの魔族とか、亜人のガキとか側にいるし……それでなくともあの肉屋の馬鹿とか、腹立つ奴が村にいて気が気じゃないってのに……」

「アレク？」

「くそ、なんでこんな……帰ってきたときに、ぎこちなくなりたくなかったし、最悪振られでもしたら、自分がどうなっちまうのか分からないから黙っていたのに……このまま、あとどれだけ……旅の終わりっていつなんだよ！　俺はいつになったら……ああ、くそっ！」

早口でまくし立てるアレクの周囲から、禍々《まがまが》しいオーラがにじみ出ているのに気づいた。

「ルース！」

「な、なに？」

突然顔を上げたアレクに、覚悟を決めた強い視線で見つめられて、思わず身をすくませる。

「いいか、よく聞けよ。意味が分からなかったらちゃんと質問しろ。うやむやに流すなよ」

「う、うん」

まるで勘違いするのが前提のような言われ方だが、あまりの迫力に素直に頷《うなず》いておいた。

アレクは深いため息をつくと、緊張した顔つきになった。ルースも何となく背筋を伸ばす。

「俺は…………お前が好きなんだ！」

アレクの言葉を理解するのに少し間があったが、ようやく答えが見つかったルースは、柔らかく微笑むと特に悩むこともなく口を開いた。

「……なんだよ、突然。オレもアレクのことは好きだけど？　いまさら改めてどうした？」

滅多《めった》に口に出して伝えたことはないが、もちろんアレクのことは好きである。でなければ何でも許したりなんてしない。

だがそんなルースの反応に、アレクは苦虫を嚙《か》み潰したような顔をした。

「やっぱり、通じない……！」

「え、なに？　通じてるよ？　オレが好きなんだろ？　ちゃんと分かっているって。じゃないとこんな風に助けてくれないだろうし」

旅の途中だというのに、怪我したルースを心配して村に戻ってきてくれたり、雪崩に巻き込まれたところを身を挺《てい》して助けてくれたり、そんなアレクの行動に好意を感じないわけがない。

(本当に、アレクってオレのこと好きだよな……ん？　……あれ？　なんか、一瞬変な気分に)

ルースは慌ててその変な気分を追いやる。アレクがルースを好きなのは誰が見ても当然で、恋人ができるのか心配したくなるほどなのだ。何も間違ったことではない。

「フン……まあ、そういう返しがくるのは、予想の範囲内だ。むしろ想像通りすぎて笑えてくる……なんであれだけ俺がアピールしたのに気づかないのか、俺のやり方が間違っていたのか、でもそうでもしないとこの鈍感は……」

「あ、アレク？」

「いいか、ルース！」

アレクはルースの右手首をしっかり摑むと、そこに付いている銀色の腕輪を指先で弾いた。

アレクがルースに預けた銀の腕輪だ。

「これを、俺がプロポーズのために作った話は、もちろん覚えているよな？」

「それは覚えているよ。村を出る前の日に言っていた話だろ？」

しかし、そのプロポーズはアレクが勇者だということが発覚してしまい、告げることが叶《かな》わなかった。そういった流れから、ルースは旅に出るアレクの代わりに腕輪を預かっている。

「プロポーズするってことは、俺がその相手と結婚したいと思っているんだと分かるよな？」

「分かるよ」

「結婚したいっていうのは、それだけ好きでたまらないっていうのは分かるよな？」

「分かるよ」

「その相手に対して、俺が何でもしてやりたい、自分だけを見ていてほしいし、独占したいし、誰にもやりたくない、って気分になるのは分かるよな？」

「分かるけど……アレク、何が言いたいんだよ？」

ルースへ確認するように話すアレクの行動に違和感を覚える。まるで子供に『一たす一は二になる』というのを馬鹿丁寧に教えているような雰囲気だ。丁寧すぎて結論が見えない。

けれどアレクはルースの質問に首を振ると、そのまま続けた。

「……それだけ好きだと、相手としたいって気分になるのは、男のお前なら分かるよな？」

「え……そりゃ……分かるけど……」

「近くにいるだけで、相手にキスしたい、触れたい、入れたいって思うのは、当然分かるよな？　我慢するのが辛いっていうのも分かるよな？」

「わ、分かるって……だからなんなんだよ。いい加減に本題に入れよ！」

「そこまで分かっているならいい。じゃあ、それらを踏まえて言うぞ」

「あ、うん」

ようやく本題に入ってくれるようで、ルースはホッとした。このまま意味の分からない質問を、正面から続けられるのはさすがに辛い。特に猥談《わいだん》系がちょっと心臓に悪い。

「俺は、これを最初から〝お前〟に渡すつもりだったんだ」

アレクはそう言って、ルースの手首にある銀色の腕輪をしっかりと摑んだ。

「…………………ん？」

「勇者なんて話にならなきゃ、次の日お前と遠乗りに出かけて、そこで、これを〝お前〟に、渡すつもりだったんだ」

首を傾《かし》げるルースに〝お前〟の部分を、とても強調してアレクが繰り返す。

「…………………………」

ルースがフリーズしていると、アレクは少しすっきりした顔をしながらもため息をついた。

「本当は、お前が女と結婚したいって願望を諦めるまで待つ予定だった。けど……万が一にも奇跡《きせき》が起きて、お前が女と結婚することにでもなったら……と思うと、自分でも何するか分からなかったし、我慢できなくなった」

不穏な言葉が最後の方で聞こえた気がしたが、それよりもルースは最初の方の言葉を理解するのに時間が掛かっていて、頭に入ってこなかった。

(アレクが腕輪を渡すのは、プロポーズする相手。そしてその腕輪を渡す予定だったのは――オレ。つまり……？？？？？？？)

答えは簡潔。とてもシンプルな話のはずなのに、今まで信じていた現実を足元からひっくり返されて、うまく最後まで繋《つな》がらない。それなのに顔が勝手に熱くなっていく。

(つまり……つまり……ええと？)

自分一人では答えにたどり着けないと感じたルースは、元凶であるアレクに縋《すが》るような気分で視線を向けた。そして頭の中でふんわりしている結論を確定させるため、質問をする。

「つ、つまり……アレクはあの日、〝オレ〟に……プ、ロポーズするつもりだったのか？」

「ああ、そうだよ。プロポーズついでに腕輪渡して、キスして……あわよくばちょっと触りっこまでいきたいな、と」

「つぇ、は？　え……ほ、本気で……？」

「本気だ。お前が俺に対してそういう認識がないのは分かっていたから、意識させて、気持ちいいこと教えて、ひとまず『うん』と言わせてやろうと意気込んでいたんだよ」

アレクの表情は至極残念そうだ。逆にルースの思考は、いまの言葉で現実に戻ってきた。

あの日ルースは単なる遠乗りのつもりでいた。密《ひそ》かにそんな計画が立てられていたなんて知らなかった。どちらにせよルースはあの日襲われていたらしい。

ルースが顔を引き攣《つ》らせていると、アレクはムスッとした表情で睨《にら》んできた。

「あのな、俺だっていろいろ限界だったんだよ。でも無体《むたい》な真似《まね》なんてしたくなかったし……だからわざわざ勉強までしたし」

「つまり、そのアレクは……お、オレが、す……きなのか？　結婚したいとかそういう方向で？」

諦め悪くまだ質問を続けるルースに、アレクは少し呆《あき》れた表情を浮かべながらも、「腹立つけど、そういうところも好きなんだよな……」とブツブツ文句を言う。

「何度も何度も言ってやる。俺はお前が好きだ。お前がもし女だったら、とっくに孕《はら》ませて嫁にしているぐらいには惚《ほ》れてんだよ。……まあ、あの親父《おやじ》さんがいる限り、そんなことしたら殺されるだろうけどな」

「は……はら……」

アレクの明け透《す》けな言い方に再び言葉を失ったが、その目が本気だったので笑えなかった。

(ほ、ほん、き、なんだ……)

男が好きになるのは女だ。女性と結婚してこそ幸せになれるはずだ。家族の理想は夫婦と間に出来た子供——そんな凝《こ》り固まった理想を抱いていたルースにとって、男に告白されるというのは、白が赤でしたと言われるくらい衝撃的だった。この場合黒ではないのがポイントだ。

「で、でも、そもそもオレも男じゃ結婚なんて出来ないんじゃゃ？」

「ルース、そこからかよ…………悪いが、この国の結婚に、性別の指定なんてないぞ」

「え!?」

「え、って……亜人の中には両性の奴もいるからな、それだと困ったことになるだろ」

「あ！　あぁぁー……」

前世の知識が、この世界の常識を邪魔していると実感した瞬間だった。

ハシ村には男女の夫婦しかいないので知らなかったが、王都では少数派ではあるが同性で結婚している者もいるらしい。確かに前世にはいなかった亜人という種族がいる時点で、同じ法律に当てはめる方が間違っているだろう。

「……で、でも、さ。その、あの……」

「ルース」

しくこくルースが続けようとすると、いい加減に焦《じ》れたらしいアレクが肩を摑んでぐっと顔を近づけてくる。緑の光が煌めく瞳に、自分の顔が映っているのが見えた。

「あの日お前を抱いたのは、待っていてくれるって言ったお前が好きすぎて、抑えられなくなったからだ。ただ、ちょっと無理やりだったのは反省している。本当に悪かった」

「あ……まあ、その件は……」

確かにあの件は忘れられないような出来事であるが、ルースの中では特にダメージとしては残っていない。むしろ「好きだったから抱いた」なんて言われてしまうと、逆にとても意識して考えてしまうからやめてほしいと思った。どんどん顔が熱さを増していく。

「ルース、確かに俺はお前との間に子供を作ることは出来ない。でも誰よりも好きでいる自信がある。その辺の何もわかってない女に負ける気なんて微塵《みじん》もない」

「あ……、の……」

「結婚するなら俺にしろ、俺に惚れておけ、ルース。……嫌ってほど大事にするから」

「………………ぅ……」

一般的な世界の常識はこの際脇に置いといたとして、ルースの人生設計の中に男と結婚して宿屋を続けるなんて選択肢は存在していなかった。〝ルースの常識〟からすれば、ここは冷静にお断りをするのが正解だ。親友に戻り、お互いいい人を見つけて、隣人となり「あの時は若かったな～」なんて思い出話にするのがいいはずだ。

(で、でも……)

この時ルースは、アレクの気持ちを拒絶することができなかった。

前世から数えて五十年、ルースはこれほど真剣な告白をされたこともなければ、強く求められたこともない。そのせいか、アレクの真っすぐな気持ちに、心臓が割れるのではないかというほど脈打ち、顔が赤くなるのを止められない。理想と現実が乖離《かいり》しているのにもかかわらず、落胆《らくたん》したり嫌悪したりすることもなく、アレクの告白を意識しまくっている。

真剣に見つめてくるアレクの顔を見ていると、自分がどうしたいのかも分からない。

（いやいや、どうしたいなんて……だって、アレクは親友だったんだぞ……！）

アレクは幼いころからルースの親友だった、それがいきなり好きだの、結婚だの、言われても意識を変えられるわけがない。変えられるわけがないのだ。

「お、オレ……いままで、お前のことを友達だと思っていたから……」

「んなこと、十分に知っている。でも、それはそれでいい。友達だと思っていてくれても、今から俺をそういう風に好きになってくれれば問題ない。むしろ嬉《うれ》しい……」

「う……」

アレクはルースが自分を好きになったときのことを想像したのか、子供のように嬉しそうに微笑む。その笑顔が眩《まぶ》しすぎて、ルースの心臓にますます負荷がかかる。

「ルース、お前が好きだ。俺の旅が終わったら、小父《おじ》さんと小母さんを手伝って、いつかは二人で宿屋を切り盛りしよう。俺はあまり宿の経営は知らないけど努力するし、お前を支えるよ。一緒にいい宿にしよう」

そう穏やかに言ってアレクの左手が優しく頬を撫でてくる。

アレクはルースの戸惑いの言葉にまったく怯む様子がない。それどこか、ルースが結婚する相手に言われたい言葉トップファイブを次々と告げてくる。

（お、オレ……）

ルースは、完全に退路を断たれた形になった。自分の意見を言うどころか、考える隙すらアレクは与えてくれないのだ。

(お、落ち着け、オレ。冷静に考えなきゃ、考えないと……！)

完全に勝つ気できているアレクに、ルースが唯一対抗できる手段は『沈黙』だ。だからそれを使ってなんとか時間を稼《かせ》いでいると、やがて頬を撫でていた手が止まった。そして——、

「……なんだよルース。……そんなに俺が嫌いなのかよ？」

さっきまでニコニコと笑っていたアレクは、突然声のトーンを落とす。悲しそうに目を細められて、縋るように摑まれて——ルースの心はざわついた。

「え、嫌い!? そ、そんなことはないよ！」

「うそつけ……さっきから、顔を引き攣《つ》らせて黙ったままじゃねえか……もしかして、俺の気持ちが迷惑か？ 気持ちが悪いか？ そうなのかよ……」

傷ついたように目を伏《ふ》せられて、華やかなアレクの顔に影が差す。整っているが故にその表情の印象は強烈だ。悪いことをしたわけでもないのに、申し訳なさでいっぱいになる。

(ど、どうしよう。オレが、アレクを傷つけた!?)

ルースはグイグイと来られるよりも、こうやって悲しそうな顔をされるほうに滅法弱い。

「アレクが気持ち悪いなんてことはないよ。それは本当だ。た……ただ……」

「ただ、なんだよ。お前が女との結婚を夢見てるのは知ってる。実現させてやりてえよ。けど、仕方ないだろ、俺は女にはなれねえんだよ……でも、お前を絶対に誰にもやりたくない」

薄《うっす》らと涙が浮かぶ緑の瞳に、ルースの心臓が悲鳴を上げる。

「ルース。俺が女じゃないと、好きになってもらえないのか？　男ってだけで、お前との幸せを夢見たらいけないのか？」

アレクに辛そうな表情を浮かべさせてしまうのは嫌だった。

しかもその原因が、ルースの偏見《へんけん》にも近い前世からのこだわりと、価値観のせいだと分かっているからなおさらだ。

（嫌だ、アレク。そんな顔しないでくれ……）

大事なアレクには笑っていてほしい。幸せになってほしい。それがルースの願いだ。

「あ、アレク。オレ――」

心の痛みに堪《た》えられず、ルースがアレクの顔に手を伸ばした瞬間だった――。

「――ウォンウォンウォンウォンウォンウォンウォン！」

突如オオカルの吠える声が二人の間に流れる、その音に驚いたルースが、動きを止めると、爆発のような振動が雪の中に響いてきた。

「こ、今度はなに!?」

「…………チッ、誰だよ。あと少しだったのに……」

苛立《いらだ》った声を出すアレクには気づかないまま、ルースは背後に視線を向ける。すると深い雪の向こう、方向的には地上だと思われる方で、赤い塊《かたまり》が光っているのが見えた。その光は雪に当たり振動を伝える。外の光が強くなり、勢いよく雪を掻く音が近づいてきた。

そして――。

「ハグ、ハグ、フン、フン、ブグ、──ワンワンワン！」

「き、キア!?」

「クウーン！　ワンワン！」

ボコッと穴を開けた背後の雪から、オオカル姿のキアが顔を覗かせた。

キアはルースの姿を見つけると、嬉しそうに吠えまくり、急いで周囲の雪を掻きだしていく。きっと尻尾《しっぽ》もブンブンと豪快に振っているのだろう。

そして十分な広さを確保すると、今度はルースの襟首を銜《くわ》えて引っ張りはじめた。

「ちょ、キア!?　ぐっ」

ルースを外に出してくれようとしているのだろうが、力任せに後ろ側に引っ張られて、アレクの腕の中に納まっていたルースの首元が締まる。けれどうめき声をあげた瞬間、アレクの手が離れて、ルースの身体はそのままスルスルとキアが作った雪の穴を抜けていった。

「あ、外……」

「ワンワン！」

薄暗さに慣れていた目に、太陽の光が入る。周囲の音がようやくクリアになった。

ルースたちは、雪崩に巻き込まれて崖下へ落ちていたようだ。周囲にある木々は低い位置にあり、ルースがいる場所は雪崩で積みあがった雪で一段高くなっていた。

景色のまぶしさに顔を顰めていると、興奮して騒ぎ立てるキアが体当たりしてきた。

「き、キア、毛がくすぐったいよ」

後ろにひっくり返りそうになり、慌てて目を開ければ、身体全体で左右に揺れる大きなオオカルが目の前にいた。

ルースがその身体を押し返そうとすると、急に光を放ち、艶《つや》やかな毛並みが一気に無くなる。紫に輝く瞳はそのままに、牙《きば》が短くなり、肌が褐色《かっしょく》へと変化し、人の顔が現れた。

「ルース！　無事でよかった！　俺、お前があいつといなくなっちゃって、すごい心配して、必死に走ってきたんだ！」

「あ、ありがとう、キア」

少年の顔立ちになったキアは、涙を浮かべんばかりに顔をクシャリとさせながら、ルースの膝の上に乗って抱き着いてくる。強い力でぎゅうぎゅうと抱きしめられて少し痛いほどだが、それよりもその身体の変化に驚いた。

「キア、それより人型《ひとがた》に戻れるようになったの？」

「そう、なったんだよ！」

ルースが消えてからしばらくして、人型になる力を取り戻したらしい。

「ああ、よかった……」

首元にあった紋章《もんしょう》もしっかり消えていて、ルースが無事を喜ぶと、キアはブンブンと首を振った。人型に戻ったはずなのに、行動はあまり獣型《けものがた》の時と変わらない。ルースは内心笑ってしまった。

「やはり無事だったな」

低い声に気づいて顔を上げると、そこには黒髪で赤い目のままのウォノクが、こちらに向かって歩いて来ているところだった。その表情はじつに穏やかな笑みを浮かべている。とても山を越えてきたとは思えない。

「ウォノクさん……貴方はオレが無事だと信じていたのですか？」

「当然だ。我がファンスの護符を貸してやったからな。それに援護《えんご》も送ってやったしな……だがこのオオカルが来いと煩《うるさ》くてな」

「お前がルースを吹っ飛ばしたんだ、責任をもって探しに行くのが当然だろ！　もし、怪我とかしたら、俺じゃ……って、それよりルース、そうだ怪我！　怪我はしてないか!?」

ウォノクに牙を向けたキアは、すぐさまルースの膝から降りて、ペタペタと身体を触り始めた。怪我の心配をしてくれているらしいが、それよりもキアの姿を改めて見たルースの方が逆に心配になった。

「オレは平気だよ。それより、キア、君は裸じゃないか。寒くないの？」

獣型から人型に変わったのだから、何も着ていないのは当然だが、さすがに雪山に全裸はルースの方が見ていて寒いくらいだ。しかし当の本人は意外とケロッとしていた。

「獣型の時より少しは寒いけど、まあこれくらいなら平気だ。俺はオオカル系亜人だしな」

「ええ……風邪ひかない？」

ルースが困惑気味に呟くと、紫色の瞳がきらりと光った気がした。キアはルースの首元に顔を寄せて、腰を引っ張ってくる。突然の動きに、今度はルースの方がその膝の上に乗り上げた。

「ルース、俺のことを心配してくれるんだ。嬉しい」

「え、当然じゃないか」

「そうか？　俺の周りにいた奴らは『王子らしくない』とかそればかりだったし。心配なんてしない。今回だって、どう思ってるんだか……」

拗《す》ねた声が聞こえて、ルースは苦笑いをすると、獣型の時より柔らかな髪の毛を撫でた。

「口に出して言わないだけで、みんなキアのことを心配していると、オレは思うけどな」

「……そうかな？」

「そうだよ」

肯定するように頭を撫でると、キアが顔を上げた。

「でも、ルースみたいに口で言ってくれた方が俺は嬉しいな」

そうやって笑うキアの見上げてくる紫が、段々と興奮しているかのように色が濃くなる。子供っぽく騒いでいた表情に、少しだけ変化が現れた。

「ルース、帰ったら風呂に入ろう」

「え、風呂？」

「うん。今度はルースも最初から脱《ぬ》いで、一緒に入ろう。また洗ってよ、身体」

キアの鼻がルースの匂《にお》いを嗅《か》ぐようにスンッと鳴った。

先ほどまでの少年らしさを無くし、妙に大人っぽい表情をしたキアが、顔を近づけてくる。

キアの変化に戸惑っていると、引けていた腰を思いっきり摑まれて、宙に浮いた。驚いている間に、少し離れた位置に立たされる。

「あ、アレク？」

ルースを摑み上げたらしい前にいる金髪の男――いつの間にか雪の中から出てきていたアレクは、怒りのオーラを漂《ただよ》わせていた。

「この、エロガキ……てめえ、何俺の前でルースに何してやがる……！」

「ウォンウォンウォンウォンウォンウォン！」

「エロガキってなにを……って、え……キア？　あれどこ？」

先ほどの場所からいなくなったキアを探すと、彼は五メートルほど離れた位置に移動していた。そしてなぜか、再び獣型になりアレクに向かって吠えている。

「ああ⁉　馬鹿言うんじゃねえよ、ルースはてめえのじゃねえ！」

「ウォンウォン！」

「はあ⁉　ふざけんな、このエロクソガキ‼　何してんだよ！　燻製《くんせい》にするぞ！」

「ちょっと、アレク？　それにキアも。突然どうしたんだよ？」

突然言い争い（？）を始めた二人に、ルースは慌てて仲裁に入ろうとするが、怒りの収まらないらしいアレクに肩を押される。

「ルース、ちょっと待ってろ。このガキを絞《し》める……！」

「ウォンウォン！」

そう言うと二人はルースから離れて戦闘態勢に入った。

（なんなんだよ……）

ルースはその光景を見て困惑した。一番厄介《やっかい》なのは、獣型になってしまったキアの言葉が、アレクには分かっても、ルースには分からないことだ。何が起きているのかさっぱりだった。

そんな二人は、段々とヒートアップし、アレクは風と氷を、キアは炎と雷撃を纏って攻撃し始める。魔術合戦になってしまうと、ルースでは割り込むことはできない。

「ルース」

ルースが困っていると真剣な顔をしたウォノクが近寄ってきた。ルースは、ウォノクなら止めてくれるだろうと、期待して声を掛けようとしたが――。

「それで、ボローアシチューはいつ食べられるんだ？　帰ったら用意されているのか？　我は腹が空《す》いて仕方ないんだが……」

ウォノクに普通の反応を期待した自分が馬鹿だった、とルースは思った。

「か……………帰ったら、母さんに聞いてみますね……」

「うむ、任せた。では帰るぞ」

二人の争いを、全く意に介していないウォノクはさっさと歩き出す。その姿を見てルースは深いため息をついた。ウォノクが村にいる限り、ルースのため息は止まらないだろう。

ルースは戦っている二人を一瞥《いちべつ》した後、太陽が輝く空を見上げて、再びため息をついた。

【10】宿屋の息子は勇者に弱い——断絶の五日間　その後

ルースたちが迎えに来た二人と合流した後、アレクとキアの意味の分からない争いは五分ほどで決着がついた。争いに勝利したのは当然ながらアレクだ。目を回したキアが、雪の上に落ちてへばっているのを見て、ルースが背負って連れ帰ることになった。

そんな戦いがあったおかげで、キアは能力的にはアレクに敵《かな》わないと悟《さと》ったのか、拳《こぶし》で喧嘩《けんか》を吹っ掛けるのはやめたようだ。口喧嘩だけは全くやめる様子がなかったが。

騒ぎつつも雪山を下りた四人は、ロッサをはじめとした宿屋の人間が、村長宅に集合していると聞き急いで向かった。ルースたちが到着すると、改めて断絶の五日間に起きたことを、村長たち村の主要メンバーへ話すことになった。

キアの存在、宿屋で起きたこと、隣国ジルタニアの王子誘拐《ゆうかい》事件、融魔《ゆうま》の存在——一度に聞かされた村長たちの顔は真っ青だった。平和な村で起きた、戦争の火種にすらなりえた事件、正直ハシ村だけでどうにかできる問題ではないので当然だろう。

村長たちは特に融魔という存在に驚いていた。人族《じんぞく》が魔物と融合するというのは原因が分かっていないということもあり、恐れるのも当然だ。

そしてそんな融魔の攻撃を跳《は》ね返してくれたウォノクに感謝した。宿屋と山の麓《ふもと》を破壊したのもウォノクだが、英雄のように持ち上げていた。

また、アレクもその融魔を最終的に倒したと知られ、当然ながら感謝されまくっていた。ルースも一応セジュとジュリアの正体を見破ったことで感心はされたが、二人に比べると地味な対応だった。でも、以前よりもずっといいな、とルースは一人喜んでいた。

その後、融魔が事情を聞けない状態だと分かり、騒ぎの原因の一人であるセジュに話を聞くことになった。セジュはロッサによって簀巻《すま》きにされ、村の倉庫へ閉じ込められていた。

「ひぃいぃ！」

ウォノクを見たセジュは完全に脅《おび》え切っていて、宿屋で余裕を浮かべていた雰囲気は微塵《みじん》もなかった。ただそのおかげで、尋問には非常に素直に応じてくれた。

ようやくこれで何故《なぜ》騒ぎを起こしたのかが分かる、と一同は安堵《あんど》したが――。

「そ、そこの男！　ルースとかいうやつを殺せって、神からのお告げが俺にあったんだよ！」

理由を聞かれたセジュは、突然そんなことを言い出した。もちろんその場にいた全員が彼はウソをついていると思い、何度も繰り返し尋《たず》ねた。だがセジュは聞いてもいないことをべらべらと話すのに、理由に関してはそれ一点のみしか答えない。しかもその態度は誇らしげで『神から直接言葉を貰《もら》った俺はすごいんだ』と自慢しているようにも見えた。

それ以上のことを言わないセジュに、その場にいた全員が『こいつ頭がいかれている』と判断した。ルースも同じ意見だった。神様に命を狙われるほど、悪いことをした覚えはない。

（融魔とセジュの話が、微妙に合ってるのは、ちょっと気になるところだけど……）

結局興奮気味のセジュをその場へ置いたまま尋問は終わり、村長は急いで王都へ連絡するため早馬を出すことにした。殺人未遂《みすい》を起こしたセジュの処遇は、村では対処しきれないので騎士へ一任することになった。王都なら尋問も、もっとしっかりやってくれるだろう。きっと本当の理由も分かるはずだ。

被害に遭ったヘラルドとニコラの二人は、ウォノクの指示により教会に運ばれていた。神父様の適切な処置により、無事に目を覚ました。

「そ、そんなジュリアが……」

ジュリアが偽物だったと知ったヘラルドは、今すぐに姿を消した王都へ戻りたいと訴えた。けれど、しばらく仮死状態に陥《おちい》っていたせいで、身体《からだ》の自由が利《き》かないらしく、結局神父様に説得され、セジュを迎えにくる騎士と共に王都へ戻るということで落ち着いてもらった。今は食べて寝て、急いで体力を戻しているらしい。

（本物のジュリアさんが無事だといいけどな……）

ルースには祈ることしかできないのが、少しもどかしい。

ちなみに村の除雪作業は、アレクの魔術によりあっさりと終わった。

元々アレクは村の雪掻《ゆきか》きを手伝うつもりで、転送術で村に戻ってきたという。

（雪掻きに戻ってくるいう話は、オレが適当についた嘘《うそ》だったんだけどな……）

アレクの行動力を舐《な》めていたな、とちょっとルースは反省した。

なお、本当に手紙で帰ると書いて送ってくれたらしいが、出した場所や日付を考えると、その手紙は、まだ船の中だろうというのが分かった。アレクの方が先に来てしまったらしい。

雪掻きは無事に終わったものの、壊れたブラウ家だけは、元通りとはいかなかった。母屋《おもや》の方はともかく、半壊している宿屋の方は専門家に頼むしかなさそうだ。

陽《ひ》の昇っているうちに何とか宿屋の補修作業を終え、母屋のリビングでアレクやキアを含めて夕食を食べていたところで、——ルースは疲れからか気がつけば意識が飛んでいた。

(あったかい……最高……)

何処《どこ》に寝たのか覚えてないが、暖かく心地よい状況にますます眠気が広がっていく。

(あれ？)

だが、横向きになろうとすると、胸元に寄せた手が素肌に当たり、その感触に疑問が浮かぶ。そのまま胸元から腹の方まで手を下ろすが、触れているのは素肌だった。腕には服が触れている気がするが、ズボンも少し下がっていることに気づく。

(この寒い季節に何故オレは前を開けて？　いや、それよりまず、オレはどこで寝てる？)

違和感のおかげで、ルースはようやく常識的な部分に、考えがおよびはじめる。

皆と食事をした後から記憶がない。自分の様子が変なことに気づいて、目を開けると——。

「あ」

金色の髪の隙間《すきま》から覗《のぞ》く緑の瞳と目が合った。

「……………アレク、すごく近くないか？」

ルースの質問に、アレクは悪気の全くない無邪気《むじやき》な笑みを浮かべる。

「別に普通だろ？」

「いや、さすがに近いよ。それに、なんでオレは半裸？　自分で脱《ぬ》いだ？」

「俺が脱がせた」

「はあ、なんで？　……眠くても着替えくらい、自分でやれるよ？」

ルースが文句を言いつつ服を引っ張り寄せると、アレクの手がルースの動きを止めてくる。

着替えを邪魔された意味が分からず見上げると、アレクの視線が呆《あき》れたものに変化していた。

「え？　な、何、その顔？」

「……お前、昼間に俺が言ったことをもう忘れてないか？」

「え？　昼間？　なにを──ぁ」

『何度も何度も言ってやる。俺はお前が好きだ』

ルースの寝ぼけていた脳に、アレクが昼間に告げてきた言葉が蘇《よみがえ》ってくる。

(あ、そうだ、……オレ、アレクに……)

アレクの言葉を思い出して、急速に頬《ほお》へ熱がこみ上げてくる。

今になって、アレクが着替えのためにルースを脱がしていたわけではないのだと気づいた。

そんなルースの心境を見越したように、アレクが益々《ますます》呆れた顔をする。

「その顔は忘れてただろ？　ったくマジで告白した相手の肩を借りて寝るとか……ルースらしいといえばそうかもしれねえけど。声かけたって『うんうん』言うだけで、起きねえし」

「あ……はは」

記憶の彼方《かなた》で、アレクに声を掛けられて、適当に返事をしたことは覚えている。その言葉の中に「すり寄ってくるな」とか「いい加減にしないと襲うぞ」とか「いいんだな？」とかあった気がする。微睡《まどろ》んでいた時は言葉の意味を理解せずに「うん」と返事していた。相手がアレクなら危険な目には遭わないと信用しているからだ。今はある意味危険だが。

「……まさか、最近はこうやって人前で堂々と寝てるんじゃねえだろうな？」

「しないよ。……横にいたのがアレクだったから、こう……つい気が緩んだだけで」

ルースにとってアレクは安全地帯という認識が強い。肩を借りて寝てしまっても、食事が終われば起こしてくれるという打算があった。親にだってこんなことはしない。

そんな話を聞いて、呆れるかと思ったアレクだったが、何故か片手で顔を覆《おお》うと、ルースの胸元に頭を寄せて黙ってしまう。

「アレク？　どうした？」

「お前はいつも……くそ、腹が立つし、ムカつくのに、嬉《うれ》しいとか、もうなんだよ」

「いたっ」

苛立《いらだ》ったように唸《うな》ったアレクが、ガブリと首元に噛《か》みついてくる。声に出したほど痛みはないが、そのまま食事で出された骨の肉を舐《な》めとるように舌を動かされて、ルースは自分がアレクの前に上半身を晒《さら》したままなのを思い出した。

(あ、う、うわ、わっ)

アレクの手が、まだ引っかかっている腕の服の隙間に入り脱がしていくと同時に、微妙な間隔で甘噛みを繰り返しながら舌を這《は》わせていく。どちらの感覚にも覚えがあった。

「あ、あ、アレク！　起きたことだし、オレ、そろそろ服を着たいなって……さ、寒いしさ！」

「寒いわけねえだろ。部屋の中は魔術で暖め済みだ」

「き、キアが探しに来るかもしれないし！」

「お前に纏《まと》わりついて、うるせえからリビングで眠らせておいた。朝まで起きない」

「え!?　いや、でもほら……」

　ルースは覆いかぶさるアレクを押しつつ、何とか危機的状況から脱しようと言葉を探すが、次々と逃げ道を塞《ふさ》がれていく。正直に『だめだ』と告げるしかなさそうだ。

「アレク。オレまだアレクに対して考えがまとまってないし。だから、アレクとこういうことするのは、違うかな、って……」

　ルースからすると、恋人ではない相手と、キス以上をするのは、いけないことだ。

（いや、もう遅いって分かっているんだけど。何回かしちゃっているんだけどさ！）

　アレクの目線に、そして快楽に、うっかり流されてしてしまった過去は、記憶から消したくても無理なのは分かっている。けれどルースにとって、あれらの事態は本来ならありえない。だからこそ、今まで心の奥底で強引だと分かりつつも、『あれには違う意味があったんだ』と自分を納得させ、深く考えないようにしていたのだ。つまりずっと逃げていた。

「……二回も俺といろいろしてて、いまさらそれ言うか？」

　案の定、薄《うっす》ら笑みを浮かべるアレクからも、そのことを指摘されてしまう。

「ルース。気持ちいいことしかしねえから。な？　このまま寝るなんて無理なんだよ」

懇願《こんがん》するように見つめられ、固くなっているそこを太腿《ふともも》に押し付けられる。途端にキュッと身体の奥が締《し》まる気がした。昼間アレクが戦っている姿を見た時に感じたものと似ている。

「た、確かにいろいろしちゃったけど……その、アレクは本気で、……オレが……なんだろ？」

ルースは言葉を濁《にご》しつつ、往生際《おうじょうぎわ》悪くアレクに再確認する。前世を含めて恋愛経験のほぼないルースにとって、「好き」と口にすることすら、本来は気恥ずかしくてたまらない。前世で果敢《かかん》にアタックしたあげく、素気《すげ》なく断られまくったせいもあって、『オレの勘違《かんちが》いじゃないよな？』という不安が消えないのだ。

「……まだ疑ってるのかよ？　マジで好きじゃなきゃ、こんな風になるわけねえだろ」

グリグリとその部分を再度押し付けられる。男であれば、触れてもいないのに、何故その部分が大きくなっているのか、なんて考える必要もない。しかも、男相手に。

「待った。待った。だ、だからこそ、真剣に答えるべきだし、これ以上はだめだと思うんだ。その……オレ、まだアレクのこと、そういう風に考えたことないから、自分がどう思っているか分からないし、こんな曖昧《あいまい》なままじゃ……お前に悪いし」

ルースは相手が真剣に伝えてきたからこそ、真剣に考えたい。そして気持ちがはっきりしてから動くべきだと思った。曖昧なまま、欲に流されてしまうのは、相手にとっても失礼だろう。

しかし、一生懸命ルースが考えを口にしているのに、アレクはとてもいい笑顔でニヤついているのに気づいた。

「何笑っているんだよ。人が真剣に話しているのに」

「いや、予想通りの反応だなって思って」

「予想通り？」

「ひとつ聞くけど、お前さ、俺にこうやって顔寄せられて、身体触れられて、どう思ってる？」

「どうって？」

質問の意図が分からなくてルースが首を傾《かし》げると、アレクは先ほどよりも距離を縮めてきた。見つめながら肘《ひじ》をついた姿勢になり、額を合わせ、肩や腕を優しく触れてくる。

（し、視線に耐えられない……）

アレクに真剣に見つめられ、ルースは頭の中まで赤くなりそうだった。優しく触れてくる手がどこまで行くのだろうと考えて、胸の鳴る音がどんどん大きくなる。

「あるだろ？　気持ちいいとか、胸が煩《うるさ》くなるとか、身体が熱くなるとか……もしかして気分が悪くなったり、吐き気がこみ上げてきたりしてるか？」

「し、してないよ」

いくら至近距離だろうと、アレクの顔を見てそんな気分になるわけがない。どちらかといえば最初に言っていた方が全て当てはまる。なにせアレクの顔はとても整っているからだ。

ルースが素直に否定すると、アレクはニヤニヤ笑顔を、嬉しそうな微笑《ほほえ》みに変えた。

「ふふふ……」

「ど、どうしたんだよ？」

「いや。ちょっとなヤバいなと思ってな」

「ヤバい？」

「予想していたとはいえ、さんざん仕向けたとはいえ、こう……山一つ壊したくなってきた」

「破壊衝動!?」

物騒《ぶっそう》なことを言いつつも、アレクはものすごく上機嫌に見えた。今にも鼻歌を歌いそうだ。

「じゃあルース。気持ちいいことしような」

そう言って再びアレクが手を伸ばしてくる。

「なにが『じゃあ』なんだか全然わからないんだけど。オレやめようって言ったよな？」

「ああ、言った。言った。でもしよう」

「だから、なんで……ぇあ、ちょ、んっ」

話を全く聞く気のなさそうなアレクは、ルースの抵抗を抑えて、そこを軽く摑《つか》んできた。

ビクリと震えたルースを落ち着かせるように、そのまま軽く揉《も》みだす。

「アレ、……ク、あっ、んん、だから……だめだって、オレっ」

「ルースはじっくり考えてくれればいい。俺は待つ。ただ、今は気持ちいいことしような」

「それは、待っているって、言わないだろ！」

ルースの非難もアレクは全く気にした様子もなく、手を動かし続ける。

そこを服の上から触りつつも、ゆっくりとズボン諸共《もろとも》下着を下ろされて、長い指先が直接ルース自身へ触れてくる。親指で裏筋《うらすじ》を軽くこすられ、ゾクゾクとした感覚が走る。

（ううっ……やばい、気持ち、いいっ）

温かい大きな手に直接触れられて、身体が震えた。

そこを扱《しご》かれて、背筋からうずうずとした感覚が込み上げてくると、抵抗していたはずの腕の力が、勝手に弱くなってくる。アレクが首元に舌を這わせてくるのも気持ちよかった。

次第にアレクの身体を押していたはずの手が、服を摑むものに変化してしまう。

「ルース」

あっさり快楽に流されそうになる根性なしの身体で、込み上げる快感に耐えていると、アレクに甘く名前を呼ばれる。反射的に視線を上げると、熱のある緑の瞳に近寄られ、アレクが何をしようとしているのか分かった。

(だめだー！　だめだったら！)

騒ぎ立てる理性とは裏腹に、気がつけばアレクとキスをしていた。

唇を甘く合わせながら柔らかく吸われ、下半身を煽《あお》られているうちに、思考が溶けていく。

「んっ……ぅんんっ」

キスしながら触られるのは、言葉では表現できないほど気持ちよかった。身体も熱くなるが、それ以上に胸の内から苦しいほどの温かさが込み上げてくる。

これが何なのかルースには分からなくて、暴走しそうな身体を必死に抑えるしかなかった。

「……ルース、俺のも前みたいに触ってくれるか？」

唇を離したアレクに、おねだりされるように上目遣《うわめづか》いで見つめられる。

(ううう……ずるい、ダメだ)

輝くような顔立ちなのに、甘える視線を向けてくるなんて反則だろう。

特にルースはこの顔にとことん弱いからどうしようもない。ちょっと眉を下げられただけで、手足が勝手にアレクの言いなりになる。

ルースはアレクの服を摑んでいた手を、ゆっくりと下半身へ伸ばしてベルトに手を掛ける。

既に形を主張させているそれを取り出すと、手の中で脈打つのを感じた。唾《つば》を飲み込みながらゆっくりと手を動かすと、余裕だったアレクが耳元で熱い息を吐くのが聞こえる。

(気持ちよさそう、アレク……かわい)

自分より大きなブツを持った成人男子相手なのに、そんな態度を可愛《かわい》いと感じてしまった。

そう思ってしまったら、胸が変な音を鳴らし続けるのを止められなかった。つい嬉しくなって一生懸命に手を動かして、アレクをもっと気持ちよくさせたくて仕方がなくなる。

しばらくすると、アレクが小さく唸り声をあげた。

「ルースっ……くそ、いいけど……足んねえ」

頰を上気させたまま悩ましい顔をしたアレクが、ジッとルースの瞳を見てくる。

何かを求めているような気がするが、それが分からず戸惑ったままルースが首を傾げると、アレクは片手で顔を覆って、苦しそうなため息をついた。

「……………流石《さすが》に今回はまずいか」

「ん？」

アレクはボソボソ呟《つぶや》くと、さきほどより少し冷静な瞳で、再びルースを見つめた。

「ルース」

「な、なに？」

「太腿《ふともも》を貸してくれ」

「は？」

冷静かと思ったアレクに、意味の分からないことを言われる。

ルースは反射的に疑問を返すが、アレクは答えずに一度身体を起こした。

「え、ちょ」

そのままアレクはルースの両足を片腕で抱え上げ、脚を横に倒してくる。自然とルースの身体も横向きになった。ベッドで横向きに寝て、身体を丸めた姿勢だ。

「何？　……わ、ひっ……！」

何をされているのか分からず、戸惑った声を上げていると、横向きに揃《そろ》えた脚の付け根に、熱いねばついたものを押し付けられる。

（ま、まさか……）

それが先ほどまで触れていたアレクのモノだとすぐに分かったルースは、その位置が尻の穴に近いことに気づく。このまま突っ込まれるのではないかと不安がよぎった。

だがアレクの物体はそこにはいかず——ルースの股と、モノの隙間《すきま》を、こじ開けてきた。

「っ」

ルースが零《こぼ》したものと、アレクの自身の先走りを借りて、それは股の間をヌルッと入ってくる。見下ろしたルースの視線の先、股の間からアレクの先っぽが現れた。自分のモノとは違う物体が股の内側から出てくる様子に戸惑ったが、再び姿を隠していく様子を、思わずジッと見送ってしまった。

（これって、素股《すまた》ってやつ？）

言葉としての知識だけはあるが、経験のないため合ってるのか分からず、ルースが内心首を傾げていると、アレクが声をかけてきた。

「ルース、腿にちょっと力入れてくれよ？」

「え？　わ……んぁんっ」

一度ギリギリまで隠れていたアレクのモノが、再びルースの股の間を滑《すべ》って入ってくる。言われた通りに内股に力を入れると、位置がずれてルースのモノも一緒に擦《こす》り上げてきた。

「ひっ、ぁ、ぁ……ぁ……」

滑りけのある熱い物体に、双球《そうきゅう》から擦られて、悠長《ゆうちょう》な気分で見ていられなくなった。ヌルヌルと裏筋も擦られて、思わず感じている声を上げてしまう。

「……もうちょっと動くぞ？」

ルースの反応に気を良くしたのか、アレクが嬉しそうな声を出しながら本格的に動き出す。

「つ……んっ」

ねばついた液体で濡《ぬ》れべとべとになったルースの股を、アレクのモノが何度も出入りする姿は卑猥《ひわい》だった。亀頭《きとう》が股の間から顔を隠し、一度袋のほうまで行くと、再びルースの裏筋に沿

って摺《ず》り上げながら笠まで覗《のぞ》かせる。滑《なめ》らかに動くそれは、別の意思を持った生き物みたいで、動くたびに透明な汁を滴《したた》らせる。

（あ、これ、気持ちいいっ……、ヤバ）

アレクが動くたびに、粘度のある液体を纏《まと》った太いモノが、ルース自身もグリグリと摺り上げてくる。手で扱いた時とは違った良さがあり、たまらなかった。

次第に、脚を横にしたまま、上半身だけうつ伏せへ捻《ひね》った体勢となり、シーツを摑んで、アレクの動きに合わせて腰が揺れはじめた。二つが動く場所へ手を添えると、ますます身体が昂《たかぶ》っていく。

「ルース、ルースっ、ルース」

股の間に力を入れるほど、理性が溶けていき、頭の中を熱が支配していった。羞恥《しゅうち》を忘れ、疼《うず》いている胸を自然とシーツに擦りつけはじめてしまう。

「あ、あっ、ぁ、あ……あ」

「くっ、ぅ……っ」

アレクの動きも次第に速くなり、ルースの尻に腰を強く叩きつけてくる。激しくなるそこの擦れ合いに、身体が歓喜《かんき》に震えた。

「んぁ……いっ、ぁあ」

不意に首の後ろを嚙まれ、そのまま腰を振られる。互いの汗が流れ落ち、ベッドがギシギシ鳴る音が響いた。わずかな痛みが、快楽と混ざり合い、触れてもいない後ろが、ジンと熱を持った。流れる汗を感じて、そこがヒクついた。

(アレクの匂《にお》い、すごい……あたま、ぼうっとなる……っ)

匂いで頭の中が煽られて、もっと、もっと、もっと深く、と欲望が走る。星が見える。

果てることしか考えられなかったルースは、アレクに限界を訴えた。

「あ、アレクっ！　も、イク、いきたいっ」

「俺も……っ、ルース」

「うあ、ぁあ！」

腰を摑まれ、ひときわ強く擦り上げられ、ブワリと快感が駆け上がる。ルースの手が二つの先を摑むと、アレクのモノが大きく膨《ふく》らみ、ルースと同時に熱い液体を吐き出した。

「はっ、はっ……」

荒い息を吐きながら、シーツに落ちる。散らばった白い液体を見て『久しぶりだったからいっぱい出たな』などと、他人事《ひとごと》のように思ってしまう。

ヌルヌルとアレクのモノが股の間から抜けていくのが見えた。

荒い呼吸を繰り返すアレクを見上げると、身体の奥が苦しくなるほどの色気を漂わせたまま、ルースを柔らかく見下ろしてくる。その姿に擦りあいっこというレベルを超えた行為をまたしてしまったと、改めて実感した。

(……馬鹿、オレの根性なし)

段々と頭が冷静になっていき、自分の意思の弱さに愕然《がくぜん》となった。

アレクが真剣に伝えてきたのだから、ルースが曖昧なままで、関係を深めてはいけないと思っているのに、身体が言うことをきいてくれない。またしても流されて、やらかしてしまった。

(全部、この顔と、声と、匂いと、手の動きとか、ともかくアレクがいろいろいけない……!)

他人のせいにしてはいけないと分かっていても、理性の通りに動いてくれない身体を持つと、そんなふうに嘆《なげ》きたくなってくる。

(きっと気持ちよくなければ、絶対に流されたりしない……はず)

そう思って、睨《にら》みつけるようにルースの上で息を整えているアレクを見つめると、何故か相手は上機嫌に笑って顔を寄せてきた。

キスされると思ったルースは、再び流されてはたまらないと顔をそらすが、アレクは気にした様子もなくそのまま頬に唇を寄せる。

頬から瞼《まぶた》に流れ、そのまま鼻に行き、唇の端っこを柔らかく唇で押されると、ムズムズとしたものがルースの心に芽生える。温かいような苦しいような感情は、アレクにしか感じたことが無くて、うまく言葉にできない。

「ルース、こっち」

人差し指で顎《あご》に軽く触れられ、正面を向かされる。顔を寄せたまま、唇には触れず、じっと熱い緑の瞳に見つめられて、ルースは震えた。触れるか触れないかの唇の距離がもどかしい。

理性ではしてはいけないと思っているのに、したくてたまらない自分がいるのにルースは気づく。相反する気持ちが、欲求を増幅させる。

「ぶっ……ああ無理だ。我慢が苦しい。俺の負けだ」

降参するような呟きを漏らしたアレクは、目を瞑《つむ》ってキスをしてきた。その甘さに思わずウットリしてしまい、ルースの頭の中は蕩《とろ》けそうになる。

――だが太腿に、再び熱をもった物体を押し当てられて、目が覚めた。

「ちょ、ちょっと待って！　そ、そ、それ」

アレクのモノから逃げようとするが、そんなことは想定済みなのか、ルースは両足を引っ張られ、動けなくなる。

「……これ、気持ちよかっただろ？　な？　もう一回いいだろ？」

「いいだろ？」と確認しながら、アレクは股の隙間へ再びそれを入れてきた。先ほどまでの行為を覚えている身体は、それだけで期待して中心を疼かせる。乳首が勝手に硬くなった。

「な、ルース？」

今回は前回のように突然の侵入者もない。ルースは選択を迫られた。

「う……うう」

アレクはルースが本気で嫌がれば絶対にしない。

そうと分かっているのに、答えに詰まっているうちにゆるゆるとそこを動かされて、口の中を舌で蹂躙《じゅうりん》されて――気がつけばルースは、自らアレクのを挟んで腰を振ってしまっていた。

翌日ルースは猛反省していた。

（もう、本当にオレ、ダメだ……なんて意思が弱いんだ！）

結局「だめだ、だめだ」と言いつつ、二回ほど気持ちいいことをして、朝までぐっすり寝た挙句《あげく》、アレクの腕の中で起きるという、誰かに見られたら言い訳もできない状況になっていた。最高にご機嫌なアレクの横で、自分の意思の弱さを嘆きながら、服を着ている最中にキアが飛び込んできた時は、本当に肝《きも》が冷えた。アレクが魔術を使って空気の入れ替えをしてくれたので、気づかれなかったようだが。

（ともかく、今は普通に。いつも通りに、していよう。昨日のことは考えない！）

ルースは心に鋼《はがね》の鎧《よろい》を着たつもりになって、落ち着きを取り戻すことにした。

朝食の後、アレクは村長に呼ばれ、しばらくすると眉間に皺《しわ》を寄せながら帰ってきた。どうやら今すぐキアと共にジルタニアに向かってほしいと、お願いされたようだ。

本来なら他国の王族が関わる話となれば、自国の王族を交えるべきだと分かっているが、アレクによると、ジルタニアでは王子が行方不明で、王宮が混乱状態になっているらしい。だから報告だけにとどめて、一刻も早くキアを国へ帰した方がいいと、判断したのだろう。

勇者アレクの名があれば、どちらの国の王族も、勝手に王子を帰してもハシ村を責めたりはしない、という村長の打算もあるに違いなかった。

転送術で出発するアレクとキアを見送るため、ルースは村から離れた森の中へ来ていた。

「準備できたぞ」

朝起きた時とは打って変わって、不機嫌そうなアレクが、森の奥から出てくる。

「嫌だ！　俺はまだこの村にいる！　ルースと一緒にいるぞ！」

離さない、とばかりに抱き着いてくる身体を受け止めながら、ルースは苦笑いした。

子供のように駄々をこねるキアの肩を掴むと、半泣きになっている顔を見下ろす。

「キア。そういうわけにはいかないだろ？　ジルタニアの人々はまだ君が無事に見つかったと知らないんだし。心配しているから、早く教えてあげないと」

「でも、こんな早くに帰る必要はないだろ！　あと五日、いやせめて三日ぐらいここにいたっていいじゃないか！　それなのに全部終わった次の日に、俺だけ帰るなんてありえない！」

「お前だけじゃねえよ」

不機嫌さを隠すつもりもない声が聞こえると、ルースにしがみついていたキアの身体が僅《わず》かに浮く。首根っこを掴まれた状態になったキアは、背後で苛立っているアレクを振り向いた。

「俺だって今日くらいは村にいるつもりだったんだ。だけど急いでお前をジルタニアに帰さなきゃ戦争が起きるっていうから、わざわざ送る羽目になったんだぞ。こっちの方が文句言いてえよ！　……余計なお荷物のせいで予備の魔力石まで使う羽目になるしよ」

「お前の事情なんて知るか！」

「てめー送ってもらう癖《くせ》にその態度か!?　ああ!?」

「送ってくれって言った覚えはない！」

「このガキ……！　だいたいいちいちルースに触ろうとするのをヤメやがれ！」

「ルースは嫌がってないんだ、お前には関係ないだろ！」

「あるんだよ！」

「アレクも、キアも、ここまできて喧嘩をするのはやめてくれよ……」

顔を合わせれば喧嘩する二人に、ルースはため息をつく。どうにも二人はかなり相性が悪いらしい。本来なら一緒にさせない方がいいというのはルースも分かっている。

(でもアレクに連れて行ってもらった方が、確実だし、早いし……)

通常、デオダートからジルタニアまで移動するには一ヵ月はかかる。しかしそれでは遅すぎる。だからこそ、村長は山越えルートで行動可能なアレクに、わざわざ頼んできたのだ。

誘拐《ゆうかい》された他国の王族を『小さな村でいつまでも預かっておくのは怖い』という村長の考えも、十分に理解できる。頼りになるアレクに預けて、さっさと終わりにしたいに違いない。

(まあ、実際、山越えは大変だから、アレクはこっそり転送術を使うんだけど)

転送術を使うならもう少しいてもいいかもしれないが、早く村から出ないと村長が疑問に思う。悪知恵の働く村長に術がばれると、かなり厄介《やっかい》なことになるので、仕方がない。

「キア、そんなに遠い距離じゃないんだし、来たくなったらまたくればいいよ」

「でも俺、きっと向こうに帰ったら、しばらく外になんて出られないし……ルースにも会えない」

キアが誘拐されたのも、もとはと言えば周りに黙って王宮を抜け出し、街で遊んでいたことが原因らしい。そのため向こうへ帰れば、しばらくは監視付きの毎日が待っているという。

「俺、王子とかどうでもいい、ルースと一緒にこの山で狩りをして暮らしたい……」

「う……」

紫色の瞳が輝きを増しながら、ルースを見つめてくる。尻尾《しっぽ》もわずかに揺れていた。

真っ白なオオカルと山を駆ける自分の姿が脳裏《のうり》に浮かんで、ルースは楽しい気分になった。

——だが、そのオオカルが隣の国の王子だと思い出して、慌《あわ》てて幻想を消した。私欲に駆られて隣国の王子をペット扱いしてはいけない。

ルースは、アレクに首根っこを掴まれながらも、期待した眼差《まなざ》しを向けるキアを見つめた。

「でも、それだともったいないよ……オレ、王子っぽいキアもいいなって思ったから」

「王子っぽい俺？」

「最初に自己紹介してくれた時、王子らしく話してくれただろ？」

『僕はキア・フォルセル。ジルタニア王国の第二王子だ——』

あの時のキアは、ルースが今まで出会った人物の中で、最も高貴なオーラを放っていた。隣国の王子の姿を見たことがないルースでさえ、彼の言っていることが本当だと信じたくらいだ。

（まあ、ウォノクさんにも普通ではないオーラを感じるんだけど……それはおいといて）

昨日の夜から姿の見えないウォノクは、ひとまず頭の隅に投げた。

「キアはまだ王子としては修行中の身だろ？　だから成長して立派な王子様になったら、もっとカッコ良くなるんだろうなと思って。ここで辞《や》めちゃうのはもったいないなって」

「……俺がもっと、カッコ良くなる？」

「ああ。間違いなくなると思うな」

十六という年齢から考えても、キアはまだ成長途中。亜人《あじん》ということを踏まえると、身体も人間のルースより大きくなる可能性は高いだろう。今でもエキゾチックな魅力を持つキアが、どんなふうに成長するか、ぜひ見てみたいと思ってもおかしくないはずだ。

（あれ？　若者の成長を楽しみにするって……これっておじさん思考かな？）

自分の考えにルースが苦笑いしていると、キアの顔つきが変わってきたのに気づいた。

「俺がもっとカッコよくなったら……ルースは惚《ほ》れる？」

「え、惚れ？」

「惚れる？」

〝カッコいい〟から〝惚れる〟に変化した話に、ルースが首を傾げていると、キアは真剣な眼差しを向けているのに気づいた。その表情に、これはキアにとって大事なことなんだなと分かる。

この場合、否定すれば、キアが王子を辞めるという話に逆戻りだ。ならば答えは——。

「……ええと……（王子様として）惚れる、かも？」

「は!?　ちょ、ルース、お前！」

そう言った瞬間、アレクが眉を吊《つ》り上げ、キアの紫の瞳が大きく開いた。

「帰る」

「え？」

「帰って……いい男になってルースに会いに来る」

「え、あ、うん」

理由は分からないが、どうやら帰る気になってくれたようだ。ルースが安堵《あんど》と共に、キアの頭を撫《な》でようとすると、その手を取られた。そのまま軽く引っ張られて、掌《てのひら》に唇を寄せられる。

「え、あ」

「こ、このガキ！」

ルースとアレクの戸惑いを無視して、やわらかくキアが微笑んだ。

「しばらくお別れだ、ルース。寂《さび》しいけど、手紙は書くから。それに絶対にまた会いに来る」

そう言うとキアは獣《けもの》の姿に変化《へんげ》して、アレクの拘束《こうそく》から逃れた。落ちた衣類をそのままに背を向け、アレクが設置した転送術の魔法陣がある森の方へ駆けていく。

思ったよりもさっぱりと去っていくキアに、ルースは慌てて声を掛けた。

「キア？　えと、元気で！　オレも手紙を書くから！」

茂みの前に立ったキアは、ルースを振り返ると遠吠《とおぼ》えをし、尻尾を振って奥へと消えた。

(今のって……頑張るよ、の宣言みたいなものかな？)

最後のセリフの際に、妙に大人っぽい顔をしていたキアにはドキリとさせられたが、きっとオオカル亜人特有の誓《ちか》いの儀なのかなとルースは解釈した。

「アレク、そろそろ出かけた方が……アレク？」

ルースが動かないアレクに視線を向けると、ものすごく不機嫌そうな顔をされた。

「……お前は、なに俺の前であのガキを誑《たぶらか》してんだ！」

「た、誑す!?　何言ってんだよ、キアをやる気にさせただけだろ！」

「変な意味でやる気になっただろうが！」

「へ、変な意味⁉　どういうことだよ！」

「それは…………っ、あー！　くそ！」

苛立った様子のアレクだったが、ルースが首を傾げてみつめていると、やがて深くため息をついて「いい方に考えるんだ。ある意味これが、こいつを守ってる」とブツブツ呟きだす。

「ウォンウォン！」

アレクが動かないでいると、去っていったキアの吠える声が聞こえた。アレクは小さく舌打ちすると、「分かってるよ、急《せ》かすな」と返事をする。

「ルース」

振り向いたアレクに真剣な顔を向けられて、急速に顔が赤くなるのを感じた。

（あ、やばい……いつも通りって思っていたのに）

うっかり昨日の——親友アレクからの告白という、人生最大の事件を思い出してしまった。

ルースは、緑の瞳を見ていられなくて、思わず視線をさまよわせてしまう。

（つてああ！　だめだこれ、今更意識しているのがアレクにバレバレじゃないか。こういうときはどうしたらいいのか思い出して……って思い出す記憶がない！）

前世を多少は覚えている分、人生経験は豊富だ。その分の余裕と貫禄を——なんて思っていたが恋愛経験値が無いので役立たない。ルースは今ようやくプラスイチになったところだった。

ルースが一人で混乱していると、目の前に立っていたアレクから笑う気配を感じた。

「手紙さ、もうちょっと早く着く方法ねえかな？」

「た、確かに時間かかるよな！　ジオさんみたいな方法が取れれば、簡単なんだけど！」

直球で昨日の話題に触れてこなかったことに安堵して、ルースは話に食いついた。

「ジジイ？　あのジジイ普通の場所に居ねえだろ？　どうやってやり取りしてんだ？」

ルースはジオから預かっている魔術のかかった本の話をした。

「なんだよそれ、完全にメールじゃねえか」

「そうなんだよ。便利だよな。メールみたい…………え？」

ルースはアレクの言葉に驚いて顔を上げた。アレクは何事か悩んでブツブツと言っている。

「あ、アレク？」

「そうか、そういう使い方にすればいけるのか！　ルース、もう少し手紙を早く渡せる方法が……ってどうした？　変な顔をして？」

「アレク……いま何て言った？」

「え？『手紙をもう少し早く渡せる』？」

「ちがう、もう少し前っ――今、アレク、『メール』って言わなかった？」

ルースの心拍数は、先ほどとは全く違う方向に上昇する。

〝メール〟は前世の社会に存在した電波を使った当たり前のコミュニケーション技術だ。前世の記憶があるルースは当然知っている。だが問題はその言葉を、アレクが口にしたことだ。なぜなら今世にはそんな単語は存在しない。物知りなジオでさえ、知らなかったのだから。

「……めぇる？」

だが僅かに興奮するルースへ返ってきたのは、先ほどとは違ったニュアンスの言葉だった。

「メールだよ、メール！　今メールって言っただろ？」

「そんなことを俺言ったか？」

「言ったよ！」

アレクは考えるように口に手を当ててるが、しばらくすると困った表情になった。

「……悪い。ちょっと思い出せない」

「え、ええ!?　でも今っ」

「その『めぇる』って、なんか重要な問題なのか？　お前の身の回りに及ぶ危険とか、か？」

「……いや危険とかそういうのじゃ……」

今度は間違った方向に解釈し、真剣な表情をしてしまったアレクに、むしろルースが困惑した。メールという単語を危険視するなんて、意味を知っているならばありえない。

(あれ……？　今のオレの幻聴だったのか？)

本気で分からない顔をしているアレクに、ルースは自分の耳を疑い始めてしまう。

(いやまあ、確かにアレクがメールを知っていたからって、どうだってわけじゃないけど……)

アレクがメールという単語を知っていても、それどころかルースと同じ星の前世を持っていたとしても、何かがあるっていう問題ではない。ルースが『前世持ち、オレと同じ！』と喜ぶか、または前世話に花を咲かす程度だろう。

「ウォンウォン！」

再びキアの苛立った声が聞こえてきた。先ほどよりも強い声だ。ルースにさよならを言った手前、出てこられないので急かしているに違いない。

「アレク、もう行った方が……」

「分かってる。ったく、せっかく村に帰ってきたっていうのに。……ルース」

キアの声にムスッとしていたアレクは、ルースの腕輪と一緒に手首を引っ張る。近くなる顔に、ルースが身体を強張《こわば》らせると、アレクは柔らかく笑ってから、耳元へ口を寄せた。

「昨日の件の返答は、また来た時に聞かせてくれ。楽しみにしてる」

「う、ひっ」

変な声が口から洩《も》れると同時に、ルースはその場に尻餅《しりもち》をついた。アレクはそんなルースを見下ろして楽しそうに笑っている。いたずらが上手《うま》くいった時の顔だ。

「じゃあな、ルース」

アレクはとても上機嫌に言うと、森の奥へ入っていった。キアの鳴き声が聞こえた瞬間、奥の森に光が現れて弾ける。気がついた時には、キアとアレクの気配はなくなっていた。

ルースは深くため息をつきながら、アレクが顔を寄せた耳元を撫でる。

「つ……耳たぶ、噛まれた……」

油断していたせいで、ゾクゾクという感覚が走るのを止められなかった。体勢も内股《うちまた》気味だ。

『俺はお前が好きだ――』

(……やっぱ返事しなきゃダメだよな……)

正直に言えば有耶無耶《うやむや》にしたい気分ではあった。けれどアレクを前に、それは無理だ。

（どうしよう、オレ……）

前世からの願いを叶《かな》えるなら、アレクからのプロポーズは断るしかない。けれど、何故かルースは、アレクに告白されたあの場で、断ることができなかった。

（しかも、今世は結婚できちゃうなんて……）

昨日こっそりクラークに尋《たず》ねたが、王都では本当に同性の夫婦が存在しているという。それにルースは血に拘《こだわ》りがあるわけでもないので、子供がどうしても欲しければ、教会から養子をもらうという手も考えていた。男女であっても必ず子供を授かるとは限らないからだ。

――そうして、いろいろ考えてしまうと、最終的に、アレクの結婚の申し込みを断る理由が〝アレク本人を受け入れられない〟以外にない、という事実に気づいてしまった。

つまり断るなら、「アレクじゃダメなんだ」と言うしかないのだ。

（でも、オレはアレクが嫌いなわけじゃないし……むしろ好きだし。いや、その〝好き〟はそういう意味じゃなくて。ええと……）

自分が一体どうしたいのか、どう思ってるのか、考えるほどルースは分からなくなる。

「――っ、一度保留！」

ルースはキアの脱ぎ捨てた服を持つと、宿へ走る。

優柔不断さをけなしつつも、アレクの顔を思い出すだけで騒がしくなる胸に、確固たる理想を抱いていたはずの自分が変化しているのを感じていた。

【番外編】かつて魔を支配した者は時を待つ

〝ソレ〟は闇夜《やみよ》に染まった雪解《ゆきど》けの森の中を、己の身体《からだ》を最大限に使い、移動をしていた。

ソレには言葉を話す器官もなければ、思考する脳もない。僅《わず》かに残った生物としての本能に従っているだけだ。そのため最も恐れていた対象が、近づいているのに気がつかなかった。

「まだこんなところにいたのか」

闇の底から這《は》い出てくるような、低い声が聞こえた途端、森全体が死んでしまったかのように静かになった。

すぐ側《そば》にふわりと真っ黒な足が下りてきて、ソレは表面を波立たせた。

「あの勇者は、甘くも追跡を諦《あきら》めたようだが」

ソレの身体は勝手に宙へ浮いた。

「逃げられると思ったのか？　我《われ》から――」

闇に染まる森の中に現れた男は、薄い笑みを浮かべながら、不気味に輝く赤い瞳を細める。

周囲と同化した腰まである黒髪は、風もないのにわずかに靡《なび》き、月明かりに浮かび上がる顔立ちは男らしく整っているものの、どこか妖艶《ようえん》さを漂《ただよ》わせていた。

「さあ、教えてもらおうか。なぜあの村を、いや。――なぜ〝あの人間を殺すためだけに、あの村を巻き込もうとした〟のか」

男の指先から、黒い糸のようなものが数本でて、ソレに深く突き刺さる。

『――！』

糸が突き刺さったとたん、ソレの身体は凹凸を作りながら蠢《うごめ》きはじめた。

「勇者、神、封印、運命を握る……者？　…………………だめか」

しばらくその光景を見つめていた男が、つまらなそうな顔をして呟《つぶや》いた。

「勇者の太刀《あれ》で脳の大半をやられたな。こんな断片的な情報では、理由も確認できない……分かったといえば、融魔《ゆうま》の力は誰かに与えられたということぐらいか」

男は思ったより成果が得られず、諦めた声をだす。

「まあいい。『始まりの村』が関わっているとなれば、〝あいつら〟に関連する何かが起きているのは確実だ。竜王の言う通り、しばらく監視するとしよう……さて、おまえの処分だが」

男の目が開かれる。血のように赤い瞳が輝き、周囲に冷気が漂った。近くの木々がその幹に霜《しも》をつけ、溶け始めていた雪が再び凍《こお》りつく。

「死んだふりをしたおかげで、その間に自由に動けたことはよかった。だが、周囲に散った血をかき集めるのにも苦労したし、やはり刺されれば指先程度の痛みとはいえ、気分のいいものではない。それは分かるな？　我は痛かった」

男の力で潰《つぶ》され、ソレの身体は液状化を始めた。地上に身体を零《こぼ》れさせていく。

「だが、お前に力を与えた存在も気になる。殺さずにいた方が情報が入ってくるかもしれんな」

男の指先が軽く動くと、地面に落ちたソレの一部が浮かび上がった。再び本体とくっつけられ、男から出ていた糸も内部に入り込む。粘土《ねんど》細工で遊んでいるような、そんな光景だった。

「……それに、ちょうど、手足が欲しいと思っていた」

『――！』

音にならない悲鳴が上がる。ソレの身体は質量を増やし、大きな楕円《だえん》へとなっていく。

「喜べ、使ってやろう。お前に残されたわずかな時間を……」

やがて子供サイズまで膨《ふく》らんだそれに、四肢のようなものが生えて、形を作り始める。最初は枝のような形をしていたそれも、時間が経《た》つごとに変化し、人の手足となった。

「……ぁ、は……！」

地面に落ちたソレの表面は最初黒だったが、段々と人に近い肌色になる。凹凸のない顔の造形も、次第に人族《じんぞく》と似たものへと変化した。やがて出来上がった顔には、これと言って特徴はなく、縦に細くて赤い瞳と茶色がかった黒髪が目印といった程度のものだ。

「どうだ、生まれ変わった気分は……？　残りが少なく子供の姿だか、不便はないだろう」

「はぁ……はぁ……」

呆然《ぼうぜん》と自分の身体を見つめるソレ――少年の姿になった者に、男は立ったまま話しかける。

その声に身体を揺らした少年は、崩壊した自分の身体を再び作り上げた男を見上げた。

その瞳には畏怖《いふ》と羨望《せんぼう》が混ざり合い、身体はわずかに震えていた。同種族になったことで、この男の存在が何なのか分かったような――。

「このま、りょく……あなた、さまは、まさか……ま、おう………」

「──不要な口は塞《ふさ》いでおくか」

「っ……っ！」

男が指先で喉元《のどもと》に一線を走らせたとたん、少年の口から音が出なくなる。もがく少年を、男は冷めた目で一瞥《いちべつ》した。

「この地を汚そうとした罰にはちょうどいいだろう……それに、今の時代は魔族に王はいない。八人の統治者がいるだけだ。我はファンスの目覚めを待つ男・ウォノクだ。いいな？」

男の意に反した行動を取れば殺されると感じたのか、少年は無我夢中で首を縦に振った。

「どうだ、以前の記憶は戻ったりしたか？　そうならば声を出させてやっても良いが……」

男の言葉に、少年は今度は首を横に振った。一瞬の迷いもない動きは、嘘《うそ》をついているものではなかった。仕草も以前は大人だったにしては妙に幼く見える。本当に十歳の少年のようだ。

「前の記憶は勇者の攻撃《あれ》でほとんど飛んだから当然か……まあいい。では帰るぞ」

そう言って男はさっさと森の中を歩き始める。暗く雪解けで足元の悪い森を、音を立てずに男は進む。少年になった者は、ふらつく足を動かして慌《あわ》てて追いかけた。

派手さはないが豪奢《ごうしゃ》な家の中で、男が椅子に腰かけながらゆっくりとカップを傾ける。拙《つたな》い技巧で出された飲み物は決して美味《おい》しいものではないはずだが、男は大して気にした様子ではない。だがその側《そば》で盆を持ったまま立ち尽くす少年の顔は引き攣《つ》っている。どこで男の不興を買い、殺されるのか心配しているような表情だった。

そんな緊張が漂う家の扉がノックされる。少年は音にビクリと身体を揺らしたものの、出ていいかどうか確認するため男に視線を向けた。

「開けろ」

男の短い言葉に少年は慌ててドアの前へ走る。豪奢な家にしては、主《あるじ》からの距離が近すぎる扉の取っ手を取ると、内側へ引っ張り外にいる者を招いた。

「うわ、扉が勝手に開いた……」

少し甘さのある青年の声が家の中へ響く。扉を両手で摑《つか》み引っ張っていた少年からはその姿は見えないが、馴染《なじ》みの客だったようで、男の表情は柔らかい。

「ボローアシチューだな。そろそろ来ると思っていたぞ」

「ウォノクさん。その節はお世話になりました。というか、第一声がそれってどうなんです?」

青年は呆《あき》れた声を出して中へ入ってくる。男——家の主であるウォノクは、彼に対して警戒した様子もなく、薄く笑うと持っていたカップを側にあったテーブルの上に置いた。

「って、ええ!? ちょっと待ってください、この家どうなっているんですか?」

「何がだ?」

「いや『何がだ?』って、外は相変わらずの廃屋《はいおく》風なのに、家の中がすごく豪華になっていません!? 前まで、中も崩壊寸前だったじゃないですか」

寸胴鍋《ずんどうなべ》を抱えた青年は、外とは段違いに豪華な内装を見て驚きの表情を浮かべている。

「以前は力を隠していたからな。幻術をかけてボロ家に見せていただけだ。前からこうだ」

「……それで、家に穴が開いていても、平気な顔をしていたんですね。心配したのに」

青年はウォノクの言動に呆れた顔をして、深くため息をついた。

「ルース、それよりも早く鍋をよこせ」

「はいはい……」

ルースと呼ばれた黒髪の青年は、持っていた寸胴鍋をウォノクの側にあるテーブルの上に置いた。それを見た少年は、慌てて部屋の奥へスプーンと皿を取りに向かった。

「それにしても、なんで今更幻術を解いたんですか？」

「お前は我の力をもう知っているだろ、だったら見せても問題ないだろうしな。……それにボロ屋に話を合わせるのも面倒くさい」

「……絶対に最後が本音ですよね。でも、自分の外見は元に戻したんですか？」

「あの姿だと脅《おび》える者も多いからな」

ウォノクの姿は、村に来た当初の銀髪金目に戻っている。黒髪赤目の雰囲気だと怖《こわ》がって逃げ出す村人がいるため、村に住み続けるには不都合だった。

「皆あの日にウォノクさんの姿を見ちゃっているから、今更ではないですか？」

「お前のようにあの姿でも気にしない者は少ない。配慮してやった結果だ」

少年が部屋に戻ってくると同時に、ルースは再びため息をついていた。

声の明るい調子とは違い、ルースの顔はどこか儚《はかな》さが漂っている。艶《つや》やかな黒髪が白い頬《ほお》に当たり、青く輝く瞳が長いまつ毛で隠される様子は、駆け寄りたくなるような雰囲気があった。

「そういえばジュリアさんですけど……」

「ジュリア？」

「ヘラルドさんの恋人、あの融魔と入れ替えさせられていたラピ族の女性ですよ。本物の」

「ああ……いたな。そいつがどうした？」

「いたなって……。彼女王都で見つかったらしいですよ。なんでも意識不明の状態で名前も知られず病院で眠っていたとか。ヘラルドさんが見つけて、二人で国へ戻ったと」

「ほお、詳しく知っているな」

「……王都に手紙のやり取りをしている友人がいまして、ゼジュ護送の騎士の方に手紙を託《たく》したら、早馬で返信をくれたんです。……早馬って結構高いんだけどな」

「なるほどな……スプーン」

ウォノクが右手を差し出すと、間髪《かんはつ》入れずに綺麗《きれい》に磨《みが》かれた銀のスプーンが置かれる。その動きを見てルースの視線が、ウォノクの隣にいた少年に注《そそ》がれた。

少年と目が合ったルースは、さきほどよりも驚いた顔をした。

「え……う、ウォノクさん……この子、誰ですか？」

「あ？」

既に寸胴鍋にスプーンを直接入れたウォノクが、口にシチューを運びながらルースの視線を追う。そこで初めてルースが、ウォノクの隣に立つ少年の姿に驚いていることに気づいた。

「ああ、お前がこの家に来たのも久しぶりだから初顔合わせか。こいつは我の使用人のようなものだ。宜《よろ》しくしてやってくれ」

「宜しくしてやってくれって。この子、子供じゃないですか!?　どこから連れてきたんです？」

「拾った」

「拾ったって……ええ!?」

のんびりとシチューに口をつけるウォノクとは対照的に、ルースは驚きを隠せない様子だ。

「まさか攫《さら》ってきたとかじゃないですよね!?」

「そんなことを我がするわけないだろ。落ちていて死にそうだったから拾ってきただけだ」

「モノじゃないんだから、そういう言い方はやめてください。……じゃあ、この子には両親がいないってことですか？」

「まあ、そんなところだ」

酷《ひど》く面倒くさそうに返事をしながら、ウォノクはボローアシチューを口に運ぶ。ただ無視しないということは、そこまで気分を害しているわけではないらしい。

「使用人って先ほど言っていましたよね？　この子を雇ったってことですか？」

「ああ。同族のよしみで衣食住を提供する代わりに、我が快適に過ごすための手伝いをさせることにした。問題ないだろう？」

「同族ってことは、この子は魔族なんですね……まあ、ウォノクさんには世話してくれる人がいた方がいいとは思いますけど…………って、ウォノクさん！」

「今度はなんだ？」

ルースは少年の身体を自分の目の前に引っ張り出すと、ジロリとウォノクを睨《にら》みつけた。

「この子の服、布を縛《しば》っているだけじゃないですか！　靴も履《は》いてないし、髪だってぼさぼさですよ！　ちゃんと面倒をみているんです!?」

王都から遠く離れた裕福ではない村だが、さすがにこんな姿をしている住人はいない。教会に住む子供たちも、もっとましな身形《みなり》をしている。

「家の中は寒くないし、靴を履いてなくても怪我《けが》はしない。それに服はサイズが合うものがなかったのだから仕方ないだろう。裸《はだか》よりマシではないのか？」

「マシとかそういう問題じゃないです。ともかく、こんなの衣食住を提供しているとはいえません。こんな幼い少年に、自分の身の回りの世話をさせるつもりなら、ちゃんと衣類を与えるなり、生活の仕方を教えるなりしてください」

食べたまま会話を進めるウォノクの鍋に、ルースが蓋《ふた》をしようと手を伸ばす。その手を掴んだウォノクは、諦めてスプーンから手を離した。

「ルース、お前やけに突っかかってくるな」

「アレクに両親がいないので、オレは親のいない子供の生活環境に敏感なんです。嫌なんですよ、彼らが不当な扱いを受けるのは」

ルースが悔《くや》しそうに顔を顰《しか》める。本人には全く自覚はないが、その表情は整っているが故に、見る者の感情を揺さぶる力があった。ウォノクでさえも負けたようにため息をついた。

「分かった。我が悪かった。だが、どうすればいい。子供の服など持ってないし、我は何を教えればいいのか分からん」

「……じゃあ、この子一時的にオレの家に連れ帰っていいですか？　オレのお古《ふる》がまだ仕舞ってあると思うのでそれをあげて、あと下着とかは流石《さすが》に雑貨屋に買いに行きたいのですが……」

「任せる、任せる。金がかかるようなら遠慮なく言え、いくらでも出す」

「………わかりました」

ウォノクの態度にルースは顔を顰めたが、それ以上言葉にしなかった。

ルースは少年を見つめると腰を下ろして柔らかく笑った。ルースがしゃがんだ高さと、少年の背丈はそう変わらないので、目を見るにはちょうど良かった。

「オレはルース・ブラウって言うんだ。君の名前を教えてもらってもいいかな？」

「…………」

「えーと、名前を教えてくれないかな？」

少し申し訳なさそうな顔をしながら黙っている少年に、ルースは戸惑った顔をする。

「そいつは声が出ないぞ」

「え!?　……そうなの？」

ウォノクの言葉に驚いたルースが少年に尋ねると、彼はしっかりと頷《うなず》いた。途端にルースが申し訳なさそうな顔をし「ゴメンね」と小さな声で謝る。

「じゃあ、ウォノクさんこの子の名前は……？」

「知らないな」

「え？　知らないって……普段はなんて呼んでいるんです？」

『おい』とか『お前』とかで事が足りるから、必要だと思ってもなかったな」

「……………ウォノクさん！」

ルースの声に再び怒りが灯《とも》る。しかし、ウォノクに怒っても無駄だと思ったのか、すぐに深く息を吐きだすと、少年に向かって柔らかく笑みを浮かべた。

「名前を書いたりできるかな？」

少年が首を振る。

「じゃあ、名前の最初の文字はどんな物と同じかな？　一個ずつ教えて……」

しかしルースが言い終わる前に、少年は首を振る。真っすぐな瞳を見たルースは眉を寄せた。

「……もしかして、名前を覚えてない、とか？」

一瞬止まったもののしっかりと頷いた少年に、ルースの表情がくしゃりと悲しげに変わる。心を痛めた表情を浮かべるルースに、少年の方が戸惑いを覚えたように近寄った。

「そうか……」

近寄ってきた少年の頭をルースはゆっくりと撫《な》でた。言葉を探しつつも労《いたわ》るかのように動く優しい手つきに、表情の変化が乏しい少年の顔に僅《わず》かな赤みがさす。

「まあ、そういうことだ。折角だ、お前がつけてやれ」

「つけてやれって、そんな」

ウォノクのいい加減な発言にルースが文句を言おうとすると、少年は頭を撫でていたその手に触れた。そして何度も頷く。その態度はまるでルースを急《せ》かせているように見える。

「…………まさか本気でオレにつけてほしいの？」

少年が再び頷くと、ルースは戸惑ったような顔をしたが、やがて黙って考えはじめた。

「……そうだな。今はシッティアディスの季節だから、神様から少し名前をもらって『アディ』とかどうかな？」

「単純だな」

「ほっといてください。どうかな『アディ』って？」

少年——アディは僅かに頬を緩ませて頷いた。喜ぶ表情にルースの顔も柔らかくなる。

「よし、アディ。オレと一緒に家においで。靴や洋服を合わせてみよう」

ルースは「安全のためにも抱えて連れて行くよ」と言い、戸惑い顔のアディを有無を言わせずに抱き上げる。女性のように見える外見に反し、ルースは軽々とアディを抱えた。

「はは、靴がないから、ごめんね。恥ずかしかったら顔を隠しておきな」

ルースが同じ目線になったアディににっこりと笑う。するとアディは少し照れ臭そうにしながらも暴れたりはせずに、そのままルースの首元へ顔をうずめた。

「じゃあウォノクさん、しばらくアディをお借りするんで」

「あー任せた。任せた」

再びシチューにスプーンを伸ばすウォノクに、呆れた顔をしながらも、ルースはアディを抱き上げたまま扉に手を伸ばす。だが、出ようとしたところで足を止めた。

「あ、そういえばウォノクさん『ゼオギウス・ダンジェルマイア』って方を知っています？」

一瞬ウォノクは手を止めたが、そのまま何でもないような顔をして再びスプーンを動かす。

「……何故《なぜ》お前がその名を知っている？」

「あ、いえ、ニコラさんがこの村に来た理由が、その人なんだそうです。オレに話したそうにしていたのも、彼が宿屋の二番目の息子と関わったと、どこからか聞いたからららしくて。……どうやらその方は、賢者といわれるような伝説の人物らしいですよ。少数民族である竜族の方だとか。ニコラさん治癒《ちゆ》術を研究しているのですが、その人に教えを乞《こ》いたかったようで。ただオレそんな人と関わった記憶がないんですよね……ウォノクさんは知っているんですか？」

「名前だけは、な……しかしこの村にいるようには思えんな」

「ですよね。どこでそんな噂《うわさ》になったのか……」

ルースが考え込むような表情をすると、ウォノクは静かに口を開いた。

「なあ、ルース。不思議だと思わないか？　村長の話によると、この村は誕生してからずっと人口百人前後を保ったままなんだそうだ」

「え……？　衰退《すいたい》も増加も一切していないってことですか？」

「そうだ。栄えることもなく、かといって人口が減り消えることもない。周囲の村はここ何十年で無くなったり、大きくなったりしているが、この村だけは一定の数を保って安定している」

「……それは確かに不思議ですね」

「そうだな。普通なら流行《はや》り病などで全滅もありえる。不便な村だから若者が全員出て行く可能性もある。しかしそういったことも全くない。…………おまえはこれをどう捉《とら》える？」

「どう、捉えるって……」

まるで教師のようにウォノクから質問をされて、ルースは難しい顔をした。

「…………見えない意思が働いているとか……？」

「随分飛躍した発想だな」

「そういうのに詳しくないんですよ。それより、今の話はゼオギウスさんって方と関係が？」

「いや、何も関係はない。単なる世間話だ」

「…………なんですかそれは！」

ルースが不満そうに呟くと、ウォノクは食べるのを再開した。その様子に、もうウォノクは話す気が無いのだと悟《さと》ったルースはため息をつくと、アディを抱えなおした。

「じゃあアディ、行こうか。ウォノクさん、失礼します」

ルースの足音が遠くなるのを聞いていたウォノクは、その音が隣の家屋の扉の先に消えたのを知ると、スプーンを置いてニヤリと笑みを浮かべた。

「くくく……竜王め、我と同じように隠居《いんきょ》生活を送っていたくせに、力を使ったせいで噂になっているな。まあ偽名のおかげで噂の域をでていないようだが、あやつも迂闊《うかつ》だな」

ウォノクは楽しそうに笑う。だが段々とその表情は曇り、やがて渋い顔になった。

「だが、そうしてまでも味方になってやりたい気持ちは、わからんでもないな。勇者《あれ》の運命を知っている者としては……」

ウォノクは遠い目をする。その瞳はまるで過去を思い出しているかのようだった。

「人間のルースでは、我のように待ち続けることも出来ないだろうからな」

ウォノクは立ち上がると、アディが花瓶《かびん》の裏に隠した皿の上にスプーンを置いて、部屋を出た。廊下の奥へ進み、入室を禁じている真っ黒な扉を開ける。

扉の奥には、天井の高い部屋があった。ウォノクが歩くと、壁に備え付けられたランプが一斉に点灯する。その壁には一面に棚が作られ、様々な書物や実験器具が使い込まれた形で並んでいた。その終着点には、ウォノクの背丈ほどもある肖像画が壁にかかっていた。ウォノクは肖像画の人物を見上げる。

「なあ、ファンス……待つことが出来ない者と、待つことしか出来ない者では、どちらの方がマシなのだろうな」

肖像画の中で、目を閉じたまま微笑《ほほえ》む青年は、薄い緑色の髪を腰まで伸ばしており、左目の周りに不思議な文様が描かれている。派手さはないものの、不思議な魅力があった。

「千年待ったぞ。あとどれくらいお前を待てばいい……？」

ウォノクはルースから返された風の護符《ごふ》を強く握る。

「待っていれば、いつか本当に、俺はお前に会えるのか……ファンス？」

かつて魔を支配した男の寂《さび》しげな声は、静かな部屋に消えていった。

【番外編】勇者の長き片思い

いままでルースがアレクを見る目は、常に友達のそれだった。十年以上一緒にいても変わらなかった。弟みたいに思っているのではないかと疑ったこともある。けれど――。

『アレク？』

真っすぐ向かない顔、困ったように曲がる眉、落ち着かない視線、僅《わず》かに赤くなる頬《ほお》、言いよどむ口元。触れた掌《てのひら》を固まらせ、熱を帯びていくのがこちらにまでも伝わってくる。

今までにはなかった、明らかにアレクを意識した反応。

（――まずい、可愛《かわい》い。可愛すぎるだろ）

ルースのそんな態度にアレクは内心無茶苦茶悶《もだ》えていた。もし行動に表していたのなら、山を吹き飛ばし、湖を干上がらせ、大地を割っていた違いない。そうならなかったのは、勇者の仮面を被《かぶ》るために、常に爽《さわ》やかな青年を演じていた普段の行いの賜物《たまもの》だろう。

（やばい、やばい、やばい。ああ、くそやばい！　ルースにすげえ意識されてた、俺《おれ》！）

アレクを意識して、可愛い態度をとるルースを思い出すと、やはりもう少し村に滞在しておけばよかったと思わずにはいられない。すぐ帰ってしまったのが、もったいなさすぎる。

（あのガキがいなければ……）

ジルタニアの王子を連れ帰る依頼さえ受けなければ、とアレクは今更ながらに後悔していた。

「――さ……レク、……アレク様！」

隣から声を掛けつつ揺すられて、ようやくアレクは目を開く。仲間になった四人が、自分を心配そうに見ていることに気づいた。

「難しい顔をしていらっしゃったようですが、ご気分が悪いのですか？」

王都から一緒に旅を続けている、神官のエリザにそう問われる。

（そういえば、仲間たちと一緒だったな）

旅で共に行動している仲間たちと、馬車で目的地へと向かっている最中であることを、ようやく思い出す。内心もう少し思い出に浸りたかったと思いつつ、アレクは勇者の顔で微笑《ほほえ》んだ。

「なんでもないさ。村に帰ったときのことを思い出したからな。いろいろ大変だったし」

そんな説明だけで皆ほっとした表情をしてくれるのもおなじみだ。

旅を始めた当初よりも、言葉遣いも態度もかなり砕《くだ》けてきて、仲間内に堅苦しさはないものの、彼らは口悪く悪態《あくたい》をつくと驚いてしまうだろう、とアレクは基本丁寧に話していた。

「仕方ないですよ、アレクはジルタニアの誘拐《ゆうかい》された王子を、単独で連れ戻してきたのですから。向こうで私たちの知らない苦労があったのでしょう」

斜め向かいに座っている、最近仲間になった魔術の使い手・カーティスが微笑んだ。

「にしてもびっくりしたよ～！　突然あたしたちの前に王子様連れて戻ってくるんだもん」

エリザの隣でそう笑っているのは、同じく最近アレクたちの仲間に加わった盗賊《とうぞく》のファナだ。

「王宮が王子探しで揉《も》めてるって聞いたときはどうなるかと思ったが、アレクのおかげでジルタニア王への謁見《えっけん》も楽々進んで、目的地である精霊の森に入る許可まで貰《もら》えたしな」

王都から一緒に旅を続けているガルシアが、安堵《あんど》したため息をつきながら頷《うなず》く。

（まあ、俺もルースの元に帰って、事が上手《うま》く進むなんて思ってなかったがな）

アレクがキアを連れ帰ってからは、王子誘拐事件のせいで手詰《てづ》まりを感じていた物事は一気に片付いた。

ジルタニア王との謁見もかなり優遇してくれ、待つ間は王宮にいればいいと特別に招待された。多少厄介《やっかい》なことを頼まれたりしたものの、そこでは上げ膳据《ぜんす》え膳《ぜん》の生活だった。

ただし、事件の後処理や事情聴取で、王との謁見が叶《かな》ったのは、二週間も経《た》ってのことだった。

「私、アレク様が一人帰省するとおっしゃった時は『こんな騒ぎのタイミングになぜ？』と疑問だったのですが、ご自身の村にキア王子がいるかもしれないと思って、帰省されたんですよね！　さすがアレク様です！　心細いと思った自分が恥ずかしいです」

真実とは全く違う方向に勘違《かんちが》いするエリザに、アレクは否定はせずにおいた。エリザは常にアレクの行動を善行だと思ってしまう癖《くせ》がある。否定しても認めないどころか、それを曲解して『我を張りすぎず、己の功績にこだわらない聖人』とか思い込んでしまうので、余計なことを言うのはやめることにしていた。無駄だからだ。

「アレクって本当に行動が読めないよね～。そういうことなら、あたしたちにも言っておいてよ。単に帰省するのかと思って、この大変な時に何考えてんだコイツとか思っちゃった」

「ファナではないけれど、私も貴方《あなた》の行動にいつも驚かされますよ。にしてもジルタニア王の喜びようっていったらなかったですねぇ」

「ふふふ、大事なご子息がいなくなって、ジルタニア王は本当に心配なさっていたんですよね」

「キア王子には怒ってたけど、半泣きになってアレクに感謝してたよね。あのおっさん」

「まあ、そういうわけですから、目的地に着くまでは静かにアレクを寝かせてあげましょう」

「…………わるいな」

勝手に勘違いをしてくれる仲間をそのままにして、アレクは再び目を瞑《つむ》った。

「…………本当に、そうなのか……？」

いろいろ知っているガルシアの呟《つぶや》きが耳に届いたが、アレクは聞こえなかったふりをした。

しばらくすると、ジルタニア王命でアレクたち一行が乗った馬車を走らせている、御者の男が声を掛けてきた。もうすぐ目的の村の近くに到着するという。アレクは外を見た。

いつの間にか、僅《わず》かに霧が立ち込める森に入っていた。薄《うっす》らと寒ささえ感じる。

やがて御者の男が馬車を止めて、アレクたちは森の中で降ろされた。これ以上先は、王が認めた者しか入れないらしい。

アレクたちは御者の男と別れ、ジルタニア王に借りたオーブを頼りに、森を進んでいった。

「あそこじゃない!?」

そこにあったのは、ハシ村よりも小さな集落だった。入り口付近にいた男に話をすると、無《ぶ》愛想《あいそう》ながらも案内される。村長と会って、ジルタニア王から受け取った証文を渡した。

「なるほど、あなた達は精霊の試練を受けるのですね？」

「精霊の試練？」

「……精霊王にお会いすることを、我々の村では『精霊の試練を受ける』と言うのですよ」

精霊の森とはかなり特別な場所らしく、相応の覚悟《かくご》がないまま行くと、大変なことになるという。そういう意味も込めて試練と言っているとのことだ。

しかし、世界が直面している問題の解決策を探るためにも、精霊王に会う必要があるのは、既に全員が理解済みだ。アレクたちは迷いなく進むことを告げた。

その日は村長の好意に与《あずか》り、村に泊まらせてもらうことにした。さすがに五人全員が泊まれる場所などないので、男三人は村長の家へ、女二人は別の家で休むことになった。

「三人で一部屋になるのは初めてですね」

「そういえば、カーティスが仲間に加わってからは初めてかもな」

ガルシアとカーティスがそんな話をしている中、アレクは一つしかない丸テーブル付属の椅子にさっさと腰かける。荷物からペンと紙を取り出して、早速ルース宛《あて》の手紙を書き始めた。

王宮にいた時は邪魔されて、手紙を書く時間が全く取れなかったからだ。

「ベッドはどれに……アレク？　何をしているのですか？　手紙？」

「やっぱり早速書き始めたか……」

呆《あき》れたようなガルシアの声を、アレクは完全に無視してペンを進める。

(あれからまだ二週間しか経ってねえのに、もうルースの顔が見たいとか、俺も大概だよな)

村に帰りたくなる気持ちのままペンを握り、それを紙に書きつけ気分を紛《まぎ》らわす。途中組み敷いたルースを思い出して多少脳内が脱線したが、なんとか意識を手紙に戻した。

「はは、相変わらずお前あの子宛ばかりかよ。よく引かれねえな」

「うるせえ、黙れよガルシア。集中できねえだろ」

「……アレクの態度がいつもと違うようですが、どういうことですか、ガルシア？」

「あー、カーティスは初めて見るかもな。どうせこの後何度も同室になるんだろうから覚えていた方がいいぜ。こいつ猫かぶっているけど、本当はマジで口が悪い。今は以前より素がでてきているけど……そして村に置いてきた意中の子相手に手紙ばかり書いてる、純愛青年だ」

「ガルシア……」

アレクが怒りを滲《にじ》ませながら振り向くと、ガルシアはすでに遠くに離れていた。

ずいぶん前にルースのことをガルシアに知られてから、何かにつけてアレクは揶揄《からか》われるようになった。正直うざいと思っている。

「……村に置いてきた意中の相手？　……アレク、君はエリザとは何でもないのですか？」

アレクとガルシアが微妙な空気を漂《ただよ》わせていると、カーティスが驚いた声をあげる。

（やっぱりか……）

仲間になったばかりのカーティスは、アレクとエリザが特別な関係だと思っていたようだ。

（そんな素振りをした覚えは全くないんだがな……わりと素っ気なく振る舞ってるぞ俺は。エリザが気にしてない、ってことはあるかもしれないが……）

エリザは美人だとは思う。普通の男なら好かれれば悪い気はしないだろう。

だが、アレクにしてみれば、『興味がない』の一言に尽《つ》きた。美人だと感じても、可愛いとは思わない。強《し》いていうなら村にいたマリアンヌと同じ〝面倒くさい妹〟くらいの存在だ。

(可愛いのは、ルースなんだよな……)

ルースは確かに顔は美人系だが、女と比べれば背も高いし、声もそれなりに低い。筋肉もついているので柔らかくはないし、力だってある。裁縫《さいほう》は壊滅的だし、獲物《えもの》を狩って喜んで、血まみれになって解体して、「肉が美味《おい》しそう」と目を輝かせるタイプだ。これだけ聞くと可愛いとは言い難《がた》いだろう。それに好意には鈍感なくせに、厄介な相手ばかりをひきつける、という困った一面もある。

(それでも、会いたくて、妄想《もうそう》の中に出てくるのは、ルースだけなんだよなぁ……)

別れ際に見た、アレクを意識した視線を思い出してニヤニヤしていると、肩を叩《たた》かれた。

「話しておいた方がいいんじゃねえのか? 誤解されたままだと面倒だろ?」

楽しい思い出の世界から返ってくると、ガルシアが得意げな顔をしていた。

(確かに、仲間に勘違い者がたくさんいると困るな)

いちいち一言余計だが、一応ガルシアには感謝はしよう。

「この際だから言っておく、俺はエリザに全く興味がない。俺は全て終わったら、村にいるそいつの元へ帰って、結婚するつもりだ」

「そのくせ、絶賛口説《くど》き中だけどな。……この顔でまだ落とせてねえとか、笑うよな」

「ガルシア……」

アレクがじろりと睨《にら》むと、ガルシアは再び急いで距離を取った。

そんな室内に笑い声が響く。

「ははは……やっぱり。ちょっとおかしいなとは思っていたのですよね～」

笑い出した本人――カーティスは、なぜか納得した様子だった。

「いや、エリザに対する貴方は、どうも壁を作っている気がしてならなかったのですよね。意図的に貴方たちを二人っきりにさせても、理由を作って逃げているように見えましたし」

「あんた、やっぱりワザとやっていたのか……」

「年寄りの、気づかいのつもりだったんですけどねぇ」

自ら年寄りを名乗るカーティスは、やはり一筋縄ではいかないようだ。

「そういうことでしたら、今後はお節介はやめておきましょう。けれど、それだったらエリザに、貴方には別の意中の相手がいることを、告げてあげてもいいのではないですか？」

「告白されたわけでもねえのに『好きな相手がいるんだ』ってか。それじゃ勘違い野郎だろう」

「エリザはメンタルがあまり強くなさそうだしな……」

「まあ、そういう考えなら、私も静観します。若者たちの恋愛を邪魔する気はありませんので」

仲間内では最年長であるカーティスの理解は早かった。けれどその面が楽しそうに緩む。

「それにしても、アレク、貴方にそんな相手がいるなんて意外でしたよ。同じ村ということは幼馴染《おさななじみ》か何かなんですか？」

「ああそうだ。あいつ――ルースと会ったのは四歳の時で」

アレクはルースとの出会いから今に至るまでを、たっぷりと時間をかけて話した。ルースのことを語っているうちに、段々と熱が入り、ニヤニヤと笑ってしまうほどだった。

「それからな、アイツは……」

「あ、アレク！　ルースさんのことはわかりました。貴方がどれだけ強く想《おも》っているかも十分理解しました。もうエリザとのことを勘違いすることも絶対にありません」

「まだ話し足りねえよ」

「足りない!?　――そ、それよりどんな子なんです？　可愛いのですか、美人なのですか？」

最初は興味津々だったくせに、遮《さえぎ》るように言葉を発したカーティスは、ルースの容姿を聞いてきた。話し足りないアレクだったが、その話題に乗らないわけにはいかなかった。

「容姿？　あー今、書いてやるよ。ルースはな……」

しかしアレクがペンを再び握ると、ガルシアが少し焦《あせ》ったように立ち上がった。

「あああ、アレク、俺がこの間貰ったのを見せるから書く必要はないさ……カーティス、尋《たず》ねた以上は覚悟しろよ？　冗談だとか言うなよ」

「覚悟？　……ん!?」

ガルシアが以前アレクが書いた紙をカーティスに見せる。そのとたんカーティスの表情が驚きに固まった。きっと予想以上にルースが可愛かったからだろう。

（あ、そういえば去り際のルースのステータス、変わっていたんだよな……）

『ステータス』とは、アレクが転送術の師匠《ししょう》であるジオに教わった、特殊な術の一つだ。この術は対象人物の強さや能力をみるもので、オマケとして備考欄にその人物に関わる情報が見える。その術の性質上、仲間内ではアレクにしか使えない。

ルースの備考欄には『勇者の幼馴染』『始まりの村にある宿屋の息子』『勇者の想い人』が入っていた。そこに新たに『勇者を意識するもの』が追加されていたのだ。思い出すだけで、胸が熱くなってくる。

「アレク」

名前を呼ばれてアレクが振り向くと、悟《さと》りを開いたような表情をするカーティスがいた。

「私は貴方の想いを尊重しますよ。どんな困難が待ち受けていようとも、貴方がそこまでルースさんへ想いを寄せているのなら、全力で応援しましょう。困ったらぜひ頼ってください」

「カーティスッ、お前、食えねえおっさんだと思っていたけどいい奴《やつ》だな……！　アレク、俺も応援しているからな！」

応援してくれるのはありがたかったが、男の誓《ちか》いを立てるように拳《こぶし》をぶつけ合う二人に、妙な意気込みを感じてアレクは引いてしまった。この短時間で何があったのか分からない。

二人を相手するのが面倒くさくなったアレクは、再びルース宛の手紙を書き始めた。

その手が、ルースの備考欄の最後に付いていた文字を思い出して止まる。

『××の運命を握る者』

ルースの一般的なステータスの中で、伏字を使い、妙に存在感を放っていたその文字。

「運命を握るものか……ルースは誰の運命を？」

アレクはその文字に、わずかな不安を覚えずにはいられなかった。

あとがき

こんにちはジツヤイトです。この度は二巻をお手に取って下さり、ありがとうございます！

皆様のおかげで二巻が出ました！

お手に取って下さったかた、各書店のサイトにレビューを書いて下さったかた、広めて下さったかた、などなど皆様のおかげです。本当にありがとうございます！


今回も一番の重要な部分は、なんといっても円陣闇丸《えんじんやみまる》先生のイラストです！

顔が良すぎるメンバーに、新たにオオカル系亜人《あじん》のキア、魔族のウォノクが追加されました。私のふわっとした妄想《もうそう》をリアル描写していただき、本当にありがとうございます！


さて、一巻はファンタジー色の強い『魔物狩り編』でしたが、二巻では微ミステリの『断絶の五日間編』となりました。今章のメインは、宿屋で起きる連続殺人（？）事件です。

ミステリは元々好きだったので、それをファンタジー要素と混ぜて表現できて、とても楽しかったのを覚えています。一巻とは違った雰囲気を楽しんでいただければ嬉《うれ》しいです。

今回の書籍版は、ＷＥＢ版から大きく改稿いたしました。本筋は変わりませんが、より読みやすく、分かりやすくを目指しましたので、その辺も楽しんでいただければと思います。

また、WEB版ではなかったアレク×ルースのエロシーンも書下ろしで追加しました。連載している時は、「この章を早く終わらせなければ」と気が急《せ》いてしまい、入れずに終えてしまい……。書籍化にあたり追加ができて良かったです。

またしてもアレクは最後までできない感じで終わってしまっていますが、もったいぶっているのではなく、ただ単に、一歩届かないもどかしい感じを書くのが好き、という病でして……。この先は二人が両想《りょうおも》いになるまで、お待ちいただければと思います。

話は変わって、次章ではこの物語の本筋が大きく進展します。

『旅の勇者は宿屋の息子を逃がさない』が一体どの方向へ進もうとしているのか、この物語における『勇者』とはそもそも何なのか、が読んでくださるかたに分かる章となっております。

また、アレクの告白でルースが悩みだしたり、普通の友達ができたり、ダンジョンへ行ったり、といろいろな方面への進展がありますので、次巻も出せるよう応援よろしくお願いします。

最後になりましたが、今回も円陣先生、担当さん編集部さん校正さんデザイナーさんツイッター担当さんなど、たくさんの方に関わっていただきました。ありがとうございます！

この小説を少しでも楽しんでいただければ幸いです。皆様に感謝を！　それでは！

ジツヤイト

本書は「ムーンライトノベルズ」(https://mnlt.syosetu.com/top/top/)に
掲載していたものを加筆・改稿したものです。
この作品はフィクションです。実在の人物・団体・事件などにはいっさい関係ありません。

●ファンレターの宛先
〒102-8177　東京都千代田区富士見 2-13-3　戦略書籍編集部

旅《たび》の勇者《ゆうしゃ》は宿屋《やどや》の息子《むすこ》を逃《に》がさない2

ジツヤイト
イラスト／円陣闇丸《えんじんやみまる》

2020年2月29日　初刷発行

発行者　青柳昌行
発行　株式会社KADOKAWA
〒102-8177　東京都千代田区富士見2-13-3
(ナビダイヤル) 0570-060-555
デザイン　円と球
印刷・製本　凸版印刷株式会社

■お問い合わせ（エンタープレイン　ブランド）
https://www.kadokawa.co.jp/（「お問い合わせ」へお進みください）
※内容によっては、お答えできない場合があります。
※サポートは日本国内のみとさせていただきます。
※Japanese text only

ISBN978-4-04-736046-4　C0093　©zitsuyaito 2020　Printed in Japan
定価はカバーに表示してあります。